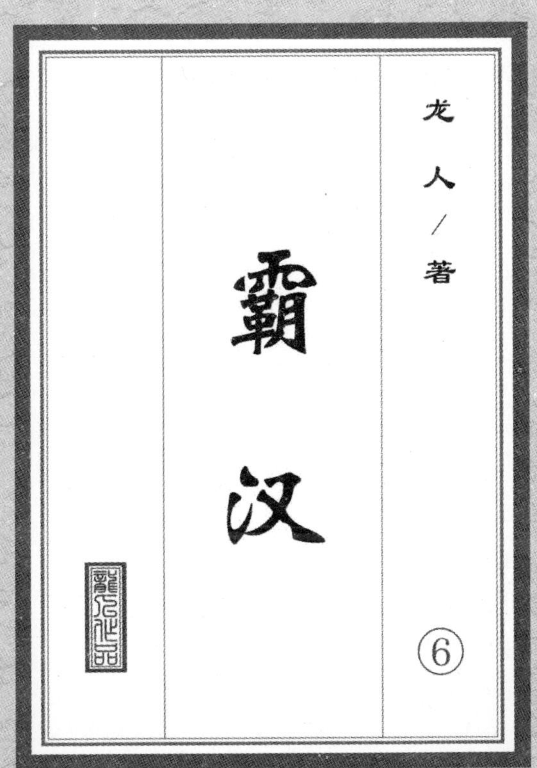

二十一世纪出版社集团
21st Century Publishing Group
全国百佳出版社

图书在版编目（CIP）数据

霸汉 : 全 10 册 / 龙人著 . -- 南昌 : 二十一世纪出版社集团，2017.10

ISBN 978-7-5568-3101-2

Ⅰ . ①霸… Ⅱ . ①龙… Ⅲ . ①长篇历史小说—中国—当代 Ⅳ . ① I247.5

中国版本图书馆 CIP 数据核字 (2017) 第 243760 号

霸汉：全10册 龙 人 著

责任编辑	敖登格日乐
出版发行	二十一世纪出版社集团
	（江西省南昌市子安路75号 330025）
	www.21cccc.com cc21@163.net
出 版 人	张秋林
经 销	新华书店
印 刷	北京龙跃印务有限公司
版 次	2018年2月第1版 2018年2月第1次印刷
开 本	710mm × 1000mm 1/16
印 张	160
字 数	1600千
书 号	ISBN 978-7-5568-3101-2
定 价	498.00元（全10册）

赣版权登字—04—2017—743

如发现印装质量问题，请寄本社图书发行公司调换 0791-86524997

目　录

第五十二章　天生将才 …… 1
第五十三章　枭城之主 …… 26
第五十四章　治城之略 …… 49
第五十五章　再次南行 …… 73
第五十六章　鬼影杀手 …… 98
第五十七章　松鹤道长 …… 123
第五十八章　怒杀鬼影 …… 149
第五十九章　霸王樊崇 …… 176
第六十章　关外来客 …… 201
第六十一章　杀手之王 …… 224

第五十二章　天生将才

枭城，并不大，这也是铜马军何以急欲找寻一块更大的发展之地的原因。其东有河间，南有信都，这都是朝廷的兵马，对他们存在着极大的威胁，而西面则是属于王校军的地盘临平城。

枭城虽被铜马军经营得城池坚固，却并不适合坚守。若是对方大军相犯，易于被围，是以铜马首领范沧海总想夺下像信都或河间这样的大城作为根本，也只有这样，才能稳定地发展。是以，范沧海见信都军方出了内乱，便立刻倾城而出，欲趁机占些便宜。

当然，枭城之中依然留下三千余守军，另有两千军士分布于各寨之中。

枭城的防护单凭主城难以成事，只好在城外广布寨口，以备战时而用。

猴七手是个极为滑溜之人，来去于枭城之中，也便记下了各处地形和哨口，而在信都军中，有数名偏将对这里的地形了若指掌，更知道义军的寨口所处的位置。

天一黑，林渺便领兵自僻静的小道避开众寨口直接绕至城下。

郑志领兵越过衡水，首战告捷，破衡水集，大军过滏阳河而与任光亲率之大军对峙。

冀州军将并不多，相对而言尚少于义军的三万之众。在调给林渺三千人马之后，冀州仅有步兵、骑士七千余人，但任家却得冀州豪强的支持，合刘植、耿纯的宗族子弟，兵力也达两万余，占地利之势，郑志一时也占不到任何便宜。

任光有坚城相守，而郑志则四下攻掠诸镇，以不可阻挡之势，迅速吞噬了冀州周围的地方。这群身经百战的铜马军极勇悍，不过任光似乎有意不与郑志正面交锋，而是退兵于冀州城内。事实上他似乎也料到了这一切，先一步撤走了冀州四郊的百姓。

他相信林渺，虽然林渺从没有带兵的经验，但林渺却有着极灵活而聪明的头脑，也曾经历战争血腥的洗礼。

果然，在林渺出兵的第三天，任光便收到了探报，郑志大军开始后撤，而林渺则已飞鸽传书而至，枭城大破，擒范沧海！

任光再不犹豫，兵分两路，一路自己亲率，一路由郡丞李方带领自两翼追杀郑志的退兵。

郑志本欲对冀州来个总攻，但是听说老巢被端，顿时军心大乱，他也乱了心神，急忙率兵向枭城赶回，他期望有一丝侥幸出现。

李方的追兵遇上郑志断后之军，双方杀得天昏地暗，而任光则以快骑趁李方缠住对方断后之兵时继续狂追郑志。

郑志在渡滏阳河之时，又折兵数千，更有许多战士来不及渡河便降了信都军。

此刻铜马军早无斗志，只知向枭城方向急逃，有若丧家之犬。

逃到辛集之时，郑志身边已只剩下万余人，余者皆被追散，或是降杀，这使他后悔莫及，也是他始料不及的。本来兴致高昂地领兵来攻信都，但却后院起火，一切来得这般突然，使他措手不及。到现在，枭城已在望了，他还不知道究竟发生了什么事，只知枭城被破，而这破城之军究竟是从何而来？他根本就不清楚，真是有些悲哀。

终于，郑志来到枭城之下，各处寨口几乎已被毁得差不多了，只有枭城东西两面成犄角的寨头尚在，但却全都插满了信都军的大旗。

城头之上亮光闪烁，人头攒动，一时也不知道有多少人，但是刀枪剑戟在城下看得清清楚楚，只是离城头太远，尚看不清城头上敌军的面目，但两边寨头之上的官兵却可以看得清清楚楚。

郑志不由得倒抽了一口凉气，心忖："信都军怎会有如此多的人马？在冀州城的信都军有两万之众，可在这里，只怕也有上万余众！"这怎不让他吃惊？

若是这枭城有上万的信都军，他身边也只有万余众，对方凭坚城而守，根本就不可能有机会夺回这枭城，也难怪枭城这么快便丢了，实因留守之军太少。在眼下后有追兵的情况下，面对如此枭城，郑志根本就没有任何夺城的信心。

“将军，我们该怎么办？与他们拼了！”郑志身边的亲随焦灼地问道。

“郑志，投降吧，范沧海已死，只要你们愿意降服于我们，我们可以不计较你们昔日的任何过错，否则，今日便是你们的末日！”寨头之上悠然现出一人，声如焦雷般高喊道。

“放屁！我们岂会向你们这群下三滥的人投降？你们快快献出城池，否则，我们将杀你个片甲不留！”郑志身边立刻有人开口大骂道。

“好个不知死活的东西，让你知道本将军的厉害！”寨头之人不屑地朗笑着，抓起身边两名战士抬来的一铜胎大弓。

郑志骇然，他发现那寨头之人竟以长枪作箭，搭于大弓之上。

“呼……”郑志身边之人还没有反应过来，便听风雷爆响，旋立刻传来两声惨叫，那杆搭于大弓之上的长枪以无坚不摧之势，将两名义军战士穿在一起，然后钉于地上。

所有人都倒抽了一口凉气，这是怎样的神力？那寨头在五百步之外，而普通强弓仅及两百步，可是这些人居然以长枪当箭射出五百步还能穿杀两人，这种力道怎不让人心惊？

“还有一箭！”寨头之上的人朗声大笑道，说话间，弓弦如惊雷响起。

“喳……”众人闻到弦响之际，郑志不远处的帅旗竟应声而折，顿时军中一阵大乱。

“杀呀……”寨门大开，两彪人马迅速自寨中杀出。

前方义军已经被这两“箭”射寒了胆，此刻见有人杀出，立时吓得倒退，后方义军见帅旗折断不知怎么回事，见前方之军倒退，也跟着一哄而退。

郑志回过神来，哪有心思恋战？虽然自两个寨头之内冲出来的不过近千人，但是气势却高昂至极，还有枭城之上的敌军也在虎视眈眈，似乎随时准备出城攻击一般，他哪敢再战？而且任光的追兵也快要来了，他怎不急？

“撤!”郑志不等官兵赶来，便一马当先呼道。

“郑志，纳命来!”呼喝者正是刚才在寨头连射两“箭”之人。

郑志只见此人一身青盔，光头脑袋，一柄黑沉沉的巨大铁桨，老远便感觉到那奔涌的杀气。此人正是铁头!

郑志身边的人也感觉到了来自铁头的威胁，迅速护住郑志疾退。

铁头安坐于马背之上，有如一座铁塔，一柄巨大的铁桨犹如搅海蛟龙，一马当先，见人就杀，当者披靡，触及桨风者也都被掀出，触上铁桨的，那更不用说。他到哪里，哪里的义军便恨爹娘少生了两条腿，纷纷避逃而开，那近千官兵犹如一柄巨刀一般，在义军之中斩开一条血路，直奔郑志狂杀而至!

铜马军阵脚大乱，迅速溃散，郑志也在无奈之下被亲卫夹护着迅速飞退。

铁头追敌十里，以千余骑大破铜马军于枭城之外，斩敌数千，更带着数倍降兵返回城中。

城内迅速有人打开城门，迎接得胜而回的铁头。

铁头不无得意地昂首望了望城头那些颤巍巍的持刀持枪的百姓，不由得哈哈大笑。

“主公真是神机妙算，料事如神呀!”猴七手不由得欢声赞道。

“好了，我们可以按主公吩咐的去做了，给众百姓分粮!”铁头也赞赏地道。

“不忙，待主人回来再给他们分粮和衣物也不迟，虽然他们吓退了郑志的兵马，但也难保不会发生其他的变故。”猴七手忙拦住铁头肃然道。

铁头望了望猴七手，又望了望那些在城头冻得瑟瑟发抖，却不敢乱动的枭城百姓和难民，心中倒有些同情。不过他也知道，战争本身就是残酷的，于是打马与猴七手同上城楼。

“乡亲们，你们辛苦了，但你们还要坚持一会儿，我们承诺你们的，一定会做到。从今天起，枭城便不再是铜马军的，不过，你们可以放心，我们主公向来以仁爱为本，绝对会善待城中百姓，可是你们要记住我们的约定，如果你们谁在城头上疏懒或是捣乱，我们定斩不饶!”铁头高声道。

城头的信都军对这位刚才杀得铜马军屁滚尿流的将军都是极为敬服，刚才铁头的神威早已深烙在众人的心上，便是城头那些持刀持枪的百姓也对其极为敬服。而铁头这一番软中带硬的话更让城头的百姓心里踏实多了，哪敢有半点疏懒？何况只要他们站完岗之后，便可以拿到许多口粮和衣服，说明信都军并没有亏待和欺瞒他们，这也是明买明卖的一种交易，反正开始林渺说过，不需要他们参与战斗，只是像稻草人一般在城头拿刀持枪装装样子。至于会起到什么效果，他们根本就不知道，可是见郑志大军被这一千多信都军以少胜多，打得大败，他们对铜马军也没有了什么信心，反倒更倾向这群强悍的信都军。

林渺夜间偷袭，一举夺下了枭城，随即再破城外的寨堡，虽在枭城之中大放了几把火，但却在战后迅速扑灭，对受损的百姓进行赔偿，更张贴安民的榜文，及开仓分粮，这一系列举措倒是极得民心。而后又招募百姓站岗，更承诺分每人一斗米和一件冬衣。于是在饥寒交迫中的百姓人人竞相报名来城头站岗，以换取冬衣和粮食。而且在站岗前还可以像战士一样饱餐一顿，这对于他们来说，确实是一种诱惑。

而这些竞相站岗的百姓倒把郑志给吓着了，他以为这些人全是信都军，这才连半点斗志也没有，如果他走近一些看，定可发现城头之上许多人是熟识之人，但林渺故意在城外留下两寨，也便是为了阻止铜马军走近枭城而识破其诈敌之计。也正因如此，铁头才会趁势破敌以少胜多，因为一开始便在心理上让郑志大败了一场。

事实上，铜马军这一路来就已经斗志不振，被任光追得满地找牙，回到枭城已经锐气尽丧，铁头再来个先声夺人，是以虽只千人，但在铜马军无心还手的情况下，也杀得其大败而逃。

郑志则是窝囊透顶，唯有领残兵败将奔向临平，找王校的军马相助乃是他的最后出路。

刚摆脱铁头骑兵的追袭，郑志再点兵却发现又折损了一半人马，剩下的五六千人马跟在他的后面有如丧家之犬，没有半点斗志，人人颓然不振，无精打采。

郑志心中几乎有些绝望，本来是踌躇满志地去打信都，可是仅在几日之间，他便落得眼前这模样，好好的铜马军，便只剩下他这五六千人，而且这些人再也经不起一点冲击。他几乎可以肯定，如果再受到敌人的冲击，这五六千人必会哄然而散，已经没有一个人可以经受得了任何惊吓。

到目前为止，他仍不知道信都军来攻打枭城的主帅是谁，但他却知道，自己太小看任光了，小看了任光手下的人物。不过唯一值得庆幸的是，他尚有五六千人，只要仍有这些人跟着，他便有东山再起的机会。失了枭城并没太大的问题，铜马军最初也是流动作战的，这并不影响义军的发展。今天，只要他不死，能带着这一干部卒获得新生，那便未算是彻底失败，但他能度过今日此劫吗?

铜马军也实在是太累了，自衡水疾退而回，一路上被追兵追得连喘口气的机会都没有，本以为夺枭城的敌人不多，可以一举再夺回老家枭城，但是枭城的情况太出郑志的意料之外，城头的假象也使得铜马军对夺回枭城绝望了。最糟的却是在回到枭城时，还没来得及休息便又吃一败仗，是以这一刻铜马军摆脱铁头的追兵，已经累得不想动弹了。

郑志刚刚再一次重新点完兵，忽闻前方谷中传来一阵急促的鼓声，鼓声越野破空，听其音有如自四方而至。

本已如惊弓之鸟的铜马军，听得这四面鼓响，也不知道有多少敌人，顿时再次惊散。

铜马军本就是由难民组织起来的，并没有什么真正的纪律性，虽也经过操练，经历过不少战争，但这些人此刻是一败再败，斗志全失之时，其难民的本性尽都体现了出来，那鼓声一响，便立刻骚乱起来。

“杀呀……杀呀……”一队骑兵如潮水般自山坡之上飞驰而至，扬起的尘土卷起无与伦比的杀机直扑向已经骚乱不堪的铜马义军。

那群骑兵犹未杀至，铜马军便已经开始向骑兵奔来的反方向溃逃。他们连一点反抗战斗的欲望都没有，更别说迎上这群冲杀而至的骑兵了。

郑志本想拼死而战，呼喝着身后的义军作战，可是这些人见到别人逃了，他们也开始逃。开始郑志斩杀几名欲逃的战士，还有一点效果，可后来逃的人多了，郑志也稳不住军心，兵败如山倒，他自己也只好夹在义军之中狂逃。

“谁抓住郑志赏银千两，铜马军若有抓住郑志者赏银两千两——”一个声音如焦雷炸响，盖过了整个战场的蹄声与喊杀声。

“降者向东跑可免一死，降者向东，可免一死……”又一阵声浪传出。

那群如惊弓之鸟欲逃命的铜马军听到降者向东跑可免一死，顿时有大部分人转头向东奔去，只有少数人慌乱得不知如何是好，而郑志则拼命地向西边的临平城逃逸，只一会儿功夫，郑志与他的铜马军竟泾渭分明，一西一东。那五六千铜马军，追在郑志后面的只有那么两千余众。

那群伏击的骑兵果然不理向东跑的铜马军，只追杀郑志的逃兵。

一时之间，满山遍野都是喊杀声，郑志身后的义军虽在人数上似比骑兵多，但却没有丝毫斗志，如被斩瓜切菜般纷纷倒下，唯有郑志的亲兵拼死护住郑志狂逃。

任光赶到枭城，也吓了一跳，只见满城刀光剑影，虽插满了信都军的大旗，可他也不敢靠城太近，因为他给林渺的只有三千军马，可如今光城头之上的人便有六七千之众，加上两个寨头和城中的，只怕有上万之众。这简直是不可能的，这与林渺那三千大军有太大的差距，是以他怀疑城中有诈，不敢近城而观。

“唐意!”任光喝道。

“末将在!”功曹唐意忙出列道。

“你去给我到城下看看，这到底是怎么回事?”任光吩咐道。

“末将遵令!”唐意说着打马便赶到两寨之前，高呼道：“寨上为何人把守?”

“是唐意将军吗？任泉在此，可是太守大人已到?”寨头立刻有人回应。

唐意一看，果然是任泉，不由得讶然指着枭城问道：“枭城何来如此多的士卒?”

“此乃三爷所用之计!”任泉顿时醒悟何以任光不敢靠近枭城，心中暗赞林渺这手诳敌之计确实有惊人的妙处，连任光也被诳住了，对林渺不由得又多了三分敬服。

唐意也恍然，迅速回报任光，而此时枭城城门大开，铁头和猴七手、任泉还有城中的一些小士豪也都赶忙迎出城外。

任光这才放心，心中更是大喜。

“恭迎太守入城!”枭城的众将士都躬身行礼道。

任光望了望众将，讶异地问道：“我三弟呢?”

“主公领千名骑兵伏击郑志的逃兵了，想必也快回来了。”铁头平静地道。

“郑志还有多少人马?”任光吃了一惊，问道。

“他们回到枭城时，约有万余之数，但却在此大败于铁头将军手下，仅剩下约七千人相随郑志!”任泉不无钦佩地道。

“城中有多少战士?”

“有一千八百名可用之兵。”铁头道。

任光吸了口凉气，城中只有一千八百可用之兵，却大败郑志一万数千之众，而林渺却以千人去阻杀郑志七千逃兵，也不由得让他有些担心。

随任光而来的信都将士听到铁头凭千余人破铜马军十倍于己的兵力，也不由得咋舌暗赞，对这莽大汉不由得重新估量。

“请太守入城，城中俗事太多，我方人力不够，太守来得正好!”猴七手提醒道。

任光进入枭城，这才明白城头之上何以有这么多的刀枪剑戟，也明白了林渺这诳敌之计的妙处，禁不住大加赞叹。如果不是他亲临城内，无论如何也难以明白这是怎么回事，而林渺动用这些百姓，乃是以利诱之，投其所好，确实是绝佳上策。因为只有这些人是没有太大威胁的。

而在枭城之中，降兵才是让猴七手、任泉头大的问题。

城中只有近两千战士，再去掉死伤的数百人，城中只剩千余人，但铜马军的降卒却有三千余众，是信都军的两倍，是以，一个不好，这些人反噬一口，只会让枭城之中的信都军倾覆。而任光的到来，正好解了猴七手担心的这个难题。

那些守城的百姓也可以解散了，依当初林渺的约定，每位站在城头上的人分一斗米，一套冬衣，包括那些妇孺，人人相同。然后又对枭城中的一些小士豪以及有声望的人进行嘉奖、安抚，以稳住枭城的民心。不过，这一切，林渺已经先做了一次，是以城中的百姓对这新入城的信都军绝无恶意，这些人似乎比铜马军待他们还好，对烧毁的民房还会赔偿损失，这是所有义军都做不到的，而且又开仓分粮，与百姓之约丝毫不马虎，其信用之好，也让全城的百姓对信都军另眼相看。

范沧海被杀，任光自然住进铜马宫，更派铁头领三千人马接应林渺，他则在这临时府第之中处理城中的一些俗务。

林渺大胜而回，以一千之骑却押着三千多降卒，还将郑志绑于马上活捉而回。

铁头接应的大军赶来，却吓了一跳，他也傻眼了，以一千骑兵俘虏三千铜马军，看林渺的样子像是一群牧人在放一群羊一般。林渺在铜马军两百步远处缓行，铜马军两侧各有两百弓箭手加强戒备，而前方则是以一百名骑兵引路，如果有铜马军想脱队而去，便立刻射杀！这些人已收缴了兵刃，由数十降兵负责以车子相拖，他们根本就没有反抗的余地。

郑志是被自己身边的亲卫所擒，这些人终还是受不住两千两银子的诱惑，在死亡和富贵之间，他们选择了后者。

林渺返回枭城，举城相庆，任光几乎乐坏了，林渺不仅以一千骑兵大败郑志，还活擒了郑志，俘回了三千铜马军，这像是一场梦一般，也确实让人有些想不通，但是，林渺却做到了，这一切都是事实。

林渺见任光已在城中，心中大喜，他之所以俘回这三千义军，是因为知道任光会来，如果任光不来，他根本就无法处置这三千铜马军。因为在枭城之中尚有数千，这个数目是他这三千人马无法承担的压力，但有任光带来的这近万战士，便足以控制城中的大局，也不怕义军再乱了。

不仅是任光对林渺的表现感到惊讶，便是枭城的百姓对林渺的表现也感到吃惊，他们简直将林渺当成了神一般。在他们眼中，铜马军是那般强悍，可是在林渺的手下却如此不堪一击。

“三弟准备怎样处置这数千铜马军？”任光望了望林渺，问道。

“大哥认为该如何处置为好呢？”林渺反问道。

“这批人多达六千之众，以信都眼下的兵力，若想完全控制这群野性未泯的流民，也有些难以兼顾！”任光叹了口气道。

林渺眉头微皱，他也知道，信都的正规军也只有一万余，仅这些义军的两倍，虽然若急征民间的力量，倒可以组成一支数万人马的大军，但这些只是在战时才会组建，平日里，没有必要。因为一支大军所耗物资和军资太高，为了节省郡库的资金，一般不会轻组大军，但如果要处理这六千铜马降军倒成了一件让任光头痛的事。

“大哥相信我吗？”林渺突地肃然问道。

“贤弟何用说这样的话？你我乃同生共死的兄弟，大哥怎会不信任你呢？”任光肯定地道。

“那好，枭城之事，大哥便交由我负责好了，我保证在短时间内安排妥当！”林渺肯定而自信地道。

任光望了林渺一眼，爽然大笑道：“我早就知道三弟胸有成竹，这枭城乃是你攻下的，我便将此城送予三弟！从今天起，枭城之主不是范沧海，也不是我，而是三弟你！”

“大哥，这如何使得？”林渺吃了一惊，色变道。

“这有何不妥？你我乃手足兄弟，信都的事务已把我忙得晕头转向，若再加个枭城，只怕更是心有余而力不足，这枭城我本不想要，但既然已经打下来了，自不能拱手让人，而在这些人之中，又有谁能比三弟更适合呢？又有谁比三弟更值得信任呢？有枭城做信都北面大门，我信都也更为稳固。而三弟也总想在北方开创一番天地，这枭城可以说正好合适，此乃一举多得之事啊！”任光兴致高昂地解释道。

林渺涩然一笑道：“大哥好意我心领了，若在以前，我自不推托，但我现在只有两月生命，根本就无法将这枭城治好！”

任光脸色一变，肃然抓住林渺双肩，沉声道：“不错，你若不去争取，的确只有两月的日子，我听铁先生说了你的一切，但你并不是没有活下去的机会，我给你枭城，便是要你想到未完的梦，想到未来的辉煌，想到你身上的负担与责任，还有那些关心你的人，就为这些，你也一定要好好地活下去！哪怕只有十万分之一的机会，我都不想你放弃！”

林渺的神色间涌出一丝倦怠和感伤，眸子里闪过一丝晶莹，他明白了任光的意思和想法，任光之所以送他枭城，便是想激起他的豪情壮志，而去争取那渺茫的生存机会，是希望他能好好地活下去，这是一种与迟昭平不同的表达方式，但一样让他感动。

“三弟，你就答应大哥吧？生死由命，但只要你去争取，便一定会出现奇迹的！我可以代你暂管枭城，不过，你要记着，这座城是属于你的，这座铜马宫也是你的！我们兄弟携手还要去开创一番新的天地，你绝不可以轻易放弃！”任光恳切而期盼地道。

林渺望着任光那期盼的眼神，心头一阵感动，深深地吸了口气，勉强笑了笑道：“好，我答应大哥，我会好好地活下去，我还要好好地治理这座城池，与大哥一起共创一番新天地！”

任光欣然笑了，拍拍林渺的肩头，肯定地道：“我相信三弟一定会活得好好的！”

“带降将入殿！”林渺坐于帅案之上，沉声吩咐道。

铁头与鲁青则分立其左右，在赏完三军之后，铁头与鲁青便知道任光将枭城送给了林渺，这怎能不让他们欢喜异常？

殿下多是信都军中的将领，乃是任光暂给林渺安顿枭城留下的，任光则返回信都平息此战的余波。

不过半晌，那群枭城的降将全都被带入了殿中，其主要将领有八位，其中三位乃铜马军的智囊人物，一位为范沧海的主簿梁秀成，一位是主管钱粮的总管，也是铜马军的五当家海高望，另一位则是铜马军师崔启。剩下五人则是铜马军的数名偏将。

“还不给诸位备座？”林渺向两旁的护卫呼道，自己则迅速起身，下案亲自为崔启诸人解开捆绑。

“诸位，林渺多有得罪之处，还请海涵！”林渺客气地笑道。

“要杀要剐，悉听尊便，不要在这里惺惺作态！”海高望不屑地沉声道。

“我与诸位并无冤仇，战争本就是残酷的，死了的人是烈士，活着的人却仍然要活着，难道海先生认为杀了你们会是一件很快乐的事吗?”林渺悠然反问道。

海高望与数名降将皆怔住了，林渺这不愠不火的问话倒使他们不知道该如何回答。

“战争便会制造仇恨，你杀了我们的龙头，我们便已结下了深仇！你不杀我，难道就不怕我们报复吗?”海高望冷冷地反问道。

林渺突地朗声笑道：“死的人已经死了，活着的人依然可以享受生命，生命赐予了我们选择的权利，如果高先生要选择仇恨，我林渺又如何能阻？胜王败寇，千古至理，我相信，如果我被范沧海杀了，我的部下，也会有人选择仇恨的。若先生选择仇恨，虽然我林渺会极端失望，却也绝不会为难先生!”

说完，林渺一挥手，向厅外的战士道：“给海先生备马，并带他所有亲属在营外听候!”

林渺这一呼喝，倒让海高望愣住了，一旁的崔启和梁秀成及众将都愣住了。

“你真的不杀我?”海高望半信半疑地问道。

林渺傲然一笑道：“如果我在这里杀了你，不过如捻死一只蚂蚁，海先生定心有不服。再说杀了你，我也不能多获一分快乐，为什么要杀？但如果我们将来在沙场上相遇，自不会手下留情!”说着又向一旁的猴七手道：“给海先生一百两银子做盘缠，送他与家人出城!”

崔启与海高望诸人更愣住了，根本就不知林渺葫芦里卖的是什么药。

猴七手果然端出一盘银锭，双手捧至海高望的面前。

海高望望了望盘中的银锭，一时之间倒拿不定主意了。

“海先生为枭城操了太多的心，我为现在的枭城城主，虽有欺霸之嫌，但这点小意思乃是表示对先生的谢意，是先生让我在治理枭城上少花很多力气！好了，马已备妥，如果海先生真不愿意与我共为枭城出力，就请自便，枭城之中绝没有人敢阻拦先生出城!”林渺朗声笑道。

海高望的神色数变，一拱手，淡淡地道：“城主好意，海高望受不起，今日就此别过，他日有怨报怨，有恩报恩，后会有期!”说完拂袖而去。

“既然先生不受，我也不勉强。”林渺淡淡地道。随即又向崔启诸人道：“几位请坐，我希望大家不要选择仇恨，我也确实是想让各位先生相助于我治理好这偌大的枭城。不过，如果诸位也想像海先生一样，我也绝不相阻诸位，每人可领一百两银子安全离开枭城。”

崔启愣了愣，面对眼前这高深莫测的年轻人，他也不知道究竟是一种什么样的心态，但林渺的这种气度与言语之中的豪情却深深地触动了他。

“如果城主不弃，我李度愿誓死追随！以城主之武功、气度，若我仍不识明主，实是愚不可及！”一名铜马军的偏将扑通一声跪倒在地，诚恳地道。

“我李忠、方结、关乔喜和尤新也都愿誓死追随城主！”另外四名铜马军的战将相视望了一眼，同时跪地诚恳地道。

“快快请起！”林渺忙伸手相扶，道：“有几位将军相助我林渺，相信一定会让枭城百姓过上安定平稳的日子，只要诸位愿意，就让我们为将来共同开创出一片新天地！”随即又欣然转向一旁的护卫道：“去准备酒宴，待会儿本城主要与几位共饮！”说话间，扶着五人坐上一旁早准备好的椅子。

林渺这般客气，倒使这几人有些受宠若惊。

“哈哈哈……”崔启突然笑了起来，向林渺深深施了一礼，道：“城主如此大义，如此豪情，我崔启若再不顿悟，只怕要悔恨终生了，如果城主不嫌崔启粗鄙，崔启愿誓死效忠！”

林渺的目光不由得又投向了梁秀成。

梁秀成也深施一礼，道：“连崔先生都如此说，我梁秀成何德何能，能得城主如此相看？如果城主不弃，我愿做城主帐前小卒，听凭吩咐，誓死效忠！”

“哈哈……”林渺顿时开怀大笑，亲自将椅子摆在自己的帅案左右，欣然道：“两位请上座！”

“城主，这如何敢当？”崔启和梁秀成顿时也有些受宠若惊之感，惶恐地道。

“两位先生何用如此？今后你我便是一家人，仰仗之处仍多，枭城本就是两位先生的故地，你二人自应坐此位置。”林渺肃然道。

“二位先生请坐，我们主公乃是真心实意的！”鲁青淡然道。

崔启与梁秀成推托不过，只好坐于两席之上，林渺这才大笑着坐上帅位。

随即淡淡地道：“请郑志将军上殿！”

任光率大军返回信都，虽然信都历经此劫，却并没有引起大的骚乱，因为铜马军之乱仅数天时间而已，并无甚大碍，对信都城百姓的生活并不怎么影响。而另一方面，任光能在如此短的时间内破敌军，也使信都军民对这个新任太守更添了许多信心。

这次铜马军之乱，倒帮任光建立了军威，这倒是出乎任光意料之外的收获。

任光返回信都，满城百姓皆夹道欢庆，此次缴铜马军兵器粮草无数，即使是不搬来枭城的东西，也让信都军在此战之中没有丝毫吃亏。眼下少了铜马军的威胁，却多了枭城这扇门户，对于信都来说却是绝对有利的。

任光破铜马义军，河间王立刻派了使节前来道贺，还专备了一份大礼。而任光却将之分送给耿纯与刘植诸人，这些人在守城之中也都出过大力，是以任光极为看重他们。

不过，这次大破铜马，林渺之名也随之响遍北方，因为此次大破铜马最大的功臣便是林渺。不仅如此，更因为林渺成了枭城的新主人。

铜马军大败之事，绝不是一件小事，至少在河北是这样。

河北的义军向来都是各自为政，虽有来往，但彼此间怀有异心，是以，义军与义军之间的动静注意得极为严密，铜马军大败也很快便传遍各地。

“将军请上座！”林渺见郑志行入厅中，忙上前相扶。

“哼！”郑志一拂，拍开林渺的手掌，冷冷道：“败军之将何足言勇？休要羞辱我，要杀要剐悉听尊便！”他说话时，目光故意不望向崔启诸人。

“郑将军此话怎讲，我擒郑将军回来，也并不是想杀想剐，否则又何必要将你带回枭城？我请枭城军回城，只是想让郑将军再掌铜马军，建我们枭城！”林渺肃然道。

“你骗小孩吗？铜马军已经不复存在了，败就是败，你计高一筹，我郑志没什么好说的！”郑志不屑地道。

“郑将军错了，铜马军又是何时不复存在了？你可以去看看，城中的铜马军依然好好地活着，而且他们还依旧像往日一样守护着城中的百姓，像往日一般操练，他们甚至会在不久的将来让天下人刮目相看！不过，他们需要郑将军这样的将领，需要郑将军这样的人才！”林渺激昂地道。

郑志神情数变之际，崔启已起身淡然道：“请郑将军听我一言，想当日，我们起事又所为何来？不就是为了能开创一番大业吗？也为了天下穷苦之人请命，因此，坚持的应该只是我们的理想，而不是其他。如城主这般智勇人物，不正是可以给我们以大展宏图的天空吗？如此明主，我们还犹豫什么？”

“大龙头对我们恩重如山，此仇不报，我郑志还有何脸面活下去？你们休要多说，快杀了我吧，我不会降服的！”郑志决然道。

林渺摇头叹了口气道：“很好！郑将军既如此决定，我也不勉强！”随即转向外面的侍卫道：“来人！”

“城主有何吩咐？”

“把郑将军的兵刃和马匹带来，也把他的家眷一同领来！”林渺沉声吩咐道。

郑志脸色顿时苍白，怒道：“要杀就杀我，与我家眷何干？”

“郑将军错了，既然将军不愿意与我共创大业，这枭城自然就不能留你，我要你和你的家眷迅速离开枭城，你爱到何处便去何处。”林渺漠然道。

“你真的不杀我？”郑志讶然问道。

“我没有必要说谎！”林渺傲然道。

“你不杀我，会后悔的！”郑志狠声道。

“如果你能让我后悔，未尝不是一件好事，不过，我希望你三思，他日若在沙场相见，绝不会手下留情！”林渺悠然道。

“你放心，我也不需要你手下留情!”郑志冷哼一声。

“报城主，海高望先生回来了。”一名护卫大步进殿报道。

“哦?”林渺微感意外，道：“快请先生进来!”

海高望在众护卫的引领下大步行入，一入殿中，便向林渺跪叩道：“海高望恳请城主再收留我这不知好歹的小人!”

“海先生何以又回来了?”林渺讶问道。

不仅是林渺有些讶异，便是崔启诸人也都惑惑然。

“小人出城后细想，城主如此宽容大度，对敌人尚如此信义宽容，足见宅心仁厚，再看枭城上下，百姓黎民欢颜笑语，可见治城有方，而城主以弱破强，区区三千人败我铜马军，其智其勇又有何人能比?如此智勇、仁义之主，如果海高望错过了，只怕会后悔终生。是以，我去而复返，希望城主能不计前嫌再次收容小人，小人定竭死相随，任城主差遣!”海高望依然跪首于地，恳然道。

林渺大喜，忙伸手相扶道：“海先生何用如此?快快请起，先生能去而复返，我林渺当然高兴，怎会有相责之意?”说话间扶海高望坐于另一张空着的大椅之上。

“报，郑将军的战马和家眷已带到!”

“好!郑将军，如果你真的不愿与我为伍，那便请吧，他日沙场再见!”林渺转向郑志，肃然道。

郑志望了望海高望诸人，冷冷一笑，转身大步而去。

“城主!”一名信都将士立身而起，欲说什么，却被林渺伸手相阻。

“人各有志，道不同不相为谋，让他去吧!”林渺望着郑志的背影淡淡地道，但眸子里却闪过一丝不经意的冷笑。

崔启和海高望脸色也有些难看，林渺居然放走了郑志这个在铜马军中颇有影响力的人物，这只会对枭城埋下一个隐患。

“城主，此人绝不能放走!”崔启沉声道。

“是啊，崔军师说得甚是!”梁秀成也附和道。

林渺高深莫测地笑了笑道：“无妨，过不了几日，他便又会回到枭城之中，本城主要他心服口服!”

众人见林渺一副胸有成竹的样子，知其心中有数，稍感安心，也为这位年轻城主的豪情和气度所折服，但他们却不知道林渺的葫芦里卖的是什么药。当然，林渺不说，自然也不会有人相问。

“城主，有位朱右先生求见!”一名侍卫进殿相报道。

“朱右?”林渺一怔，对此人却并没有什么印象，但却道：“传!”

不半晌，侍卫便领着一人行入大殿之中。

“是你!”林渺见到来者，顿时认出此人就是在邺城都尉衙门里义执言之人。

“小人朱右叩见城主!”朱右入殿便恭敬地行礼。

铁头也认出了此人，因那日他也与林渺同在都尉衙门之中，对这个敢仗义执言的人有些印象，但他有些意外此人怎会找到这里来。

“先生请起，不知先生此来所为何事呀?”林渺客气地问道，他也有些惑然。

“自那日为城主所救，我便一直在打探城主的下落。敝人自邺城追至平原，后又知城主到了信都，赶到信都才知城主大破铜马军后成了枭城之主，是以才赶到枭城投效城主，愿为城主手下一名先锋小卒，为城主大业添砖加瓦，还望城主不弃!”朱右恳然道。

林渺讶异起身，忙上前相搀，有些感动地道：“想不到先生千里相追，是为了此事，只要先生不嫌我年少轻狂，今后先生便与我同甘共苦!”说完向一旁之人道：“快给先生备座!”

“谢城主!”朱右大喜。

朱右确实不是个简单的人，林渺分别与崔启、梁秀成、海高望诸人相论，再将这四人招在一起，共讨枭城治理之策。朱右虽对枭城不太熟悉，但所说道理却是极为深刻，深得林渺和崔启的认同，而对城防部署诸方面，朱右之思想也不落人后，这让林渺更喜。

梁秀成被林渺任为枭城功曹之职，掌管城中诸吏的任免和赏罚；海高望依然是枭城钱粮总管；崔启依然为军师，而朱右则为林渺身边的主簿，亦可参与城中诸事的商讨。

而最重要的却是，朱右助崔启整顿铜马降军，林渺则在铜马降军军营中住了两日，每天都找降军谈心，了解军中情况，而及时地为其解决问题，再分组编制降军。有李度、李忠、方结、吴乔喜和尤新这本属于铜马军的五名将领相助，这使降兵很快便认同了林渺，而林渺毫无戒心地在他们营中宿了两日，与他们共食，也很快得到了降卒的认可，甚至打成一片。

这两天，林渺也自降卒之中挑出一千名精良战士，这些人则交由铁头训练和带领，另外五千降兵则由李度和李忠等本属于铜马军的将领负责。

对于战争中的伤者，皆给予细心的照顾，这两日，林渺、朱右诸人都忙得不可开交，但所取得的成效却是有目共睹的。这些铜马降卒大部分已经死心塌地追随林渺，因为林渺对他们比范沧海对他们要好多了，更重要的却是，林渺信任他们。

那些降将也都兴致昂然，也是对林渺死心塌地，林渺不计前嫌地对他们委以重任，他们又哪能不尽心竭力？

林渺知道自己这是在赌博，也可能是一注豪赌，但他愿意！他也必须赌，否则他如何面对任光对他的期待？他现在只有五十天的生命，对于成败得失，他并不在意，他只想在这最后的日子里真的能够有一番作为，也让自己不至于怅然而死。而若在五十天的时间内想有一番作为，那便必须豪赌，必须铤而走险地博上一手，只有这样才有可能出现奇迹，才有可能创出一番别人所不能创造的大业。当然，如此一来也可能会输得一无所有，但林渺并不在意，因为他本来就是一无所有的，即使是一切都失去了，就当只是做了一场梦。

林渺真希望这只是一场梦，可惜他知道这不是梦，现实是残酷的，要想不让自己被残酷的现实拖垮，最好的方式便是将现实当梦来做。当然，这只是没有办法的办法，因为林渺不想倒数着死亡的日期来过自己这余下的生命，他没有奢望能在这些日子里找到万载玄冰，也不想将时间浪费在这虚无缥缈的事情之上，若上天注定要他亡，他也无能为力。是以，他只想将剩下的日子，每天都过得充实一些！只可惜，知道林渺心思的人太少了。

第四天，小刀六竟然带着一帮人马赶到了枭城，这使林渺欢喜不已。

看到枭城这番景象，小刀六真是乐坏了，他们最初便是想真正拥有自己的力量，拥有自己的城池，而林渺来北方的目的也是在此。可是当他看到自己的兄弟真的拥有了这一切时，心中的激动比自己大赚了百万两白银更甚，这让他知道，自己拼命地挣钱并没有白费，尽管他们的梦依然遥远，但至少他们已经迈出了一大步。

兄弟相见自是喜不自胜，而小刀六告之祥林也仍在世之时，林渺更是欢喜。小刀六再为林渺引见欧阳振羽和胡世两人，并让欧阳振羽留下来相助林渺治理枭城，而小刀六则返回宛城，调遣一批人来枭城和信都大造兵器，以便在北方立足更深。

欧阳振羽早闻林渺之名，更知道这个年轻人胸怀大志，而且正在一步步实现，他也是满心欣慰。在见到林渺之后，他更知自己确实未曾投错人，不论武功，单论文采和决策，林渺这出身低下的人却有着绝不下于他们的见识与眼光，这使他对这新主也是充满了尊敬。

林渺并不想让所有人都知道自己只有五十天的生命，他已经严令不让知情者透露任何消息，如果让城中之人知道他只有五十天的生命，后果将不堪设想，必会军心大乱，民心不稳，辛辛苦苦打造的局面也会毁于一旦。那些铜马军虽然已经归服，但是却并未真正稳定下来，必须要经历一些时日。

林渺甚至没有告诉小刀六，他不愿小刀六为他太担心，是以，一直都隐瞒了此事的真相。

“城主，一切都已经准备就绪！”李度大步行入帐中沉声道。

“好！我要郑志这次来得去不得！”林渺泛起一丝诡笑道。

“主公，如果把这些铜马军都调出城外，那枭城的防护岂不是空虚了吗？若是王校军弃那群铜马军而取枭城，我们又该如何应付呢？”梁秀成有些担心地问道。

“哈，如果郑志真领王校军来攻我枭城，那这些铜马军必会反头倒攻，自他身后攻出，两头夹击，王校军必败！”林渺肯定地道。

“城主，末将尚有一事想问!”李度稍犹豫了一下又道。

“何事?”林渺淡然反问。

“如果郑志此次不是领人先救我们，而是连我们这群旧部也一起杀掉，那我们又当如何呢?”李度想了想问道。

“问得好!”崔启笑道：“李将军放心，主公在三天前便已经派人混入了临平城中放出了消息，让王校军以为主公是无足够人手处理这些降军，才会让人将降军押往信都的，他们一定会趁机救你们，即使他们识破此计，欲连你们也一网打尽的话，主公也早已另有对策，万事你大可放心，绝无失策之虑，你只需尽力办好自己的事便可!”

“有军师此言，末将就放心了!”李度欣然道。

林渺高深莫测地笑了笑道：“李将军此去见机行事就是。”

“末将明白，就此告退!”李度肃然道。

望着李度远去的背影，林渺向崔启望了望道：“军师传我之令，命城头所有旗号皆放下，所有军士皆坐于垛口，不可轻易露面，最好是让城外看不到城头之上的半点动静!”

崔启一怔，皱了皱眉，旋又突然展笑道：“城主果然好主意，属下立刻去办!”

而殿中众将都愕然，不知林渺此举是何意，如果这样的话，那王校军必会来攻枭城，而以枭城的兵力，并不足以抵挡王校大军的强攻，而且，郑志对枭城极为熟悉，这样的话，后果就很难想象了。

倒是欧阳振羽和朱右等有限的几人处之泰然，似早已成竹在胸。小刀六并不在乎怎么对敌，行军打仗，他并没有兴致，也并不参与军机，在枭城中虽很受欢迎，但林渺却并没有让太多的人知道他与小刀六的关系，保持一种神秘则更有利于彼此行事。

郑志大军扎于枭城二十里之外，他不敢靠枭城太近，对于林渺的心智，他不敢太大意，这次先派出探马分头去探消息。

但探子探来的消息却让郑志大惑不解，也吃惊不小。

“你是说枭城之上没有一点动静？连一面旗，一个人也没有?”郑志几乎怀疑自己的耳朵，质问道。

“千真万确！”那探报肯定地道。

“你肯定没有看错？”郑志又一次问道。

“小人仔细看过，确实没有发现半个人影，城中像是没有任何人，如一座空城，但城门紧闭，小人不敢爬上城头，便只好回来向将军禀报了。”那探报肯定地道。

“再探！”郑志沉声吩咐道，他仍不敢确定这一切是真的，这像是有点不可能，整个枭城怎么可能会毫无人声呢？这一切也太不正常了。要说林渺会弃城而走，于情于理都说不过去，是以他这次派出亲信之人前去枭城探查，另外则派人去追查那群被解往信都的降军的下落。

这次郑志自王校那里借来一万五千大军，便是要重新夺回枭城。他不甘心让林渺夺去了枭城，事实上王校军与铜马军极有交情，又绝不想让枭城成为信都军的力量，对于王校军来说，铜马军是其东大门，他们绝不容许林渺攻下枭城，但枭城失守太快，他们连反应的机会也没有，等他们意识过来时，已经无回天之力，这正是林渺奇兵的妙处。是以，这次郑志借兵，他们极乐意，若能让枭城受他们控制，他们自不反对了。

而王校军更听说林渺处理不了城中的降军，欲将之送去信都，他们又怎会放过这个机会？是以，让郑志趁机出兵。

王校军之所以相信这个消息，是因为他们认为这个消息的来源极可靠。在枭城之中，他们也安下了许多眼线。

“报将军，枭城之上确实没有半点动静，好像是所有人都离城而去了一般！”探马再一次相报。

“不可能啊，将军，这之中只怕有诈！”一名偏将提醒道。

郑志的眉头也紧紧皱到了一起，枭城城头居然连一点动静都没有，真不知林渺在城中弄些什么鬼把戏。

“王将军请随我去城下一观！”郑志吸了口气，向王校军的一名将士道。

“愿与将军同往！”

……

郑志领着一队人马远观枭城，果然见城头空无一人，连一面旗帜也没有，这与上次他领兵自信都赶回枭城之时是两种截然相反的现象。一时之间，他的脑海中也想不出个所以然来，他从没见过这般怪的现象，这种战略便像林渺其人一般难以揣度，他本以为林渺说一套做一套，却没料到林渺竟真的把他连同其家眷一起放出了枭城。这使他意外，于是他便去了王校军中借兵。

眼前林渺是再次故布疑阵还是又在要什么诡计呢？这摆着一座空城是不可能的，至少郑志没有收到枭城大举搬迁的消息，而且林渺有什么理由会在这三四天之中搬走什么呢？可是眼前的枭城确实如一座空城无异。

“将军，这太不正常了，我怀疑是林渺故意布下陷阱，城中一定有很多埋伏，怎么可能连一面旗帜也不挂呢？”

郑志也点了点头，虽然他只与林渺交战过一次，可是却领教了林渺的诡变战术，知其诡计多端，若是一个不小心，便很可能会中林渺的诡计。是以，面对这座空城，倒让他有些不敢轻举妄动了。

“不若我们先去救下那些铜马兄弟，然后回来再夺枭城？”

郑志心中盘算着，他根本不知道城中发生了什么事，也不知道城中究竟有何凶险，他是一点把握也没有，倒不如去截回那些铜马旧部，到时候再专心来破枭城也无不可！是以，他点点头道：“我正有此意。”

李度率一千骑兵、两百步卒，押送着三千降军前往信都。

所有的降军皆是手足以绳索相系，虽捆绑并不紧，但若想逃走却是不可能的，每位降军皆以长衣裹身，行动极为迟缓，也显得不便，这样也是防备降军逃逸，或是路途出现大乱子。

林渺所做的这些可谓是用心良苦，这二百步卒手持皮鞭，跟在降军的身边，若有人停下身来，则以皮鞭抽打。

枭城与信都相距并不远，早晨起程，第二天中午便可以到达。当然，如果是快马加鞭的话，只需半日即可抵达，但对这群降军来说，却完全不是那么回事，眼下天寒地冻的，少说也要两日才能行到。

“将军，前面便是盘龙谷了，不如我们在那里休息一会儿，填饱了肚子再上路吧?”一名信都小队长向李度道。

“好，就在前面盘龙谷暂歇，避避寒风。”李度高声吩咐道。

“将军有令，在前面盘龙谷休息!”一名战士迅速传令而去。

“将军，我看不对，我们后方有很高的尘土扬起，好像有大批追兵赶来!”一名小校提醒道。

李度回头望了一眼，果见远处尘土高扬，地面隐震，眼中顿时闪过一丝亮彩，挥刀高呼:“全面戒备，有敌来犯!”

枭城军迅速将淄车摆阵，砍倒路旁之树截住身后的道路，以阻骑兵，更有五百战士持强弓硬弩断后。

“郑将军，他们就在前面，我们追!”王校军的参将王德一指前方路上扬起的尘土之处喜道。

“报将军，前方果然是枭城兵，大概只有千余骑，他们正是押解铜马降军的人!”探马飞速回报。

“哈哈哈……天助我也，我看他这一千人怎么挡我数千铁骑!”郑志大喜。

“给我追，杀他们个片甲不留!”郑志一挥刀，骑兵迅速向前方冲去，但很快发现道路被断树横七竖八地挡着，不由得愕然。

“给我开路!”王德呼道。

那群王校军迅速下马，忙搬移挡路之树，但便在他们下马之际，道旁立刻传出一阵高呼:“放箭!”

“嗖嗖嗖……”一阵乱箭有如雨点般洒落，自草从之中迅速冒出那五百断后战士，人人手持强弓狂射。

王校军猝不及防之下，竟被射倒一大片，在数轮乱箭之下，死伤六七百，也有战马倒地而亡。

“绕道追，给我射死他们!”郑志大怒，他没有料到这里会留下这数百名步卒，身后之人一边搬树开路，另一些人则绕开正道。

“撤!”断后者之中竟有昔日铜马军将领尤新，他一呼喝，郑志便看见了。

“尤新，你这无义小人，我郑志誓杀你!”郑志气得高喝。

“郑志，识时务者为俊杰，你好自为之!”说话间，这群人迅速借路边之树的掩护退到第二道路障之后，依然是一些乱七八糟阻于路面的树木和淄车。

郑志清开道路，却因战马无法直通，只好又清第二道障碍，他后悔为什么要这么急着赶，而让步兵押后，这些淄车路障只是针对骑兵所设，对步卒并无作用，是以尤新诸人让李度先带走战马，以步卒断后。

这次郑志有所防备，但依然被射杀数百人，双方箭来箭往，但郑志人多，目标大，又都在马上，是以死伤十倍还不止，这让郑志恨不得剥了尤新的皮，可是这也是没办法的。

尤新和李度一共设了三道障碍，当王校军破开第三道障碍时，已死伤千余人，尤新及其战士们已经坐上了李忠留在第三道障碍后的战马，策马而去。

郑志几乎气得吐血，但唯有驱马疾追。只要赶上了枭城的大军，他们便可再杀枭城个片甲不留。

“郑将军，前面是盘龙谷!”王德提醒道。

郑志又岂会不知这里的地形，冷哼一声道：“盘龙谷也无险可依，只是地势稍陡，只要我们小心些，他们绝不可能占得了多少地势之利!”

“我看他们会在盘龙谷栖身，不若等我们步兵赶来，再将他们一举而歼才会更好!”王德有些犹豫地道。

“哼，何用等安其将军，对方仅千余人，即使是占了盘龙谷，也是新入谷阵脚未稳，我们以大军追在尤新之后杀入，他们又能有多大的作为?又何必将时间浪费在等安将军之上呢?”郑志不屑地道。

“郑将军所说极是，王将军，我们不能错失良机，如果他们在盘龙谷布署妥当，到时候只怕我们要付出更大的力气才能有结果了!”

王德不言，不过也知道这确有点道理。

“给我杀!”郑志一挥手中的战刀，高喝道。

王校骑兵顿时如潮水般向盘龙谷中冲去。

谷口之上的枭城军立以强弓劲箭相阻，一时之间空中的箭雨有若铺天蝗虫，席卷而下。不过，王校骑兵人多，马疾，枭城军并不能完全阻止住王校军的冲入。

“撤!”李度见王校军冲入谷中，并不与之正面交锋，而是大旗一摆，千余枭城军不再恋战，掉转马头疾速向谷的另一端冲去。

盘龙谷中便只剩下三千余手足被系的铜马军战俘。

郑志对李度的骑兵并不穷追，林渺的诡计太多，若是追李度太紧了，谁也不敢保证不会出事，他身边的骑兵只剩下四千人，刚才那一场较量，竟让他折损了近两千人的战斗力，有些人只是中箭并未死，但伤势却不轻，不仅这些人需要照顾，那群铜马降军也同样需要照顾。

“二龙头，是二龙头……”那群铜马军降卒有人在高呼，显然认出了高踞马上的郑志。

郑志细看，这些人果然都是曾追随他的铜马军战士，不由得心中大喜。

“拜见二龙头……”众铜马降军顿时跪倒一大片，皆向郑志行礼，直到这时，郑志方觉得牺牲这些王校军是值得的。

“从今往后，你们便跟着我，让我们一起去夺回枭城!”郑志挥刀高呼。

“夺回枭城，夺回枭城……”

“郑将军，我们该去与安其将军会合了！不知枭城是在捣什么鬼，我们应快速定下对策，否则只怕有变。”王德提醒道。

“好，回兵!”

第五十三章　枭城之主

郑志望了安其一眼，讶异地问道：“为何此刻城头之上还无动静?”

安其苦笑道：“我已派人试探地攻过一次城，但却折损了两千战士，城头上并不是没有人，而是躲在城垛之后诱我们上前。”

“啊……”郑志怔了怔，狠声道：“这林渺果然诡计多端!”说完抬头看看已晚的天色，道：“吩咐造饭，晚上劫城!”

“郑将军，城中虚实难测，贸然攻城，只怕……”

“王将军难道不知我们并没有多少时间可以考虑吗?如果信都军得知消息而赶来相援，只怕我们便再也没有机会了。”郑志打断王德的话道。

“以我之见，枭城之中并不会有太多的兵马，虽然任光留了四千人相助林渺，但是押送降卒便去了一千余人，城中信都军最多不过三千人，再加上一些降卒，也最多不过五千人左右，如果我们时机抓得适宜，以三倍敌方的人马攻这并不具备太多险阻的城池，应该不会有什么问题!”安其信心十足地道。

“不错，安将军此话正合我意。”郑志道，旋又道：“虽然我不知道城中兵力如何部署，但却知道这座城池的虚实如何，我相信林渺一定也想到了这一点，他必会在枭城最薄弱处多备人马防守。以他的兵力，若分散防守，其力量必极薄弱，因此，我们只要集中兵力主攻一面，他必会措手不及，我就不信他知道我要偷袭哪一面城墙!”

“郑将军分析有理，天已经黑了，我们便于二更动手!”安其倒是颇为好战。

“主公，郑志果然不敢立刻来攻，主公真是神机妙算！”猴七手喜道。

林渺毫不在意地笑了笑，梁秀成却兴奋地道：“如果郑志知道枭城之中一直都只有两千兵马的话，真不知他会是一副怎样的表情。”

众人不由得都笑了，对林渺的安排和计谋佩服得五体投地，所谓兵家虚实之道，变幻无穷。如果郑志上午便强行攻城的话，枭城只怕会在一个时辰之内便被告破，可是林渺这摆出一个空城的架势，倒把郑志给吓得不敢轻举妄动，一直拖到了天黑。

“天黑之后，郑志便要袭城了，诸位应该去准备一下，各就各位，该干什么就干什么，我看郑志这次还有什么能耐逃出我的手掌心！”林渺悠然一笑，自信地道。

“主公，一切都已经准备妥当！”崔启大步行入厅中，肃然道。

“很好，天也黑了，我们就来跟郑志玩个灯火游戏吧！”林渺欣然笑了。

“报将军，不好了，枭城之上升起了无数的灯笼，不知林渺又在捣什么鬼！”一名士卒迅速奔入郑志的帐中，急报道。

“什么？”郑志吃了一惊，提剑走出帐外，果然遥见枭城灯火通明，亮如白昼，仿佛是元宵灯节之时一般，各种颜色的火光将枭城烘托得有些诡秘。

天已经大黑，是以，那挂满灯火的枭城更是清晰可见。

“将军，他们究竟是在捣什么鬼？”一名偏将惑然问道。

郑志也皱了皱眉，他也被这奇怪的景象弄糊涂了，不知林渺究竟想怎样，这个人似乎总能做出一些出乎人意料的事来。

“将军，我们还要不要去袭城？他们好像已经知道了我们欲袭城，这才挂出这么多灯笼来！”郑志的亲信小心地问道。

“攻城计划不会有变！”郑志话音刚落，便听有人惊呼。

“后营起火了，后营起火了……”

"糟了!"郑志突地醒悟到了什么，急呼道："给我备马，小心有乱贼袭营!"

"杀啊……"一阵山呼海啸般的喊杀声竟自王校军营之中传来，差点没把郑志惊得跌倒马下。

"报将军，大事不好，那群铜马降兵反了!"探报极速回报。

"什么?"郑志脑袋嗡地一下，几乎要昏过去，这群降卒竟然会自他的窝里反起来，顿时之间，他明白自己实已中了林渺的毒计，这群所谓的降卒才是真正要命的杀手锏，也是林渺最厉害的一步棋!

"杀啊……"一时之间蹄声大作，东、西、南三面传来一阵狂野的喊杀之声。

"报，报，报……"探马如飞而至，东、西、南三面皆有敌军袭营。

王校军都不知道发生了什么，只知自己军中突然乱了，而四处营帐都起了火，里外皆是敌人的喊杀之声。在黑暗之中，似乎处处都是敌人，整个军营顿时乱成一锅沸粥，军士如无头苍蝇般到处乱撞、乱跑。

即使有一小队仍然未乱，但立刻便有快骑极速杀入，也很快乱成了一团。

此刻，郑志岂会不明白枭城灯火的意思?但是此刻他意识到了又有何用?一切都已经迟了。这一切，他想重整这个乱摊子也是不可能了，只好领着身边的人马杀出敌军的包围。在这种情况下，任何人都已经无力回天，只是他有些后悔，也有些恨，但并不是恨林渺，而是恨自己!既然知道林渺如此诡计多端，为什么仍中了他的计?至少，这三路伏于枭城之外的枭城军并未被他发现，就因此，他才会再一次败得一塌糊涂，不过最致命的，却是那三千被他带回营中的铜马降军。

林渺的这种手段也太狠毒了一点，但战争是没有道理可讲的，只求成功而不讲手段，人家计高一筹又有什么办法?不过，郑志承认自己仍大意了一些。

这一仗杀了一个多时辰，王校军几乎死伤过万，更有千余人被俘，余者皆被杀得四散而逃，也有些随郑志和王德逃了。

铁头、鲁青、李度、尤新诸将更活捉了王校军大将安其及另外三名偏将，而他们则只损失伤亡千余兄弟，可以说是战绩辉煌。伤者皆送回枭城治疗，鲁青、李度押着这群王校俘兵及安其回枭城，铁头和李度则继续追杀郑志和王德。

郑志和王德如丧家之犬，身边的将士不过两千余人，这一刻他们才真正体会到林渺的可怕，体会到战争的残酷，他们根本就没有估到自己居然这么不堪一击。每一步失策对于他们来说都是致命的，可是明白这个道理又有何用？该出现的结局已出现了。

王德和郑志逃出三十里地，才敢回头看看刚才的战场，但只看到那烧红的天空，那淡红色的夜空就像是一个可怕的噩梦。

“将军，我们现在应去哪儿？”一边的小校喘着粗气，紧张地问道。

王德深深地叹了口气，道：“回临平！”

郑志心中一阵酸楚，他本是铜马军的二首领，可最终却栽在这群铜马军的手上。

“走吧！”王德唤了一声，提醒郑志道。

郑志强压住心中的情绪，一打马，趁着夜色和前方小校的火把光亮向临平方向赶去，这也是他没有办法中的选择。

“将军，前面有一片火光！”才行不远，便有探马仓皇来报。

“一片火光？”郑志吓了一大跳，反问道，同时一带马缰，急忙赶上前方观望，果见一片火光。

“前面会不会是枭城的伏兵？”一名小校提醒道。

此刻王校军对枭城军有种打心底的惧意，他们出临平时拥有一万五千余人马，可是此刻已折损了近九成，但他们连枭城城墙都没爬过，这简直是一种耻辱！他们还没有遭遇到这样打仗的方式。

这简直不像是在打仗，而是叫送死！仿佛是自己主动送上门去让别人杀，让别人打一般，他们在莫名其妙之余，更无可奈何。

“我看不可能，如果是伏兵的话，他们又怎会点亮这片火光让我们知道其行踪呢？这于情理不合！”王德肯定地道。

郑志也点了点头，如果对方真的是枭城伏兵，就绝不会暴露自己的身份，这一点是可以肯定的，想来林渺用兵再怪也不会怪成这样子，怪得这样离谱吧。

“立刻给我去前方探明情况！”郑志吩咐道。

“呀呀……”郑志话音刚落，便闻一阵惨叫响起，蓦地眼前火光一暗，一道人影如风般袭至。

郑志骇然出手，只感手腕一震，一股强大至极的力道掀起他的身体飞跌而出，而那道人影依然如风般自他顶门掠过。

“将军，将军……”迅速有人围上扶起郑志，骇然呼道。

郑志只觉跌得有点头晕眼花，胸口发闷，但却并没受太重的伤。

“是何方高人？”王德对眼前这若闪电般快速发生的一切也为之骇然，不由惊呼道。但那道身影似乎已完全消失于夜幕之中，他们连对方的面目都没有看到。

郑志起身半晌没有回过神来，他似乎记得那道冷厉至极的眼神，但却更惊于刚才那如鬼魅般掠过的身影，他几乎怀疑这个世间真的有鬼魂存在。

“好狠毒的爪劲！”王德下马探查，却骇然发现每个倒地的战士头顶皆被捏碎，那神秘过客竟在别人没看清其面容之时便击杀了十余人，这份速度只让人咋舌。

郑志看了看自己的手掌，竟有几道红红的指印，心下更是骇然。

“那片火光向我们这边靠来了！”一名小校骇然道。

“快离开这里，这里很是古怪！”郑志吃惊地提醒道。

“是各门各派的人！”王德老远便见到那群手持火把如飞而至的人物，不由得讶然道，他确实没有料到各门各派会深夜赶到这里来。

郑志也大为惊讶，他却不明白，怎会让各门各派的人聚集得这般齐。

“报城主，末将无能，让郑志他们逃了！”任泉惭愧地请罪道。

林渺一怔，眉头微皱，冷冷问道：“怎么回事？难道你没有依我的命令伏击于长风岭吗?”

“末将确依城主之命伏于长风岭，但是在郑志经过之时，中途不仅杀出了那日的那怪物，还有松鹤所领的各门各派高手，末将这才未能完成城主所交的任务!”任泉无可奈何地道。

“什么?你是说那个可能是刘正的人?而松鹤道长也追到长风岭了?”林渺吃了一惊，讶然问道。

“正是那群人!”任泉肯定地道。

林渺的眉头皱得更紧，来回地在帅帐中踱了几步，这才转头向跪于地上的任泉道:“这也不能全怪你，老天要让郑志多活一些日子，我们就让他多活一些时日吧，你起来!”

“谢城主不责之恩!”任泉松了口气道。

“你去传令各营兄弟，让其小心，如果让刘正入了枭城，后果将不堪设想!”林渺吸了口气，沉声道。

“城主说的是以前那个武林皇帝刘正?”朱右吃惊地问道。

“只是猜测，不过此人已杀人成性，形如凶魔，若真是入了枭城，只怕会扰乱民心!”林渺吸了口气道。

朱右诸人的脸色皆变了，他们自然听说过武林皇帝刘正之名，更知道此人武功一世无两，如果真是此人，枭城上下数千名军卒只怕都不可能制服得了他。

“此事可先放一边，如果他真的要来，也没有任何人能够阻止，一切只能看天意了!”林渺淡然道。

任泉自然知道林渺话意所在，以刘正那鬼怪一般的武功，天下之间又有什么地方是他不能去的?以他们的力量根本就不可能对付得了那个金刚不坏之体的怪物。

“主公准备如何处理这些俘军?”崔启转过话题，淡淡地问道。

“军师认为应该怎样处理才好呢?”林渺不答反问道。

“以属下之见，这群降军以不留为宜。”崔启想了想，肃然道。

“为什么?”林渺讶异。

“这些人属于王校军的，虽然被俘，但是王校军依然强大，至少其势胜过我枭城军，即使是这群人降服于我们，但如果王校军派人再暗中收买他们其中的一部分，也并不是一件难事。也许这些降卒暂时可以帮我们添些力量，不过自长远的角度考虑，却是一大隐患!”崔启认真地分析道。

“军师所说极是!”朱右也赞同道。

“如果连降兵也不敢收留，我们又如何能够迅速发展壮大起来呢?”林渺悠然反问道。

“力量之发展，不是一时之事，操之过急只会适得其反，我们大可广招四方豪杰，收服小股力量，但如果想以小口吞大鱼却是一件很危险的事，还请主公三思!”崔启直言道。

林渺不由得笑了，拍了拍掌道：“军师说得是，一口吃不了一个胖子，力量的发展是需要一个均衡的调节的，若是整体不能同步配合，其结果只能是漏洞百出，协调不一！那军师认为我们应该如何处置这些俘兵呢?”

梁秀成插嘴道：“不若干脆将他们杀了!”

“哎，怎么能这样？如果杀了这些人，往后敌军只会拼死反抗，必会影响我们的声誉，绝不利于我们以后的发展!”朱右立刻反对道。

“主簿说得对，我们要想发展，便必须先拥有一个好的声誉，是以，这些人万万不能杀!”崔启肯定地道。

“主簿认为怎样才好呢?”林渺淡然一笑问道。

“以属下认为，最好是将他们放回临平!”朱右肃然道。

“这怎么行呢？我们辛辛苦苦抓他们回来，怎么能这么轻易便放他们回临平呢?”铁头立刻出言反对道。

“这个铁头将军便不知道了，我们虽放了这些人，使将士白费了许多力气，甚至可能会多些敌人，但是却可以给我们树立威望，给我们创造更好的声誉，这对大军长远发展有着大利！成大事者，何用拘于小节?”朱右劝道。

“属下认为主簿之见极是，我们想要真正有所发展，并不是为了杀人，而是为了稳住眼下的形势。虽然王校这次助郑志出兵，但他们内心并不是真想多一个敌人，只想趁乱多获些利益，而我们暂时也不想多这样一个敌人，不若做个顺水人情，将这些降卒送还给他们好了！”崔启道。

“哈哈哈……”林渺欣然大笑道：“人，我们是可以还给他们，但我们却不能让他们以为我们怕了。我们还人给他们，还要让他们知道，我们绝不是怕了他们，否则只会适得其反，让天下人以为我林渺怕了他王校军，怕了他冯逸飞！”

“不错，我们绝不能让人以为我们枭城军怕了他王校军！”铁头立刻附声应合道。

“事实已经证明，我们根本就不惧王校军，这次他们大败而归便是证明，主公又何必过多担心？”崔启想了想道。

“军师此言就不对了，常言道：亏本的生意怎会做？如果我们还他们这些人马，他们过几日再来攻打我枭城，又当如何呢？”欧阳振羽笑着反问道。

“我们可以以这些人与冯逸飞谈条件。”朱右道。

“不错，我要冯逸飞拿银子来赎回这些人，而且还要他答应以后不再相犯！”林渺自信地笑了笑道。

“以银子赎人？”崔启讶异。

“不错，我们有枭城这大本营，又有这数千战士，我们还要发展，每一件事都需要银子，虽然有城内外百姓的赋税，但这些仅够我们日常开销，绝难有大的作为。因此，我们急需要银子，更要合理的利用地势，发展自己的生意。如果我们枭城铜马军能靠自己发展的生意自给自足，百姓不仅可减轻负担，我们也会有更多的资金去准备其他事宜！因此，我要向冯逸飞索取银子！”林渺高深莫测地笑了笑道。

“主公说得是，城中的赋税虽比昔日王莽当政时少了许多，但对于城中的百姓来说，仍有些压力，而且库房收支比较紧，若是我们能做些生意，那再无后顾之忧了！”海高望大喜道。

“这件事便交给欧阳先生和海先生去办吧，你们先算出最合适的价钱，然后欧阳先生再帮我下书冯逸飞，我也不想这是一笔亏本买卖。不过，最好让冯逸飞知道，我并不想对他如何。”林渺淡淡地道。

欧阳振羽笑了笑道：“主公请放心，我一定去把这件事情办好！”

“那我就放心了，梁先生明日给我备份厚礼送去信都，就说我多谢兄长及时出兵相援，并告之战况和我的决定！”林渺又吩咐道。

“属下明白！”梁秀成恭敬地应了声。

“你们可以休息了，朱先生暂时留下。”林渺挥了挥手道。

欧阳振羽诸人知趣地告退，鲁青和铁头两人则是相护在林渺左右。

林渺并不将他们当外人看，一起出生入死，而这两人也成了林渺最贴心的护卫。

“不知主公留下属下还有何吩咐？”朱右微有些疑惑地问道。

“我要先生去查一下那两千俘军中一些小头目的身份和来历，还要先生设法让他们之中的一部分人替我卖命！”林渺吸了口气，悠然道。

“主公是要让他们在王校军中做眼线？”朱右眸子里闪过一丝奇光，问道。

“不错，不管你用什么手段，银子也好，强逼也好，最好要让他们是为我办事，而且这件事越少人知道越好，以后这之类的事，我都要先生亲自为我操办！”林渺肃然道。

“谢主公信任，请主公放心，我定不会让主公失望，属下这就去办！”朱右忙跪身叩谢。

“先生请起，好吧，你去休息吧！”

待朱右离去，林渺又向铁头和鲁青淡淡地道：“你们两个也下去休息吧。”

“是，主公也请早点安寝！”鲁青提醒道，说完转身步入殿外。

“啊……”

“什么人？”林渺正欲沉思，突听鲁青和铁头发出一声闷哼，不由得大惊而起，但立起之时，却更惊，因为他发现一人正挟着鲁青和铁头的躯体大步行入。

“是你?！你把他们怎样了？”林渺的背上渗出了一层冷汗，因为入殿之人竟然是他刚才提到的正被松鹤一干高手追杀的神秘怪人。

“他们没有死！”那怪人将铁头与鲁青的躯体抛落地上，声音极冷。

林渺心中暗松了口气，随即又惊问道：“你杀了外面的那些守卫？”

“他们还没有资格让我动手！”那怪人又应了声，似乎并不太在意林渺的问话。

“不知前辈来枭城所为何事？”林渺见这怪人并没有立刻攻来，也没有太重的杀气，好像并非是想来杀他，也稍微松了口气，但却不敢太过招惹这怪人，谁也不知这怪人发起狂来会有怎样的后果。事实上，如果这怪人此刻要杀他，他根本就没有任何反抗的可能，两人之间武功的差距实在太大！

“找你！”那怪人冷冷地道。

“前辈找我？”林渺愕然，手却已经搭在案下的剑柄之上，神情不自觉地紧张了起来。

“你不用怕，我不是来杀你的，在夜晚，我是完全清醒的，老夫只在白天才会发狂！”那怪人吸了口气，略有些感伤地道。

林渺心中讶异，他倒没有料到会这样，想到松鹤道长的猜测，不由得问道：“前辈可是昔日武林皇帝、天下第一高手刘正？”

“你是在哪里听说的？是松鹤那老匹夫告诉你的？”那怪人一怔，反问道。

林渺顿时心中有数，点点头道：“他确实有这个猜测，不过晚辈只与他见过一面。”

“不错，老夫便是刘正，但昔日的武林皇帝已经死了，天下第一高手更是妄谈！”那怪人说到这里，神情变得极为古怪。

林渺并没太在意这古怪表情的存在，只是有些好奇这昔日天下第一高手来此的目的和用意。

“你姓什么？”刘正突地问道。

林渺微感惊讶，坦然道：“晚辈姓林，单名渺！”

“你爹可是叫林世，字继之？”刘正又问道。

林渺倒吓了一大跳，差点没吓得坐回椅上，眼睛瞪得大大地望着刘正，充满惊讶和不解之色，好半晌才回过神来，骇然问道："前辈怎么知道？难道前辈认识家父？"但心中却又惑然不解，那怎么可能呀，便是认识父亲又怎知道我是他的儿子？这岂不是太奇怪了？

"你父亲可还好？"刘正语气变得平静而缓和地问道。

"他已经于前年去世了。"林渺吸了口气，略带感伤地道。

"前年去世了？"刘正神色一变，讶异问道。

"不错！"林渺肯定地点点头。

"他是怎么死的？"刘正眼神中透过一丝冷厉的亮彩问道。

"病死的！"

"你把他埋在哪儿？"刘正又问道。

"埋在宛城，前辈问这又是何意？你跟我爹是什么关系？我可从没听我爹提到过你呀！"林渺惑然反问道。

"那他临终前有没有跟你说些什么？"

林渺摇了摇头，对眼前这神秘的刘正更是难以理解，为什么会问这么多废问题，却不回答自己的话。

"他没有告诉有关你的身世吗？"刘正神色顿变，斥问道。

"我的身世？我什么身世？"林渺顿时感到好笑，眼前这刘正精神好像有些不太正常，但是却又将自己的父亲名字叫得那么清楚，也不像是胡诌，何况以他的武功，根本就没有必要这般。

"你知道我为什么会知道你父亲的名字吗？为什么知道你就是林世的儿子吗？"刘正悠然反问道，浑身竟散发出一层诡异的气势。

"这也正是我想问的！"林渺坦言道。

"因为你背后的火龙纹胎记，这是你生来就有的奇形胎记！"

"啊！"林渺顿时恍然，难怪那日刘正突然住手不杀他，原来是因为看见了自己背上的那条所谓的火龙纹胎记。也便是说，今日刘正找上门来，也是因为自己身具这奇异的胎记了。

"前辈怎知我生来就有这条火龙纹胎记？"林渺讶异问道。

“因为你出生的时候我便在一边，而你的母亲却因难产而死……”

“前辈错了，我爹说我娘是在我五岁时才死的！”林渺打断刘正的话道。

“我是说你亲娘！”刘正冷冷地道。

“我亲娘？难道我还有亲娘？”林渺一时也弄糊涂了，看刘正的样子，好像也不疯不傻，可是说话竟让林渺有些听不懂了。

“你爹所说只是你的养母宁秀！”

“宁秀是我的养母？你胡说！宁秀是我娘，难道我爹还会骗我？”林渺心神大震，刘正居然叫出了他母亲的名字，这更让他吃惊，但刘正的话却让他太难接受。

“我为什么要胡说？便连林世也都是你的养父，你的父母另有其人！”刘正不屑地道。

“哼，你以为我会相信吗？你有什么证据？真是滑天下之大稽，我尊你是前辈高人，却不希望你如此胡说！”林渺不屑地道。

“混账！你就是我交给林世的，你本是春陵刘家的三少爷刘秀，只因生具帝命，紫气外泄，危及紫微诸星，遭王莽逆臣所追查，为免因你引起灭门之祸，于是我才将你交于林世寄养于市井匪类聚集之处，以红尘俗气掩去你外泄的帝气！”刘正叱道。

林渺更感好笑，刘正越说越离谱，冷笑道：“如果真是如此，以你天下第一的武功还会对付不了王莽派来的人？”

“你知道什么，因为那时我正好有个重要的决斗，根本就不能分身保护你，而且我根本就不知道自己能否活着回来。是以，只好先安排好后路，本准备那次决战之后便回来找林世，但后来我却因重伤闭关十余年，根本就无法再保护你，便一直让你寄养于林世夫妇那里！”刘正满面煞气地道。

“前辈不是说笑吧？我怎会是刘秀？春陵刘秀乃是我的朋友，我怎么可能是刘秀呢？而天下间又有谁能令前辈身受重伤？”林渺心中生出一种荒谬的感觉，若对方不是刘正，他还真会认为对方是一个疯子。

“舂陵刘秀？”刘正微怔，旋又淡然道：“他乃是你二哥刘仲，当年王莽下令追查之时，因已把你送给林世带走，是以便让你二哥刘仲代之，在生辰八字错开后，他们便再也推算不出准确的命相，于是这样才骗过了王莽那奸贼！这件事情，因当时你长兄和二哥年龄稍大，对此已记得很清楚，但刘家之人也仅少数几个知道其中的内情，而你背上这条火龙纹便是最好的标志！至于当年那一战，虽然我身受重伤，但他也好不到哪儿去。”

林渺一时傻眼了，也不知自己该说些什么好，这个消息太让他震惊和意外了！他的表情显得一副满不在乎的样子，但是心里却波翻涛涌。要知道，刘正昔年为武林皇帝，天下第一高手，又是正道的支柱人物，虽然现在变了许多，但这番话说得那般肯定而且有理有据，倒让他心乱了。

“你知道林世是什么人吗？他乃是我的五仆之一，没料到他会这么早就死了！”说到这里，刘正突然道：“你的武功不是林世传授的？”

“我爹根本就不会武功！”林渺神色一变道。

“哈哈哈……真是笑话！林世的裂风掌乃是江湖一绝，可算是江湖有数的顶级高手之一，怎会不会武功？虽然其排在我五仆之末，可其学识极渊博，乃江湖中罕见的奇才，也是五仆中我最欣赏之人，其出身名门，却因我而流落市井！”刘正神色间略带伤感，可突地肯定道：“不对，林世没死！他还活着！”

“前辈说笑了，我爹乃是一介穷儒，虽出身名门，但又怎会是江湖有数的顶级高手呢？他的尸体是我亲手埋的，又怎会尚存于世呢？”林渺肯定地道。

“哼，我说他没死就没死，你去看看他的棺木，看里面是不是空的！”刘正冷哼道。

“人死入土为安，我怎能挖父亲的墓？”林渺色变道。

“只要他没死，便一定会来找你，一定会出现的！”刘正自信地道。

“既然前辈自己的武功那么好，又有这般五个仆人，天下间又有什么是前辈不能做到的？又有什么人能够让前辈受伤？”林渺惑然道。

“此人乃是魔道第一高手秦盟！”刘正淡淡地道。

“天下第一巧手秦盟?”林渺骇然问道。

“你也知道他?”刘正讶异。

“当然，但他怎么可能是魔道第一高手呢？他不是已经死了吗?”林渺更是一头雾水。

“天下第一巧手就是魔道第一高手，他得到了天下最霸道的武功《霸王诀》，我们才决战于泰山绝顶，结果两败俱伤，我从此闭关自修，却没料到在快要出关之时，被他知道我的秘址，以魔音相扰，使我走火入魔，成了今天这般模样，白天便心性大乱，成了杀人狂魔，晚上则恢复本性。是以，松鹤便带人追杀我，而我查到，秦盟不仅魔功大成，更创下天魔门，势力植根于天下。天下间，他唯一担心的人便是我，所以我尚不可以死，否则我这半人半魔，活于世上只会祸害天下，早已自绝。但现在却必须活下去，直到再与秦盟决一生死！否则，天下将再无能制他之人，这个天下也必会沦入魔道!”刘正深深地吸了口气道。

林渺顿时傻眼了，这之中居然有如此多的秘密，如此多的曲折，而魔门居然是秦盟所创，更是出乎他意料之外。那这一切，秦复究竟知不知道呢？秦盟没死，秦复也不清楚吗？这之中的一切顿时变得复杂起来。

“前辈来此便只是为了告诉晚辈这些东西吗?”林渺怔了半晌，才淡然问道。

“你不要叫我前辈，我是你三叔刘正！我此来是要告诉你，只要你努力，天下仍会是我们刘家的，我还要将我的武功传授给你，将来好对付天魔门!”刘正肃然道。

林渺不由得苦笑道：“学得你的绝世武功又有什么用？我只有五十天的生命了!”

“什么?”刘正大惊，鬼魅般趋近林渺，林渺伸手欲阻，但手腕却已被刘正抓住了，想挣扎都没有力道。

“奇怪，你体内的火毒怎会这般强烈？不过却蛰伏于丹田，暂时不会有事，如果施以金针导脉大法再以无上内力引导或可再压一时，你这伤势并非无救!”刘正淡淡地道。

林渺心中一动，昔日风痴便是以金针导脉大法救了他，而鬼医也说过，只有风痴和火怪或可让他延命半年，也便与刘正所说的不谋而合，这说明刘正并不是胡诌。

“谢前辈指点，生死有命，天若要亡我，我怕也无益，一切顺其自然吧。”林渺淡淡地道。

“混账！我是你三叔！我说过你还有希望就还有希望，这是要人争取的！顺其自然，你要等死吗？我教你一种练气之法，你每天勤练，可延缓火劲发作的时间。这股火劲已成为一股生机，任何外力只会使之提前爆发，唯一可解的人便是自己。”刘正叱道。

“谢谢三叔！”林渺大喜，忙跪下行礼，心中却暗道：“三叔就三叔，反正有这样一个天下第一高手做三叔也不亏，至于做不做你刘家的人，那还要看老子的心情！”

“哈哈哈……你终于肯叫我三叔了！我教你的练气之法名为‘浩然帝炁’，传说乃是黄帝轩辕当年在火山口所创，可纳天地之浩然之气于己用，改造同化肉体，以及容人于自然。黄帝轩辕也是凭此而破开结界，神游宇宙之中，你要好好修练！”刘正肃然道。

林渺喜不自禁，他虽是第一次听说过这样的武功，但是既出自刘正之口，被其这般推崇，又怎会差到哪里去？“谢三叔！”

“幸好你不曾练过横天霸罡，否则会与‘浩然帝炁’相互冲撞！好吧，我现在教你口诀与修习之法，天快亮了，我必须尽快离开枭城！天一亮我便会本性尽失！”刘正催促道。

林渺吃了一惊，又回到冷酷的现实中。

“你放心，若有机会，我仍会晚上来找你，我将我的武功记于此册之上，你可在我不在时将之背熟，然后烧掉再勤加苦练！好，你听清楚，我教你这册子之上未载的练气之诀！”说完刘正自怀中掏出一本素绢包裹的羊皮小册子递上。

“主公，刚才发生了什么事？”鲁青与铁头醒转，天已大亮，不由得急问道。

“没什么，你们就当什么都没有发生，昨夜之事不要向任何人提起。”林渺叮嘱道。

“是！”鲁青与铁头相视望了一眼，隐隐感觉到一定是发生了什么事，不过林渺既然不告诉他们，他们自然也便不会再多问了。

“主公，府外有松鹤道长求见！”朱右悠然走入道。

“哦，主簿昨夜没有休息吗？”林渺望着朱右那双略布血丝的眼睛问道。

“属下昨夜依照主公的吩咐，已不负主公所望，一切都办妥，稍后我再向主公禀明一切！”朱右面带喜色地道。

“很好，那你先去休息片刻，需要你时，我再让人叫你。”林渺欣然拍拍朱右之肩道。

“谢主公关心，属下现在并无睡意。”朱右忙谢道。

“哦，那好吧，你就跟我一同去迎松鹤道长！”林渺打量了朱右一眼，笑了笑道。

……

“贫道见过林城主！”松鹤显得极为客气地道。

“道长何用多礼？能在此再与道长相逢，真是林渺之幸，只不知是哪阵风把这么多的英雄豪杰都吹到这里来了呢？”林渺上前施礼后，朗然笑道。随即又客气地道：“请道长和众位大侠入内相叙吧！”

“林城主真是年轻有为，如此年纪便成一城之主，真让我等羡慕呀！”柴鹏举笑道。

“沾人之光，侥幸所至，我林渺何德何能？倒让柴大侠见笑了。”林渺谦虚地道。

“林城主太谦虚了，你以三千之卒，大败铜马三万大军，还夺下枭城，昨日又大败王校大军，如此神武又有多少人可比？想林城主大闹邯郸这一切，可见并不是侥幸所致呀！”夺命书生柳生插嘴道。

“自古英雄出少年，听左护法说，林城主与赤眉军的三老之首‘琅邪鬼叟’前辈颇有渊缘，不知可有此事呀?”崔叫化子笑了笑道。

“我与琅邪鬼叟乃是忘年之交，只可惜我也好久都没有见到他了！不知贵盟代护法可还好?”林渺心中一突，淡笑问道。

“代护法很好，谢林城主挂怀了!”崔叫化子笑了笑道。

“故人无恙，在下自然高兴，不知诸位今日前来我枭城是所为何事呢?”林渺话锋一转，目光落到松鹤道长的脸上。

“昨夜我们追杀那恶魔，谁知到了枭城便追丢了，是以，我想请城主帮我们查一查，看此人是否已经入了枭城?”松鹤叹了口气道。

“什么？那怪物来了枭城?”林渺故作失声惊问。

“按推断应该是来了枭城，不知枭城可有什么异常?”柴鹏举问道。

林渺心知肚明，却故意皱起了眉头，下令道：“吴乔喜、猴七手，你们两人立刻去城中各地查访，看看可有被杀之人，但你们绝不可将此消息让百姓知道，否则军法处置!”

“末将明白!”吴乔喜和猴七手微微吃了一惊，那吴乔喜倒没什么，但猴七手却见到了那怪物残杀成性，如果百姓知道城中有这样一个杀人魔王，必会民心不安，甚至会酿成大的变故。

“城主果然办事细心，此事确不宜让百姓知晓!”松鹤赞道。

“道长过奖了，此人在不在城中只要查查可有人死于那怪爪之下便知，若不在城中，倒无所谓，若在城中，到时候还请道长诸位多多出力，否则我枭城只怕无宁日了!”林渺肃然道。

“除魔卫道，乃我辈本分！我这次来便是为了除此恶魔，自当义不容辞!”松鹤诚然道。

“林渺先在此多谢道长与众位大侠了，来人哪！给诸位备酒上茶!”林渺吩咐道。

“军师请去让人加强城中的戒备，加派战士在城中巡逻，若发现异常情况，立刻来向我汇报!”林渺又淡然吩咐道。

“属下这就去办!”崔启应了声，立刻告退。

“有城主这么小心，谅那怪物难在枭城之中藏身!”松鹤赞道。

“我也希望如此，但那怪物的武功之高，完全超出了我们的想象，只怕这些普通战士根本就不可能发现得了他！”林渺故作担忧地道。

“那倒也是！”松鹤也点头道。

“来，诸位远来是客，我先敬大家一杯！那怪物暂时也没有动静，诸位先可安心休息一会儿，这样大江南北地奔波，也够辛苦的了。”林渺笑了笑道。

众人见林渺说的实在，又如此客气，是以，皆举杯相迎，毕竟这里是枭城，林渺虽年轻，却亦是一城之主，他们也不敢怠慢。虽有些人心中对林渺这黄毛小子城主并没放在眼里，可看到林渺这般调度自如，手下似乎颇有些高手，倒也不敢将情绪表露于外。

“我想，还是让我们亲自到城中走走，看看有没有什么异常吧。”松鹤道长提议道，显然是林渺那句话说到他心底去了。

“这样也好，回头，我再为诸位大侠设宴洗尘！”林渺并不相阻道。

“好，先行别过！”

“阿渺找我来有何事呀？”小刀六大步行入帐中，瞥了朱右和林渺一眼，嬉皮笑脸地问道。

“这几日在城中感觉如何呀？”林渺笑问道。

“你小子还真有一手，城中百姓像是没发生任何战乱一般，处变不惊，安稳得很。对了，你找我来不只是问我这个问题吧？”小刀六怪怪地打量了林渺一眼，邪邪地笑问道。

“城中来了许多江湖中名声极响的人物，这你知道吧？”林渺也怪怪地笑问道。

“当然知道，现在全城的百姓都知道，都对林大城主的人气敬服得五体投地，连这般地位尊崇的人都来捧你这小小城主的场。要知道，便是当今皇上想一下子请来这么多高人，都做不到，你小子不费吹灰之力，便让这些人不请自来了！”说到这里，小刀六不由得怪怪地笑了。

“城中百姓哪知道这些人的身份，是我让人四处传告的！”林渺吸了口气，诡秘地笑了笑。

“哦，我说呢，这些不知江湖为何物的百姓怎会对这群江湖名人如此熟悉，好像对每个人的故事都很了解一般，而且这些人才进城不久，便满城皆知，原来是你小子故意弄的鬼！”小刀六恍然大悟道。

“这便是我找你来的原因！”林渺立身而起，悠然道。

“这就是你找我的原因？这跟我又有什么关系？”小刀六讶异，不解地问道。

“那我的事跟你有没有关系呢？”林渺没好气地反问道。

“咱俩兄弟，你的事自然就是我的事，嘿，你有什么主意，你说吧，我听着就是！”小刀六毫不犹豫地道。

“你小子怎么突然变笨了呢？你刚才不是说，这些人便是当今皇上请都请不到一起吗？可是如今却齐聚于我枭城，你不觉得我们枭城很有魅力吗？而且很有人气、很受江湖朋友的拥戴吗？”林渺没好气地笑骂道。

“哦，我明白了！”小刀六顿悟，不由得诡笑道：“是啊，枭城确实是块宝地，很有人气，不过光宝地也没用，要不，范沧海是城主之时怎么没人来？可见，这是因为林大城主的人气旺，声望高，魅力大，而且很受江湖朋友的拥戴。这些武林高手与林大城主关系密切，为了表示对城主的支持，这才千里迢迢赶来为你这新任城主祝贺。不知萧六可有说对？”

林渺和朱右同时笑了起来，林渺并不反驳，神秘地一笑道：“萧老板说得极是，现在萧老板应该知道该怎样做了吧？”

“呵呵，请林大城主放心，以城主你这超凡的人气与号召力，不出半月，全天下人都会知道你受到了这群江湖大侠宗师们的狂热支持！所有支持枭城发展的人，也便是支持江湖的正义事业，所有支持林大城主的人，也都是江湖的有志之士，而对付城主和枭城之人，皆是邪魔外道！”小刀六夸张地道。

“呵，你便是支持江湖正义事业的第一人！”林渺欢悦地给了小刀六一拳道。

“哇，你出手这么狠！”小刀六故意揉胸道。

“别装模作样了！”林渺旋又扭头向朱右问道：“先生认为我如此做法可有不妥？”

“主公思维敏捷，高瞻远瞩，实是属下所不能相比的，如此一来，江湖各大小势力必会对枭城和城主另眼相看，而江湖豪杰必闻风而至。主公善用形势，更让属下佩服！”朱右由衷地道，神色间蒙上了一层崇慕之情。

“有主簿的赞同，那我便不用顾忌了，争胜之道，本就是无所不用其极，善抓机会，方能成别人所不能成之事！”林渺自信地道。

“主公教训得是！”朱右恳然道。

“不知六子在城中开灶立炉之事办得怎么样了？”林渺扭头悠然问道。

“已经准备就绪，不过，有枭城和信都这两城支持，我想将大部分生意做到北方来，这样，相互之间的支持和合作便可以更紧密一些。”小刀六道。

“我也是这么想，南方便交给姜先生打理，留下做生意必须的人手，而你便领多余的人手来枭城助我，到时候，我们不仅可以南北兼顾，更可外通塞北、海外！我们好好地大干一场！”林渺认真地道。

“哈哈，那真是太好了，这一切正是我所想的！”小刀六兴奋地道。

“如果有时间，我也想再回宛城一趟，你便先回去打理好那边的一切，快点来枭城吧！”林渺想了想道。

“放心，有姜先生在，一定可以打理得很妥当，若姜先生知道这边的一切，定会很高兴的！”小刀六肯定地道。

“不过，有些事情仍不可太张扬！”林渺提醒道。

“谨遵提醒！”小刀六滑滑地笑了笑道。

林渺也无可奈何地笑了笑，对于做生意，他向来相信小刀六，而对这个兄弟行事，他也改变不了。

“你不是说，这次一定可以夺下枭城吗？我真不明白，枭城才几千兵力，而郑将军你却带了一万五千战士，却不到两天时间就仅剩两千余兄弟回来，这究竟是发生了什么事？还要请郑将军给我解释一下！”斜庆丰简直是气得不知道说些什么好，他身为王校军的二当家，却见到自己的战士如此地借给郑志，却遭此惨败。

“郑志确实对不起几位当家的，也对不起王校军将士，这次我低估了林渺那小子，以至招此失算，实是罪无可恕！二当家的要杀要剐，郑志绝无怨言！”郑志心中感到一阵莫名的悲哀，他也曾叱咤一时，可是如今却落得个寄人篱下，还要受尽别人的脸色，他心中确不是滋味。可是这一切又能怪谁呢？他连遭大败，几乎已是心灰意冷。

郑志并不恨林渺，他确实不是林渺的对手，至少，在战略上，他屡屡失策，而总是中了林渺的诡计，这一切只能说明人家确实是智计胜他甚多，输了，而且都是在力量胜过对方许多的情况下大败，他又有什么话好说？

林渺已经做得仁至义尽了，郑志也没有理由恨他。当日林渺慨然放他离城而去，还放了他的家人，对敌人能做到这样，他已经服了，战场之上是没有仁慈的，兵不厌诈，林渺能够抓住他的弱点，这也是人家的本事。因此，在这心灰意冷之时，他也不觉得活着有多大意思。

“哼，你以为你死了就可以偿还这一万余死去的兄弟吗？就可以泄我心头之恨吗？”斜庆丰不屑地道。

“哎，二弟，事已至此，责怪也没有用，郑将军也不想发生这样的事，只是林渺那小子太狡猾了，让我们损失这么多兄弟，我们绝不会就此罢休！”冯逸飞出言道。

“哼，这种无能之辈，难怪铜马军会被一个乳臭未干的小子打得灰飞烟灭……！”

“士可杀不可辱！二当家你……”

“我什么？我恨不得杀了你！”斜丰庆怒叱道。

“二弟！”冯逸飞也有些气恼，叱道。

斜丰庆对冯逸飞尚有些敬惧，见他这般呼喝，只好不语。

“好吧，郑将军先去休息，这里没你的事了。”冯逸飞对这个郑志也没有了兴致，挥挥手道。

“郑志告退!”郑志狠狠地瞪了斜丰庆一眼，愤然而退，心中也涌起一阵难抑的杀机，这斜丰庆确实伤了他的自尊。

“大哥还准备留这种无用之人?”斜丰庆气愤难平地问道。

“我本以为他可以夺下枭城，看来他确实不是这块料子!”冯逸飞有些泄气地道。

“让我带人去夺下枭城，我就不相信一个黄毛小子有什么能耐!”斜丰庆讨令道。

“二弟切不可轻视那小子，他能两次以那么少的兵力破郑志大军，可见其绝非凡人，切不可鲁莽!”冯逸飞阻止道。

“郑志是什么东西，此人浪得虚名而已!”斜丰庆大言不惭地道。

“狂妄自大乃兵家大忌，二弟难道连这一点都不知道吗?”冯逸飞有些不高兴地责备道。

“是，大哥教训得是!”斜丰庆有些不服气，但却不敢顶嘴。

“要知道，枭城城主虽然是个叫林渺的小辈，但别忘了，那也是信都军的地方，林渺好对付，任光好对付吗?信都的豪强好对付吗?”冯逸飞冷冷地教训道。

“谢大哥提醒，小弟差点犯了大错!”斜丰庆听得冷汗都出来了，他确实忽视了信都军。

昔日信都任雄老而弥坚，其行军作战在北方可算是高手，精于用兵天下有名，这才能保住信都之地无人敢侵扰。如今任雄虽已死，可任雄部下的那些强将依然在，这些人也绝对不好惹，如果贸然出兵对付枭城林渺，必会惊动信都军，这可就有些麻烦了。

“可是我怎能咽下这口气?”斜丰庆想了想又道。

“君子报仇，十年不晚，只要找到机会，报仇自然不难，但一切却得从长计议，绝不可鲁莽行事，枭城之中尚有崔启这匹夫在，此人不可小视!”冯逸飞认真地道。

“大龙头所言极是，铜马军之所以强，文有崔启，武有郑志，虽然郑志此人有些名过其实，但崔启此人却绝不可等闲视之，其人深谙韬略，熟知兵法，虽是文人，但在铜马军之时，所有行军打仗都是由此人安排操控，范沧海也对其极为信宠！”王校军军师段让出列肃然而诚恳地道。

“军师所言有理，虽然林渺不过是个毛头小子，但能让崔启心服，说明此人绝不简单！如果崔启不是真心降服，那时枭城必会内乱，我们都没有理由轻举妄动，派大军远去征伐更是万万不妥！”说话者乃是王校军首领之一黄宪。

“五弟所言极是，一切只能从长计议！”冯逸飞赞道。

“报——”一名护卫跪至殿中高声禀道：“枭城来使要求见大龙头！”

“枭城来使？”冯逸飞也怔住了，心中升起了一丝惑然道：“传！”

欧阳振羽领着两名护卫大模大样地穿过冯逸飞所设的刀枪剑林，在殿外，两名亲随护卫被截于门外，欧阳振羽则大步跨入殿中。

欧阳振羽扫了殿中诸王校军将一眼，这才不紧不慢地向冯逸飞施了一礼，道：“枭城欧阳振羽奉城主之命前来向冯大龙头问好！”

“大胆狂徒，见到我们大龙头，居然不下跪！”一名王校将领怒叱道。

欧阳振羽斜瞟了那人一眼，淡淡地道：“跪叩乃君臣大礼，岂是对任何人都可以行的？”

“好大胆，难道你就不怕我杀了你吗？”冯逸飞脸色变得阴冷，冷笑道。

“两国交兵尚不斩来使，难道冯大龙头连此容人之量也没有吗？”欧阳振羽毫不在意地反问道。

欧阳振羽的反问，倒让冯逸飞脸色一阵青一阵白。

“你们城主派你前来，只是让你耍嘴皮子吗？有什么事情何不快说出来？”黄宪冷然道。

“这就是你王校军的待客之道吗？”欧阳振羽并不在乎黄宪的质问，反问道。

黄宪眸子里闪过一丝讶异，斜丰庆色变欲言，黄宪却伸手相阻，淡淡一笑道：“给欧阳先生看座！”

斜丰庆对五弟黄宪似乎极信服，黄宪如此说，他也便只好闭口。

第五十四章　治城之略

欧阳振羽也仔细地打量了这黄宪几眼，却见此人神华内蕴，气态安详，似乎对任何意外都不放在心上。他不由得对此人多留意了一些，直觉告诉他，此人绝不简单。

“欧阳先生可以说了吧?”冯逸飞冷冷望了欧阳振羽一眼，淡淡道。他心中却在寻思昨日才两城交兵，己方义军大败而归，今天林渺就派来使臣，究竟是安的什么心？是不是又有什么花样?

“我来是想与冯大龙头谈谈两城今后之事，并顺便做一笔小买卖。”欧阳振羽悠然一笑道。

“谈两城今后之事?”冯逸飞一怔，旋又冷声道：“这有什么好谈的?你我两城已起战火，是敌而非友!”

“不错，两城已起战火，但这并不代表战火是永远的，逝者已逝，活着人却仍要好好地活下去，难道不是吗？战与和仅在大家一念之间，我们城主不想看到生灵涂炭，而且眼前之大计乃是废王莽之旧制，解万民于水火，天下义军皆一家，为天下苍生谋福，若大业未成，自家兄弟先自相残杀，王莽若知，必会笑煞!”欧阳振羽淡淡地道。

“说得倒好听，可是你杀了我们那么多兄弟，这笔账我们该怎么算?”斜丰庆怒问道。

“事非因我们而起，战场之上，谁能手下留情？我们也只是被迫如此。何况，我们活着的人比死去的人多得多，人死不能复生，难道要让活着的人去为死去的人背一生仇恨的枷锁？我们城主本无意与王校军为敌，本为相邻两城，抬头不见低头见，彼此为何不能好好合作？可是大龙头却听信了小人之言，借兵攻打我枭城，祸首不应该是我们！”欧阳振羽不卑不亢地道，表情坦然自若至极。

“以先生之言，那是我们的错了？”冯逸飞神色一变，冷冷地问道。

“孰是孰非，一家之辞又何以能定？我只是觉得，为了天下百姓，一家之恩怨又何足挂齿？这也是我来此的目的！”欧阳振羽淡淡地道。

“你们要讲和，是不是你们怕了？”斜丰庆咄咄逼人地道。

欧阳振羽不由得哈哈大笑，半晌才歇，望了斜丰庆一眼，傲然道：“事实已经证明了一切，王校军虽兵强马壮，但是我枭城军却从没怕过任何人！别忘了，我们城主只以三千人马破铜马大军，斩范沧海，再以数千人马赢得昨日大胜，王校军虽强悍，却也不见得比铜马军强多少。”

“你……”斜丰庆大怒，却被冯逸飞相阻。

“公道自在人心，我们城主只是上体天心，念及百姓疾苦，而又敬冯大龙头是知理明大义的英雄豪杰，这才让我前来下书，希望彼此误会不要加深。和则两利，战则两伤，相信冯大龙头不会不明此理吧？”欧阳振羽不卑不亢地道。

“就凭你空口所说吗？”冯逸飞的脸色数变，他确实觉得眼前之人的辞锋极利，难以反驳。

“当然不是，我们还为大龙头准备了一份大礼！”欧阳振羽淡淡地道。

“一份大礼？”冯逸飞讶异地问。

“不错，便是贵军的安其将军与一干将校！”欧阳振羽笑了笑，坦然道。

“他们没死？”斜丰庆及殿中的众将都神色皆变。

“自然没死，目前正在枭城接受我们城主的款待，如果我们两城言和，自然便会送这几位将军回临平，以示我枭城军的诚意！”欧阳振羽悠然道。

冯逸飞望了黄宪一眼，黄宪立刻立身而起，淡淡地道：“先生所言极是，和则两利，战则两伤，这次出兵，实是受了小人唆使，若早知贵城主如此大义，我王校军又怎会出兵？请转告贵城主，我们愿意与枭城修好，往后互不相侵！”

“呵，将军之意便是大龙头之意吗？”欧阳振羽目光却投向冯逸飞，淡然问道。

“他乃是王校军五当家，他的话自然算数，他的话便代表我的话！”冯逸飞肃然道。

“原来是五当家，欧阳振羽失敬了！”欧阳振羽再次施礼。

“不客气！”黄宪淡淡地道。

“另外，我们城主还想与大龙头商量一件事情。”欧阳振羽突然道。

“什么事？先生不妨说来听听。”冯逸飞淡然问道。

“在枭城之中，除安其将军诸人之外，更有两千余王校军战士，我们城主本想将这两千余战士也一并送回临平，但是却遭到城中诸将的反对，说是因为这场战争，让我枭城多了许多孤儿寡妇，若就这样送还，就对不起这些孤儿寡妇了。我们城主力劝众将，但仍在这些孤儿寡妇上有所争执，因此让我与龙头商量，如果大龙头愿意给这次战争中的孤儿寡妇出一些抚恤金，让他们能过上一个舒服的冬天，我们便愿意将所有王校降卒全部归还给大龙头！”欧阳振羽恳然道。

“我们临平所添的孤儿寡妇会比你们枭城少吗？”斜丰庆愤然道。

“这一点我们自然知道，我们城主也说过，可众将皆认为，事由临平而起，且我们愿还这二千余降卒，临平方面不能不作出一点表示，这也是对我们和好的一种表示。否则，我们城主如何向城中军卒和孤儿寡妇解释呢？当然，我们城主还希望贵军能将此次祸首郑志及他的家人交由我带回枭城，以向城中百姓交代！”欧阳振羽不愠不火地道。

“好，先生所言甚是，贵城主如此大方，还我两千余降卒，难道我冯逸飞连这点要求也不能满足？为以示诚意，我出十万两白银，不知这些够不够贵方城中那些孤儿寡妇开销？”冯逸飞慨然道。

“那欧阳振羽便代表枭城所有的孤儿寡妇谢谢冯大龙头了，明日我们就将人全部送回临平，这是我们城主所拟之誓约，还请冯大龙头过目！”欧阳振羽起身离席，双手递上早已拟好的誓约。

冯逸飞看了，又递给身边的段让，再传给殿中众将一一过目，其中无非是一些互相合作的事宜，另外是一些简单的约定，并无什么争议，是以并无人反对。

“好，就依此盟约，明日我也会派人将银两与郑志一家送去枭城！”冯逸飞在盟约上画了押，肃然道。

“那我便先行告退！”欧阳振羽道。

“先生何用如此急？我为先生备了酒宴，吃完了再走不迟，否则贵城主只怕要怪我们怠慢贵宾了！”黄宪出言道。

“那恭敬不如从命了！”欧阳振羽也笑了。

“主公认为冯逸飞真的会将这十万两银子送来吗？”崔启有些担心地问道。

“无妨，我可以让人先将这两千战士送去临平，待他们送来金银后，便让他们将安其诸将领回，如果他们失信的话，便休怪我们不客气！”林渺冷冷道。

“以我们的力量，只怕与临平王校军难以硬拼！”崔启道。

林渺笑了笑道：“我并没有要去与王校军硬撼，只是说以后，即使是他不送这十万两银子，也占不到任何便宜，只那两千被我们送回去的降兵就够他们头痛的了。”

崔启顿悟，敬服道：“主公果然智计过人，属下望尘莫及！”

“那城主要不要趁机攻下临平呢？”梁秀成反问道。

“不可轻举妄动，我们想攻下临平，却不是现在。冯逸飞对那两千降兵必会疑神疑鬼，又怎不防我们再用降卒之计呢？他必会作出防范，我们若出兵只会自挖陷阱！”林渺肃然道。

“城主所说甚是，我们根本就不用出手，冯逸飞见过我们昨日那降兵反噬之计后，对这两千战士必不敢太信任，甚至有些戒备，势必会引起这些战士的不满情绪，久而久之，这些人必会真的成为他们的祸患！到时候我们再攻临平，自然会轻松许多！”崔启出言道。

“哦，难怪主公对这两千俘兵这般好，若冯逸飞知道这些，必会更怀疑！”梁秀成也恍然道。

“主公如此做法，只是要让这些降卒知道主公之大义、仁慈，到时候他们回到临平受到冷遇时便会想到主公的好了，这样，这些人自然会心向枭城!”欧阳振羽笑了笑道。

林渺不置可否地笑了笑，道：“一切就让时间来证明吧，不过，谅那冯逸飞也不会失信，十万两银子对他们来说并不算什么。海总管与主簿去查一下，城中有多少孤儿寡妇，然后再商量如何照顾他们的生活。”

海高望大喜道：“主公如此为百姓着想，实乃是我枭城之福，属下这便去办!”

“水可载舟，亦可覆舟，百姓乃是一切的根本，古往今来成事者，无不是得民心之人，是以你们往后行事切要记住，不要无故损害百姓之利益，更要严治军纪，不得犯民，违者以军法处置!”林渺肃然道。

“主公教训极是，属下铭记于心，不敢一刻或忘!”殿中数人皆诚然道，心中对这年轻的城主又多了几分敬意，更深感遇得明主。

林渺成为枭城城主的第六日，信都的众多豪强都来送礼祝贺。当然，这也是因为林渺与任光的关系，在以耿纯为首的大豪发动之下，信都的豪强皆表示对林渺的全力支持。

这些使得枭城百姓皆大为欢喜和兴奋，这新任的城主居然如此有人气，这使他们身为子民也感到骄傲。当然，有这许多大豪的支持，让他们看到了枭城安定平和和繁荣的未来。

对于这些大豪，小刀六则有了发挥的机会。他虽然到信都与枭城有数日，却还没有与这些当地豪强有太多的接触机会，现在在林渺有意的安排之下，他们便可以大谈生意中的问题及全方位合作的计划了。

有欧阳振羽与胡世这两个说客相助，小刀六确实如虎添翼，倒有许多人对他的合作计划极感兴趣。当然，也有许多人只是看在林渺和任光的面子之上，知道小刀六有林渺、任光两大势力的支持，做生意自然容易，所以才愿意与小刀六合作。

也在这一日，林渺让人送走了那两千余名王校俘兵与将领，而冯逸飞也按约定送来了十万两银子和郑志一家人。林渺则抽出五万两银子抚恤城中的两千余户孤儿寡母，每家都能分得二十余两银子。

这一切都是当着众豪强之面而做，城中百姓皆为之哗然，奔走相告。

林渺这般做法确实使枭城内外的百姓皆感恩戴德，往昔这种事情从没有发生过，在王莽暴政之时，百姓更是苦不堪言，苛捐杂税，重利盘剥，使得百姓不堪疾苦。铜马军来此之后，虽苛捐杂税减少了一些，但是却战乱不断。铜马军只管军队，对城中百姓并不在意，加之军纪松散，军士对百姓的欺抢之事常有发生，百姓也是胆战心惊地过日子。可是林渺来这枭城才不过近十日，百姓却已经大见好处，虽也是受战乱，但是林渺对城中百姓都大加补偿，更约法三章，严整军纪，绝不犯民，而且，为百姓分粮送冬衣，这些虽然是一时安城之计，可是林渺这次为孤儿寡母按户发放抚恤金，却深深地感动了枭城朴实的百姓们。

这种做法不仅感动了城中的百姓，更让城中的战士大为感动，关心战士的家人，这便比关心战士本身更让他们感激。如此一来，他们不会再有后顾之忧，因为他们知道林渺绝对会照顾好他们的家人，这使他们誓死保护家园的决心更坚，更愿为林渺卖命。

林渺抽调五千两银子在城中修了一座英雄陵，所有战死的兄弟都埋于此陵之中，还有专人为其管理。另用五千两银子在枭城之中修建几所学堂，以让枭城穷人子弟能念书识字。

这一切虽不是林渺亲手安排，却是由欧阳振羽与朱右亲手布置。虽然这一切只不过几万两银子之事，对于一支军队来说，算不了什么，但却可以体现出很多东西，自这一些小事之中，林渺让整个枭城的百姓完完全全地接受了他，并拥戴支持他。

每个人的心里都有一杆秤，每个人都渴望幸福，每个人都希望有一个好的明君为百姓造福，而林渺所做的这一切都深深地打动了枭城内外的百姓，让他们看到了希望。

那群前来祝贺的大豪们也纷纷解囊资助，林渺又募得一万两银子，而这些依然是用来修建学堂，办私塾。

有感于城主的大义，城中的许多老儒都愿意以低薪去教这些穷孩子，一时之间，整个枭城都陷入了一片欢悦之中。

林渺自小便生活在宛城最乱最阴暗的天和街，受尽了白眼和欺辱，他深知穷人的苦，深知穷人心中所想。是以，他明白百姓需要什么，如此才能好好地把握百姓的心，由人心治起，再治理城池，治理军队。而这一切所得到的回应也是清晰可见的。

数日之间，城中百姓几乎天天都有大批人前来朝拜林渺的铜马府，几乎当林渺是神圣。城中军士本来心仍有点不稳，但这数日之后，无不死心塌地地心服。而林渺大败铜马军，再败王校军，这些战绩，也让城中每一个人充满了信心。何况，城内外都盛传林渺还得到武林中许多高人的支持，那些百姓以讹传讹，甚至说整个武林都支持林渺，事实上这些人连武林是什么都不知道。

城中将士人人心服，他们有着清晰的责任感，所为的，不只是林渺，更是整个枭城，整个枭城的百姓。

与王校军修和之后，城中百废待兴，立刻通过信都诸豪强及枭城的商人振兴城中的商业，而林渺也立刻兴起自己的产业，因为整个军队的运转需要依靠庞大的资金支持。是以，林渺必须想方设法多赚银子。

林渺任命欧阳振羽、海高望两人主持对城内外的生意，制定和征收税项。

崔启则负责城内外的军事，由梁秀成相辅；猴七手和朱右则负责对附近各城的外交、情报。

铁头、李度诸将负责日夜练兵。

城中的一切都显得紧凑而又充实，给人以气象一新之感。枭城，从内到外都似乎变了一番。

郑志被带回枭城，本以为必死，可是却被人带着到处闲游，看看城内日新月异的变化，更被好好招待，便像是客人一般。过得数日，他终于明白了林渺之意，负上荆条一路跪至铜马府向林渺请罪，更表示誓死效忠林渺。在看到城中的变化之后，他终是彻底地服了林渺，更知道林渺对自己的恩情和心意，若是再不知好歹，他自己也会恨自己。

林渺并不相责，欣然而受，枭城之中也因此再添一员猛将。

但林渺心中却始终没有真正的开心过，因为他所剩时日已经无多，只有一个多月的性命。他之所以如此拼命地建设枭城，只是想在自己死之前能为百姓多做一点事，能够将枭城交给任光时一片繁荣，那样他便可以对得起任光对他的情义了。

生或死，对林渺来说，已并不在乎，他只是在乎有生之日，能够让枭城的事业走上多远。他并不想将枭城铜马军易帜，因为这本是由铜马军的俘兵组成的军队，包括许多将领，是以，枭城军队依然名为铜马军。而“铜马军”之由来，据说与林渺所居府第有关，因为在府门外有两尊巨大的铜马雕像。

铜马双蹄腾空，以长嘶奔腾之势立于府门两侧，这两尊铜马乃是花了近十万两白银才打造而成，以三千斤精铜炼制，可谓是不世之作，连林渺都极为喜爱。也因此，他所居府第名为铜马府。

林渺定军名为铜马军，那些昔日铜马军的将士更是感激，也没什么人反对。此刻林渺的声望，在枭城之中有若神明，没人会反驳。

近二十日来，林渺的名字响遍整个河北，甚至进入南阳，关于林渺的义勇和体恤百姓及受江湖正道大侠宗师支持之事遍传天下，因而使许多豪杰纷纷慕名而至，也有许多难民向枭城赶来。当然，这些难民也有许多投入铜马军中，也有的便在城外结集，合成小村落，现已值春季，开荒种地。还有的小股流匪和山贼也慕名来投，短短二十日来，枭城便猛增了两千余兵力，而这也为枭城的财政增添了许多压力，养一支大军并不是一件容易的事，每天军费的开销极为吓人，虽然昔日铜马军的库房有许多存积的金银，但由于大量投入到百姓的安顿与军容的整治之上，也难以维持长久。不过，所幸欧阳振羽和海高望的生意网络迅速打通，利用滹沱河水道展开水运，再向北方打通关节，很快便可以见到成效。

小刀六在枭城之中开的兵器制造行，也极受各地的欢迎，不过，天机弩却是禁止乱卖的，除非像兄弟军之类的，否则绝不乱卖。因为林渺并不想到时候有人拿天机弩来对付他铜马军，这可不是一件好玩的事。

事实上，许多事借信都大豪们的生意网络好办得多。

林渺的迅速崛起，许多人高兴，也让许多人担忧，高兴的自然是林渺的朋友，诸如在渔阳的沈青衣、沈铁林兄妹等人，吴汉更派人送来重礼。原来吴汉已为渔阳太守彭宠部下的第一勇将，其名动塞北，让胡人闻风丧胆，极得彭宠之信赖。

林渺自然为吴汉感到高兴，不过吴汉因在与胡人作战，不能亲来，这才派心腹为林渺送来厚礼，而沈铁林等人则是亲来枭城为他们的小弟祝贺，更答应为林渺打开通往塞北的路径，甚至为铜马军打开与夫余、高句丽等国的商业要道。

事实上，沈家向来是做北方马匹生意的，将塞外的马匹贩入中原，再将中原的物资运出塞外。塞北沈家之名也正是因此而响遍中原，其与北方义军多有联系，许多义军的马匹都是由沈家所供应的，而有沈家之助，林渺在北方交易自然要轻松许多。

迟昭平却是心中更加难安，因为她已可以扳着指头数出林渺还有多少日子可活，虽然林渺现在名动北方，可是她却没有半点高兴可言，甚至感到一阵心酸。

林渺真的依她之言不去邯郸，而是在北方建立起了自己的力量。当日虽然林渺没有回答她的恳求，但是他的行动却清楚地证明了一切，至少在林渺的心中已经同意了她的恳求，尊重了她的意见。

她也有点惊讶林渺的能力，居然在一个多月中，便可以声名鹊起，成为北方津津乐道的一个话题，更成了一城之主，虽然枭城不过一弹丸之地，但却能造出如此大的声势，也可以看出林渺的不简单。只可惜天妒英才，林渺已只剩下一个月的生命，这简直是一种讽刺。

可是迟昭平也束手无策，她根本就帮不上任何忙，这一个多月来，她频频派出黄河帮弟子四处查探万载玄冰的生长地，可是却没有任何的结果，这让她有些丧气。若想在剩下的一个月之中找到万载玄冰的下落，那只能靠天意和奇迹了，但是她依然无法放下心中的牵挂，亲自赶去枭城。不可否认，林渺在她心中占有了极大的分量。

邯郸。

林渺的消息和传闻也愈演愈烈，因为在邯郸之中，关于林渺的传闻本就极多，想一个多月前林渺大闹邯郸，闹得王家大动干戈，却并没能留住林渺，那使王郎丢尽了面子，同时也使邯郸人记住了这个年轻人的名字。

可一个月之后，这个曾被四处追杀的年轻人却变戏法般成了铜马军的首领，还成了一城之主，大破铜马、王校军，还得到了当地百姓前所未有的拥戴，这怎能不让邯郸人再次以林渺为话题?

事实上，整个北方都几乎是以林渺为话题，没有人知道这些消息为什么会传得这么快。在一个月之间，好像整个北方的人都认识了这个年轻人，都与这个年轻人有过交往一般，说起来更似乎有种特别的亲切。

在邯郸，感到林渺威胁的人自然有，那便是王郎，林渺劫了白玉兰一次，但是后来他们又夺回了白玉兰，是以，与林渺之间的怨隙自然存在，而林渺能在短短的一个月之中发展成一支小股义军的首领，可见其能力之强，这也证实了王郎最初的感觉——林渺是个绝不简单的人物！如果不能为其所用，必会成为一个可怕的敌人。

当然，对于眼前的林渺，他并不在意，因为林渺还没有发展到能够威胁他的地步，这支新的铜马军一切都只是在发展的初始状态，根本就不可能有能力对外扩张，是以尚不足为患。但林渺的潜力却是惊人的，能在一月中有此成就，那一年过后会是什么样子？五年过后呢？没有人能想到那么远，但却不能让王郎不想。他自己都准备了十余年，到现在仍没有真正的出手，是因为他尚要等时机更为成熟的时候。他不是一个喜欢干没有把握之事的人，是以他一直都是一个成功的商人，但他的心却绝不止于此。

“报城主，任太守来了！”护卫进入殿中相报。

林渺一听，急忙迎出殿外，果然见任光与任灵并肩而来，而在两人之后却是鬼医铁静，还有白才等一干人。

林渺大喜，道：“大哥怎突临枭城？为何不先通知我一声？”

“三弟别来无恙！”任光的神色间略带一丝忧色，但却强装欢颜道。

“无甚大碍！”林渺听出了任光话中之意，笑了笑道：“我们去静室吧。”

“属下白才见过主公！”白才带着一干自湖阳世家请来的兄弟，见了林渺立施大礼道。

“白兄弟请起，跟我还客气什么？”林渺再见故人甚喜。

“我们都是来投效阿渺的，还盼阿渺能给一份差事让我们做做！”说话者乃是白良，昔日在湖阳世家中跟林渺关系最好的一个。

“是啊，今后我们都听你的！”

来人之中有白术、燕风、方木、肖勇、田勇这一干湖阳世家的家将，这几人也是林渺初入湖阳世家所结识的兄弟，另外还有三十余人，则是与这几人交情极好，且都是湖阳世家精锐中的家将，这让林渺更是欢喜。

“朱主簿，你给我带诸位兄弟先去休息，好好地招待他们，我呆会儿就到！”林渺向身边的朱右沉声吩咐道。

“属下明白！”朱右知道眼前这些人都是林渺的旧友，自然不敢怠慢。

林渺则领着任光和鬼医及任灵来到密室之中，其余的任府家将皆在客厅之中。

“三哥，你真的没觉得有什么不妥吗？”任灵一脸关切地问道。

林渺不由得笑了笑，道：“自然没什么不妥，谢谢小妹关心！”

“可是城主已只有一个月的期限了，又何必再操劳城中的俗务？应该想方设法去寻找万载玄冰才是！”鬼医神情肃然道。

“生死有命，万载玄冰，那是可遇不可求之物，又岂是想找就能找到的？一切都需要靠机缘，如果上天注定要我死的话，找到了万载玄冰也是毫无用处！”林渺淡然笑道。

“我今日之来，便是想让铁先生再为你把把脉，三弟要知道，如果你不能度过这一劫，那你所有的一切努力都是毫无意义的！”任光忧色满面地道。

“是啊，如果你不能活着，那创下这许多基业又有什么用？”任灵也道。

“呵，大哥错了，至少，我有生之年能让枭城的百姓快快乐乐、平平安安地过上一阵子舒服日子，这也算是一种收获！”林渺淡然道。

“难道你的目的仅止于此吗？你不想枭城百姓的幸福是永远的吗？你不想让更多的人过上幸福的生活吗？你在枭城所做的一切我都很明白，我知道你是想治理好枭城留给我，可是我送枭城给你，难道只是为了这个吗？”任光有些激动地道。

“我知道大哥是对我好！”林渺吸了口气，涩然笑了笑道：“可是，这个世界总是残缺的，包括生命和感情，无法预料的事情多得让人难以想象，正如生生死死，谁又可以真的明白和把握呢?”

“让我给你把把脉吧。”鬼医伸手道。

林渺顺从地伸出手来，鬼医搭脉沉思了半晌，神色间显出一丝惊讶，半晌才道：“城主体内似乎又多了一股奇异的劲力，而这股劲力竟似乎可以融解积于丹田的火劲!”

“啊，那是不是有救了?”任光大喜问道。

鬼医苦笑着摇摇头道：“如果是在没有施针之前，没有将火劲逼于丹田之中，或许还有效，但现在这股奇异的劲力也无法完全化去丹田中的火劲，最多也只能使生命延长数日!”

“为什么会这样?”任灵大感失望地道。

“因为火劲缩于丹田之内，已化成一股生机，已经具有超强的攻击力，任何外力若想全面诱发它，都只会让它冲破禁制，使其主人经脉尽焚，甚至化为飞灰。唯有以极寒之气镇住后，才能纳寒气中和，让阴阳调节，否则只会适得其反。”鬼医吁了口气，无可奈何地道，旋又正色问道：“我听白才说起过，在云梦泽之中似乎有一个极寒之水潭，不知可有此事?”

林渺一怔，点了点头道：“确有此事，潭中之水奇寒彻骨，便是一流高手运功相抗也难支撑半炷香时间，不过，潭中之水却从不结冰!”

“我想过，如果真有如此奇寒之水，或许不用万载玄冰，也可以医好你的伤，虽然这个并不保险，但总比坐以待毙要强，我希望城主去试试!”鬼医吸了口气道。

林渺神色微变，表情有些怪异地道：“那寒潭之中有一巨大异兽，只怕想在寒潭之中疗伤有些难。”

“我们可以杀了那异兽呀，那不就没事了?”任灵道。

林渺苦笑道：“那是我见到过的最巨大的怪物，像是一座巨大的肉山，立起来加尾巴可达八丈之高，长达十余丈，有手有爪，拥有无可比拟的力量，你们根本没见过，那怪物刀枪不入，拔千年古树如折筷子拔草一般!”

不仅任灵傻眼了，便是任光和鬼医也傻眼了，他们怪怪地盯着林渺，像是怀疑林渺在说谎，可是他们却知道林渺是不会向他们说谎的。

“世间怎会有这般奇兽？哪有这么大……”半晌任光才自语道。

“那是一片死亡沼泽，在那里面什么都是有可能的，那里不仅有那只巨兽，更有无数的巨鳄，一般的船只靠近，甚至只会成为那些鳄鱼的美餐，那次我们也是机缘巧合才到达那里。”林渺吸了口气道，他确实是有些害怕回到那片死亡沼泽。

“鳄鱼是什么东西?”任灵讶异地问道。

“那里会有巨鳄?”鬼医的眼中闪过一丝奇光，有些兴奋地问道。

“不错，大的可达两丈之长!”林渺道。

“太妙了，我定要去看看!”鬼医大喜道，旋又道：“听白才说，你下过那寒潭，那你可发现那里面有什么特别之处？世间不可能有这么寒的水，如此寒水必有原因!”

林渺心头一动，记起玄门那块奇异的玄冰，其奇寒当时便触动了他体内的那股热流，不由得大喜道：“我想起来了，或许是因为玄门所在，在那潭底有一个洞，洞门却是一块奇异的玄冰，或许便是因为那块冰，才会使整个潭水奇寒彻骨!”

“一块玄冰?”鬼医和任光同时失声问道。

“不错，一块有丈许方圆，约数千斤重的巨大玄冰，其寒气使地下河道化成了一个巨大深远的冰窟!”林渺道。

“在中原温热之地，居然会有这样奇寒之处，想来这块玄冰定是奇物，说不定正好可以治疗城主体内的伤势！事不宜迟，我们应该即刻起程前往!”鬼医欢喜异常地道。

“真是天无绝人之路，看来三弟真是福缘深厚!”任光大喜道。

“三哥怎不早想到这地方？害我们担心了这么久!”任灵微责道。

林渺苦笑，他不是没想过，只是他根本没有将那些东西与什么万载玄冰联系在一起，而且那死域般的地方，他根本不想再一次重游，是以一直都没有意识到，今日经鬼医这一提醒，倒让他想起来了。

“现在只有一个月的时间，从这里快马赶到云梦泽应该还来得及。”任光盘算道。

“这些倒不是问题，枭城新兴，如果我突然而去，只怕城中会出乱子！”林渺皱了皱眉道。

“这个三弟放心，你不在之时，我可代为照看，而且城中人才济济，相信不会出什么大问题，只要小心王校军的攻击就行了！”任光沉声道。

“有大哥照看，我就放心了，那我这便去安排城务！”林渺欣然道。

“我要远行一段时日，至少需要两月的时间，因此，城中一切杂务，就交由诸位齐心协力共同负担了。”林渺只召来崔启、朱右、梁秀成、欧阳振羽和海高望及郑志这六人，因为这六人也是枭城之中最举足轻重的人物。

“主公要离城两月？”崔启吃惊地问道。

“不错，我要去南方办一件极为重要的事，事成之后，便立刻赶回。我不在的时候，城中一切便由军师和朱主簿全面负责，若有任何困难，便去信都找我大哥任光，希望大家都以大局为重，以城内外百姓幸福为己任，绝不可轻举妄动。你们各人各负其责，有什么问题便多找主簿和军师商议，希望在我回来之后，城中会更好！”林渺悠然道。

众人皆有些讶然，不明白为何林渺这种时候却要远行，枭城兴起才一个月而已，不过，他们都相信林渺。

“城主放心，我们定不会有负城主所望，城中之事我们都听军师和朱主簿的！”海高望与众人皆肃然道。

“另外，我远行的消息必须保密，不可透露给任何人知道，你们便说我闭关练功。城中一切都照旧发展，一切以军纪军规行事，绝不可扰民袭民！”林渺又叮嘱道。

“主公放心，我们一定会依主公吩咐行事！”崔启和朱右沉声道。

“那我就放心了！”林渺吸了口气道。

刘玄大军相合，乘胜而击，合淯阳马武之军内外夹击，大败陈茂和严尤的大军。

在绿林军与官兵正面交锋之际，天机弩有若神助，在事起突然之时，只杀得官兵抱头鼠窜，虽然官兵也有天机弩，但绿林军却是有备而至，官兵根本没有防到绿林军手中有那么多天机弩，终于溃败，绿林军便如潮水般涌上，大杀一气。

陈茂、严尤所率数万大军顿被打得七零八落，本欲转入棘阳，但棘阳城小易破，若义军切断宛城与棘阳之间的联系，死围棘阳，那棘阳只是死路一条，是以官兵皆败退宛城。

义军声势大壮，更俘官兵近万，直破棘阳，各方豪杰竞相依附，大军直逼宛城。

大将军严尤在宛城之中却无法再控制指挥，一怒之下，突围而出，并带上密函上长安求救。以宛城目前的兵力，根本就难以对抗绿林军的攻势，唯有凭坚城而守。

宛城城坚，虽无巨险，但想强攻下宛城却也是极难之事。至少，以绿林军眼下的力量，根本就不可能强攻下宛城，但围城却是足够。

绿林军四支义军相合，兵力在经过连战连胜后，发展到十余万人，比之绿林军最强盛之时有过之而无不及。

而此刻的绿林军更非昔日所能相比，无论是军纪军规还是声望，都成了南方众望所归的目标，各地的豪强纷纷响应。是以，在短短的时日之中，绿林军以不可估量的形式膨胀。

绿林军的强大，却引起了另外一件让人头痛之事，那便是军中并无真正最强的统帅，群龙无首，虽刘玄为更始大将军，但是却不能独断义军之事，真正的权力依然是掌握在四个人的手中，那便是刘寅、王常、王凤和刘玄。

军无二主，这样分权之势也确让人忧心，没有人知道内乱会在什么时候开始。

刘寅与刘秀各领兵向西面和北面挺进，他们并不是想围宛城，更想在围宛城的同时，去攻破宛城周围的各重镇。

没人知道王莽的援军什么时候赶来解宛城之围，但绿林军却不能不防，是以刘寅和刘秀先攻下通往宛城的重镇，到时便是朝廷援军到了，也可以先以外围的重镇相阻。

“主公，黄河帮帮主迟昭平求见!”林渺正准备行装之时，鲁青进来相报。

“迟帮主来了?”林渺微感惊愕，不知迟昭平何以会在此时赶来，不过也来得正巧，忙道：“快请!”

林渺赶忙行出，见迟昭平已经就座，许平生等一干黄河帮高手也相陪一旁。

迟昭平见林渺大步入厅，神色间勉强挤出一丝笑容，道：“今日昭平不请自来，见故人无恙，心中甚安!”

“谢帮主关心!”林渺心中也微有些怜惜，看迟昭平那风尘仆仆的样子，且眉间有一缕无法掩饰的伤感，便知道她为自己操心不少。

“闻林公子成为一城之主，昭平特送一分薄礼前来表示祝贺。来到枭城，见满城春意，百姓欢颜，军容整肃，可见公子确花了一番心血，真是体恤民心，爱民如子呀!”迟昭平语气之中有点怪怪的味道。

朱右和崔启听得眉头大皱，他们并不太清楚迟昭平与林渺之间的关系，更不知林渺只有一个月的生命。是以，他们根本就听不懂迟昭平话中的意思，只觉得腔调怪怪的。

林渺却知道迟昭平是怪他不好好地对待自己，这之中的意思也只有有限的几个人听得出来，他不由得干笑一声道：“谢谢昭平的这份礼物，不若我们出去走走，看看今日的枭城如何?”

林渺的话更让朱右和崔启讶异，哪有如此对待来客之理?何况对方乃是一方之雄。不过他们隐隐觉察到林渺与迟昭平之间有着某种特殊的关系，是以才会如此坦然相对。

对于朱右和崔启来说，这当然是一件好事，如果林渺与迟昭平这名动天下的女人有密切关系，只会让铜马军日后行事方便多了。如果有黄河帮遍布北方的力量相助，铜马军也会如虎添翼。不过，在他们的眼里，林渺与迟昭平确实是极为相配，无论身份、才智和名望，迟昭平都绝对是最合适的人选。

“好哇，昭平乐意看看枭城的新景象!”迟昭平浅浅一笑，略带喜色地道。因为林渺这句话便已表明他不再拒她于千里之外，这次前来枭城，她还真害怕林渺像那日在平原对她一样，心中一直忐忑不安。

林渺也笑了，随即向朱右吩咐道："你替我好好招待许长老和黄河帮的众兄弟。"

"属下明白！"朱右心领神会，也暗暗欢喜，林渺的话意便是只想与迟昭平一人单独出去走走，这也证明两人确有不同寻常的关系。

小小的一座城，方圆不过百里之地，并不是我的目标！"林渺侧望了迟昭平一眼，悠然一叹道。

迟昭平的眸子里闪过一丝奇异的光彩，浅笑道："我明白！但你能在短短的一月之间有此成就，只要给你更多的时间，就没有不能实现的目标！"说到这里，她神色一黯，又幽怨接道："难道你真的就这样等待着又一个月过去吗？"

"我知道昭平关心我，不过生死有命，当然，你看我像是一个坐以待毙的人吗？"林渺说着耸耸肩，眨了一下眼睛，略显顽皮地反问道。

迟昭平大喜，问道："你有办法了？"

"也不知道能不能成，但总要去试试，若昭平再迟来一步，便见不到我了，也许是永远！"林渺涩然笑道。

"我不要你说永远！"迟昭平神色一变道。

"有些事情是没有办法说清楚的，就像生命，就像感情，如梦如雾，却又是现实！其实在我们的心底，又何尝不是很明白呢？只是我们不愿意去面对而已！"林渺淡然道。

"如果可以回避，我们为什么不去回避？对了，你准备今天就走？"迟昭平突然问道。

"是的，我准备南下，去一趟云梦泽，因为那里很可能是我唯一的希望！"林渺点头道。

"我陪你一起去！"迟昭平忙道。

林渺不由得笑了笑道："别傻了，你身为一帮之主，还有许多事情等着你去处理呢！"

"可是……"

"没什么可是，我答应你，一定回来！"林渺吸了口气，认真地道。

“真的?”迟昭平喜道。

“真的!”

其实迟昭平又怎不知林渺话中多半是安慰的成分?因为连林渺也不知道自己能不能够安然返回，一切都只能够听天由命。

迟昭平也知道，自己并不能真的抽出太多时间离开，此刻北方正风起云涌，变数难测，如果自己真的离开黄河帮数月不归，到时候会发生什么样的情况，实难预料。

林渺目光眺望着远方，沉默半晌，突然淡然问道：“那份鲁公船的图样还在吗?”

迟昭平一怔，随即讶异应道：“当然在，只是还没有打算建造!”

“我这里有数十个自湖阳白家来的造船高手，我尚没想到怎么安置他们，不若让他们跟你去平原造船吧，让我们在北方与湖阳世家较量一番，看看是谁更厉害!”林渺转头悠然笑道。

“哦，那太好了!”迟昭平大喜。

“别忘了，这是我们两个合伙做生意哦!”林渺眨了一下眼睛，笑道。

迟昭平心中一阵欣然，她知道林渺对她也并非全然没有感觉。

“当然不会忘记!”

林渺又扭过头去，吸了口凉气，以手折了一根枯草，突然道：“谢谢你那些日子对我的细心照顾，否则只怕我根本就见不到今日的太阳了!”

“别忘了，你也救过我，还送我自邺城返回平原，我们是互不相欠的!”迟昭平神色微黯，有些冷地道。

林渺笑了，解释道：“我并不是这个意思，我们当然是扯平了。不过，我只是想告诉你，这一辈子，只有两个女人这么关心过我!”

迟昭平顿时脸上飞上一阵红霞，哪里还听不出林渺话中的意思，但却不知该如何说。

林渺深深地吸了口气，不无感伤地道：“一个是我最心爱的女人，那次我也是被人打成重伤，她七天七夜守候在我身边，为我熬汤换药，后来，我终于从死神手中活了过来，她却病倒了。我从小没有母亲，一直都是她无微不至地关心我。后来，我娶了她，可是我却没有力量保护她，让她过上幸福的生活。去年的夏天，她死了！我们一起玩到大，一起在最黑暗最低贱的环境中长大，我向她发过誓，一定要让天下人都知道我们的存在，要让她跟我一起受天下人尊崇！可是她没有陪我到现在。”说到这里，林渺涩然一笑，吸了口气接道：“虽然她已经不在了，但我知道她一定在这个世界的某个角落看着我，一定在冥冥之中守护着我，所以，我绝不可以放纵自己，绝不可以让自己平庸地活着！可是命运总喜欢跟我开一些不着边际的玩笑，要让我经受许许多多的劫难。后来，我又遇上了白玉兰，这又是一个由命运安排的玩笑，再到你！”

林渺扭头望了迟昭平一眼，深沉地道：“你是第二个那样关心我的人，可是命运似乎并没有给我更好的安排。我不相信命运，可有些时候却总是那般无奈。是以，我决定，无论怎样，我都要让自己顽强地活着，即使是最后的结果仍是徒劳！但我一定会尽自己最大的努力，去争取生的希望，因为我想活着回来见你！”

迟昭平的眸子里闪过一丝泪花，她知道，林渺依然是没有活着的把握，这些话才是林渺内心最真的声音，她仿佛没有任何时候比现在更贴近林渺，更清楚林渺心中的无奈。可是，她也无法知道命运是怎样的安排，但不自觉间她却抓紧了林渺的手。

林渺的手有点冷，像初春的风。

“我们也该回去了，我要早点动身前去云梦泽！”林渺沉默了半晌，淡淡地道。

“我们可以同一段路的！”迟昭平期待地道。

“不，我不能与你一起走，我并不想让枭城中有太多人知道我离城而去！”林渺吸了口气道。

“我可以先走，你随后追来呀，你的易容之术有谁能及？只要化装改扮一下，不会有人知道的！”迟昭平急道。

林渺苦笑了笑道：“好吧！”

“主公，收到邯郸来的密报，王郎可能已经派出了大批高手，准备对付主公！”朱右见林渺回来，来到僻静之处，禀报道。

“哦?”林渺微感惊讶，冷冷地道：“退早他总会出手的，只要有我在的一天，他便难得安稳，派高手前来杀我只是预料之中的事！城中一切小心就是，我不在之时，切不可鲁莽出兵!”

“属下明白，另外临平城密报说，冯逸飞果然对那两千战士极为冷淡，不加重用，而且那两千战士在我们送回临平之时，冯逸飞居然让那些人在城外住了两日，不让其进城，那些人的不满情绪极高!”朱右又道。

林渺不由得笑了，道：“他是一朝遭蛇咬，十年怕井绳，呵呵……冯逸飞还不能算是个角色，我归返之日，便是王校军的末日!”

“属下盼主公早点回来!”朱右听得林渺这般豪言，也不由得期待异常。

“我办完事就立刻回来，但我也不知道要多长时间，你们切记四个字——韬光养晦!”林渺沉声道。

朱右神色一正，恭敬地道：“主公句句是金，属下铭记于心!”

林渺提笔摊开桌上的宣纸，信手挥出四个大字，然后盖上帅印淡淡地道：“你将此挂于帅堂，我不在之时，让他们依此而行!”

“韬光养晦!”朱右心中多出了一丝深深的敬意，他知道这四个字不只是做人的基本，也是治军治城之道，只有这样，才能保证枭城平安，才能让百姓过上安定的日子。

战乱遍布，在战乱之中只能发展少数人的野心和权力，但绝对不可能让大多数人享受安定，而韬光养晦却可以发展经济，让大多数人在安定中发展，这才是真正的发展。

刘寅依然无法安睡，心神有些恍惚，虽然他以锐不可挡之势破了南乡，但总觉得事情有点不对头，眼下绿林军军容整肃，声望如日中天，却有四股力量把持着。他知道，该到统一的时候了。

绿林军的力量此刻并不比赤眉军逊色，但赤眉军却只有一个樊祟是首领，而绿林军却有四个首领，如果这样下去，势必会在某一刻因利益之争而四分五裂。

谁又愿意将到手的权力拱手相让呢？谁又愿意甘居人下呢？他刘寅做不

到，尽管刘玄是他的族兄，但是，他不觉得刘玄有资格成为绿林军之首。

刘玄的性格太懦弱，虽然也是个人才，但却绝难真正压服王凤、王匡之辈；王常虽是最难得的人选，但却不是刘氏子孙，刘寅绝不想让将来的天下落入外姓手中！是以，他绝不想让王常当上绿林军之首；王凤更没有这个能力，此人虽颇有才能，但却是贪图享受之辈，难成大事，否则昔日绿林军也不会只守着绿林山不思进取，后落得个三分绿林军之局，足见此人不是治理天下的料子。

刘寅想称帝，他是个心高气傲之人，同时他很明白，自己有这个本钱，无论是武功还是才智，在绿林军中，他都绝不落人后，唯一可与之相比的，便只有王常，尽管王常是他的知交，却非刘姓子孙，因此绝不可让其称帝。

在南阳之地，百姓对刘家依然极尊崇，也只有立刘姓子孙才能众望所归，是以刘寅不觉得有谁比他更适合在绿林军中称帝。

只是，此刻刘寅却不在大军之中。刘玄、王凤、王常都在围攻宛城，可是他和兄弟刘秀却被派来攻打南乡，一开始他便觉得有些不妥，但这是军令，他自然不好一开始便翻脸，只好领兵来攻打南乡。

“谁?”刘寅心神稍动之际，忽感一股幽风破窗而入，不由得微惊而退，目光斜掠之处，却见一道有若鬼魅般的影子袭来。

刘寅冷哼一声，十指如戈，挥洒而出，十道有形有质的气流交织成一张奇形之网，罩向那幽影。

“噗噗……”那幽影袍袖轻拂，那张气网顿化为虚影，一只枯瘦的鬼爪直探入刘寅的气场之中。

“咦?”刘寅微微吃了一惊，这神秘人物的巧劲和身法确让他有些惊讶，但他并没有半丝惊色，足下斜挑，腰身倒转之际，左掌如刀，带出一道罡气，化成有形有质之刀，准确无比地斩在那只枯瘦的手掌之上。

“砰……”刘寅身子一震，倒晃两步，那怪人的怪爪轻缩，身化一团，如一只巨球般疾撞刘寅。

“好功夫!”刘寅赞了一声，身子疾旋，如陀螺一般，但在陀螺四周却出现了千万重手影，以千万种不同的手势直袭那团肉球。

“噗……”肉球在顷刻之间中了千百掌，飞旋而退，落地之际，却又恢复了那幽灵般的身影。

刘寅则骇然惊退，在他落地之时，一片胸衣如蝴蝶般飘落，恰如一只手掌般大小。

“三叔！”刘寅失声惊呼。

“很好，这么多年没见，你的武功居然长进如此之快，实让我欣慰！”那怪人欣然笑道。

刘寅望了望胸前那个掌印，他知道，如果对方是敌人，那么他已经死了一次！但当他见到眼前之人时，却是大喜过望。

“寅儿叩见三叔，恭喜三叔大功告成破关而出！”刘寅跪倒就拜，此刻他心中的欣喜确实是前所未有的。他一直都在盼刘正出关，如果有这位昔日武林皇帝、天下第一高手相助，这个天下还不是唾手可得？而刘正乃是刘家最有声望之人，天下所有刘姓子孙无不对其敬若天神，只是这十余年未曾现身江湖，人们都以为刘正死了，所以刘家这才各自为政，不能团结一致。

刘正依然蓬着头，轻轻地叹了口气道：“我今日来找你却只是为了一件事，你起来吧！”

“哦？”刘寅微感惊讶。

“我已经找到了你三弟！”刘正吸了口气道。

“你找到了三弟？”刘寅喜道。

“不错，他现在在北方，已是枭城之主！”刘正吸了口气道。

“你说他是林渺？”刘寅失声低呼。

“你认识他？”刘正也有些惊讶。

“何止认识，他与文叔还是好朋友！他居然是三弟！”刘寅有些难以置信地道。

“是的，他背上的火龙纹正是我刘家历代帝王所具的神异胎记，我查过他的身世，正是当年我抱出去的那个婴儿，是以今后如果你见到他，便知道如何去做了。”刘正肃然道。

“三叔，我看不如就由你来称帝，我们刘姓子孙一定都会拥护你，只要你登高一呼，王莽的末日便到了，何用再去支持三弟？”刘寅恳切地道。

“这也许正是天意，我本想出关之后便号召刘家子孙群起奋发，但可惜，我此刻已是半人半魔之身，根本就不能够担此重任。只要我心愿一了，便远离尘世，这天下和刘家江山就只有靠你们这些年轻人了，但我相信，天下仍会是我刘家的，你三弟身上的火龙纹胎记之深，颜色之艳，乃是历代刘家帝王祖先都少有的，相信必能中兴刘室江山，成为一代明君。你这做兄长的，必须不遗余力成其帝业，休要让刘家江山落入外人之手。”刘正吸了口气，叮嘱道。

“啊……”刘寅又是喜又是惊，喜的是林渺背上的火龙纹，刘正居然有这一番评价，这使他感到刘室江山确实应是中兴有望；惊的却是刘正居然成了半人半魔之身，不由得惊问道：“这是怎么回事？”

“我在练功之时走火入魔，虽然武功犹在，但却成了日魔夜人之结局。因此，天亮之后，我便必须离开这里。”刘正吸了口气道。

刘寅怔了怔，望了望刘正的样子，似乎隐隐感觉到了些什么。

“你要小心魔门，魔门这二十年来的苦心经营已是无孔不入了，他们所图的也就是我们刘室江山，绝不可轻忽，也许，魔门才是你们将来最大的敌人！”刘正吸了口气道。

“三叔也知道魔门之事？”刘寅讶异，魔门只是近二十年才出现江湖的，而刘正这么多年基本上都是在闭关之中，又怎会对魔门这么了解？是以他惑然相问。

“当年我便是与魔门之主决战于泰山之巅，身受创伤，这才闭关十数年。我这次出关，便只是想找到当年之人，一了这十数年的心愿，但这人却极为狡猾，一直都避而不见。我之所以走火入魔，便是受他的暗算，弄得现在正道中人四处追杀我！”刘正恨恨地道。

刘寅大吃一惊，他倒没有料到天下之间还有谁能够成为刘正的对手，如果说魔门之主是连刘正也奈何不了的人物的话，那谁又能制？更让他没料到的却是，刘正居然受正道人士的追杀！

昔日人人皆尊其为武林皇帝，但此刻却为正道所不容，也难怪刘正不愿意再面对天下。

“三叔要伯升怎么做?”刘寅恭敬地道。

“你三弟之事，不可让文叔知道，他毕竟不是我刘家皇室子孙，难保其心不变!”刘正吸了口气道。

“三叔放心，文叔根本就不会知道自己的身世，当年用他代替三弟之时，他尚小，而那两个仆人已经病死了，这个世间只有三叔和我才明白此事！这么多年来，他也已算是刘家之人了!”刘寅认真地道。

“当年用他调换你三弟，也只是权宜之计，虽然他活下来了，但毕竟是个下人所生，怎能与我刘家正统相提并论?我来找你之事，也不必跟他说!”刘正冷冷道。

“伯升明白!”刘寅心中有点不是滋味，但仍恭敬地答了一声。

“好了，我要走了，你好自为之，该怎么做就怎么做，绝不可存妇人之仁!”

“谢三叔提醒!”

“夫君，这么晚了去了哪儿呀?”曾莺莺微微有些幽怨地问道。

刘秀神色微微有些漠然，扭过脸强笑道：“没去哪儿，只是顺便巡巡营。”

曾莺莺款款行至刘秀的身边，关切地注视着刘秀的表情，善解人意地问道:“夫君是不是有什么心思?何不跟妾身说说?也许妾身可以帮你分担一些。”

“没什么，时候不早了，你早点休息吧。”刘秀拍拍曾莺莺的肩头道。

曾莺莺依然望着刘秀，轻怨道:“是不是大哥让你生气了?”

刘秀脸色一变，微斥道:“别瞎猜，谁告诉你的?”

“妾身本欲去找你，可见你刚从大哥那里出来，是以妾身如此猜测了!”曾莺莺有些吃惊地望着刘秀，怯怯地道。

刘秀心中一阵怜惜，轻叹了口气道：“睡吧，这件事不要向任何人提起，大哥对我恩重如山，即使是训斥我，骂我，也都是为了我好!”

“妾身明白!”曾莺莺顺从地点点头，刘秀的心却显得异常沉重。

第五十五章　再次南行

同仁行，在小长安集只避了数日，当义军控制了城外之时，同仁行的生意又立刻活跃了起来，因为这次能够击败严尤的大军，同仁行可以说是立下了大功。

刘玄、王常、刘寅对同仁行的事业可谓是支持至极，更是大力嘉奖同仁行，其自然是风光无限。

姜万宝更是除小刀六之外最为红火的人，生意场上几乎是要风得风，要雨得雨。不过，不能做宛城之内的生意却是个遗憾。当然，其粮食和私盐生意却可以明目张胆地与义军交易，而此刻他们的生意网络已经建起来了，根本就不必再去烦恼。现在小刀六已经不只是拥有同仁行了，其产业已扩张到许多行业，而且手下人才济济，主持一方的人物也多，是以做什么事都变得轻松。

小刀六回到南阳，却开始将许多物资向北方暗中调运，并介绍了林渺在北方的发展情况，这让姜万宝和虎头帮的弟子皆欣喜万分，许多人都愿意去北方，不过小刀六却希望留下一批人帮姜万宝在南方发展。

南方的生意网络便全由姜万宝主持，而小刀六则去北方再打基础，待扎稳了根，再将南方的资产移去北方。

事实上，他们生意的发展本就是放眼天下，而不只是局限于某城。因此，在南阳留下姜万宝也是战略上的需要。

天虎寨的那群秘密强化训练的兵马暂时尚留在天虎寨，也是作为姜万宝巩固南方生意之用，而此刻与绿林军的关系，许多事情都不用发愁。

唯一的问题，只是刘玄想让天虎寨也加入到绿林军中，想要拒绝都有些难，于是刑风只好将天虎寨的寨众分散到各地，协助做生意，也好堵绿林军之口。如果天虎寨只想经商，绿林军自不好强逼其加入。人各有志，只要天虎寨不拖他们的后腿就行了。

“前面是郑口镇，天色将晚，不若我们先到镇上休息一晚，明日再赶路吧！”许平生提议道。

“一切就由长老安排吧！”林渺点了点头道。他们已离开枭城近两日了，倒没有遇上什么麻烦，一路平静，倒是见到了许多难民，各地战乱不止，百姓皆跟着遭殃。

巨鹿的马适求与高湖军也是素有不睦，常会大动干戈，是以清河巨鹿的百姓多往邯郸和信都之地跑，这也是路上见到这许多难民的原因。

郑口镇，乃是赵、齐交界之处，临德和武城，距高湖军和重连军活动之处也不太远，是以，镇上居民并不多，但商旅却是极多。

郑口镇，土地虽然肥沃，平坦一片，无险可守，是以非兵家重镇，但却易遭流匪贼寇洗劫。镇中之人极好武风，加之赵齐之地民风豪爽，这使得郑口镇也是三教九流汇集，帮派众多。

当然，这些帮会只是小小的带有地方保护色彩的组织，以联合抗击流匪贼寇之用，并不能与高湖、重连这等义军相比，不过这镇上居民极复杂，民情也复杂，因四临皆有强大的势力存在，这镇上的三教九流又难免与那些大势力挂钩，以图不受欺辱。

便是在这种派系混杂的镇子之中，各种交易也极为盛行。因为这里是数股势力的中心，如德州和武城这样的地方，因仍受到朝廷限制，不能放开手脚，但如郑口镇这样的所在却是谁也管不了的地方，相互交易，直接而无顾虑。是以，人们乐得在此作中转，而无须担心对方耍什么诡计。

林渺一群人自然引起了镇上人的注意，只看这一队人坐下的骏马，便知其来头不小，是以镇上的酒楼客栈都盯好了这块香饽饽。

“客爷，你里面请！”店小二也是势利之人，见这群人的气派，便不敢怠慢。

“有多少间客房？我全包了！”许平生冷然道。

店小二吃了一惊，问道：“大爷你要包下所有的客房？”

“别啰唆，先去给我们准备三桌酒菜！”许平生沉声道，有些不耐烦。

店小二哪敢自讨没趣，这一行二十余人，人人气势逼人，瞎子也知不好惹，忙应声退了下去。

掌柜哪里还敢闲着，亲自打点一切。

“这是预付的订金，这里的每一间客房我都包了，听好，不许再有外人住在里面！”许平生掏出一锭黄金沉声道。

掌柜也吃了一惊，一锭金子的订金确不是个小数目，他哪里敢说不？不看金子面子上，也不能得罪这些人呀，谁知这些人是什么来头？

“是，是，小人这就去给大爷准备！”掌柜唯唯诺诺地道。

“记住，好好照看我们的马匹，以最上好的草料喂它们！”

“小的明白！小的明白！”掌柜应声而退。

林渺诸人坐定，立刻又有人推门而入，高呼：“小二，给我们备一桌酒菜！”说话间几人悠然坐在离林渺不远处的一桌坐下，目光斜瞟了瞟迟昭平。

“这几人沿途跟了我们一天！”林渺拿着筷子轻轻地敲了敲，小声道。

迟昭平不由得微微讶异地打量了那坐定的六人，果见皆是风尘仆仆的样子，又望了望林渺，讶问道：“阿渺是怎么知道的？”

“感觉，在信都之时，好像曾擦肩而过！”林渺低声道，眉目之间却泛起了一丝冷笑。

迟昭平也冷冷一笑，鲁青却道：“让属下去试试他们的来历！”

“不用，我倒要看看他们能使出什么花招来！”林渺伸手阻止道。

“客爷，你要的酒菜，这是本店最有名的红鲤跃龙门和翡翠金丝鸡；这酒乃是敝店所酿二十载陈年老酒，还有菜慢慢上来，请诸位慢用！”掌柜一边含笑介绍一边将酒菜摆好。

“好不好，吃过才知道！”铁头不耐烦地道。

“是，是，吃过才知道，那请大爷先品尝吧！”掌柜赔笑道。

“你去忙吧，记得快些把菜送上来就是。”林渺挥了挥手道。

另两桌的黄河帮弟子此时已经有些迫不及待地开坛，这一路急赶，确也有些累了，而且此时虽是初春，但却寒意未减，一路的风霜，自然要借酒暖身，而且听说这酒是埋了二十载的陈年老酒，对于北方好酒之人来说，其本身就是一种诱惑力。

“好酒，果然好酒……”黄河帮的弟子张口便饮，不由得赞道。

铁头也掀开泥封，开坛便闻到一股扑鼻的酒香，不由得赞道：“好酒！”

林渺也是好酒之人，铁头自然先给他斟上一碗，这才给傍他而坐的迟昭平斟酒，随后是鬼医铁静。

林渺也受不住诱惑，先品了一口，不由得赞道：“果然是好酒，不过……”

“酒有毒！”鬼医也轻呷了一口，蓦地伸手夺下迟昭平手中的酒碗，低喝道。

“啊……”鬼医这一呼，顿时将所有人都惊住了，尤其是那些喝了酒的黄河帮众。

许平生和鲁青的手停在空中，那杯酒也便顿在虚空。

“你喝进去了？”迟昭平吃惊地望着林渺。

铁头长身而起，直扑向屋内的厨房。

黄河帮众只在片刻之间便皆软倒于地，口吐白沫。

“快给他们服了！”鬼医迅速自怀中掏出一个瓷瓶，递给鲁青，又道：“一人两颗！”

“哈哈，迟昭平，今日便是你的死期！”那临桌的六人突地起身，掀翻桌子，身形迅速向店外掠去。

“想走？”林渺冷哼一声，手掌轻拍桌面，三双筷子如利箭般弹射而出。

“噗噗……”六只筷子穿透那被掀起的桌子，准确无比地钉入六人的膝内。

那六人本欲破门而出，但感脚下一麻，顿时软倒在地，竟无法动弹。

许平生袍袖一拂，那飞撞而来的桌子顿在空中，却骇然发现桌面之上整整齐齐地列着六个深圆的小孔，显然是那六只筷子的杰作。

林渺端起桌上酒杯仰脖又大灌一口，这才在迟昭平和许平生骇然之中立身而起，大步逼向那倒地的六人。

“哚哚……”铁头刚冲出后门，便迎面狂射来一簇劲箭，吓得他又倒退而回。

“主公，外面有很多伏兵！”铁头恼道。

迟昭平的脸色变得有些难看，来到窗边，轻轻地推开窗子，果见院外和街道之上都是人，强弩硬弓都指向酒楼之内。

“是高湖军的人！”迟昭平吃了一惊道。

“高湖军的人？”林渺眸子里闪过一缕寒光逼视着那在地上呻吟的六人，冷冷地问道：“是什么人派你们来的？”

“杀了我们吧，反正你们也活不了！”一人顽固地道。

“杀你？很好，那我就杀你吧！”林渺一脚踏下，那人连惨叫都没来得及发出，便被踏断了脖子，另外五人全都怔住了。

“饶了我们吧，我们也只是奉命行事，这些都不关我们的事！”

“这酒楼是不是你们高湖军的？”林渺冷冷地问道。

“是，是，掌柜是我们龙头的亲戚。”一人受不了林渺那锋锐目光的逼视，忙答道。

“你们一共来了多少人？”林渺充满杀机地问道。

“这个，这个……”

“这个什么？不想死就快说！”林渺脚下一动，踩上那人胸膛，沉声道。

“三百，不，不，五百人！”

“到底是三百还是五百？”林渺脚下一用力，那人胸前肋骨顿时发出一阵异响。

“是五百人，别杀我！”那人惨呼。

“你很不老实，明明是八百人，为什么要分开来说？”林渺冷哼道。

“饶命，饶命，是啊，是八百人，我是说这里只有五百人！”

“那另外三百人呢？”林渺再次喝问道。

“那三百人伏在镇外，以防你们逃出重围。”

许平生的脸色变得有些难看，高湖竟调出八百人来截杀他们，也可看出高湖对他们的重视，及势在必得之心，先在酒中下毒，再出大军，此计不可谓不毒。

“我们该怎么办?”鲁青望着那一地中毒的黄河帮高手，有些着急地问道。

“他们服了我的解毒丹，暂时不会有事，但此毒在酒中泡了二十载之久，却不是一时可以调理好的，虽然他们性命无忧，却也无战斗力，只怕……”鬼医有些担忧地道。

店中的另外几位客人已经在角落里瑟瑟发抖，他们也意识到所遇何事了。

“让我出去杀他个落花流水。”铁头擎出大铁桨，有些不耐烦地道。

“高湖军中也有高手，先不要太急，让我们看看情况再说。咱们先把厨房中烧好的菜全部端上来，在这里好好吃一顿再说，天黑了，该是他们急而不是我们急!”林渺淡然道。

“主公说的极是!”鲁青喜道。

“你们立刻去把后门堵上，不要让他们从后门进来了!”林渺吸了口气道。

鲁青迅速领命而去，他的身法极快，对于那些射来的流矢并不怎么在意。

“若他们敢来，就让他们见识一下天机弩的威力好了!”

铁头这才想起自己身边带了几张威力无比的天机弩，对方不过五百人而已，己方又全是高手，谅对方不能拿自己怎样。

“迟昭平，识相的，便出来束手就缚！否则，我们放火烧死你们!”店外传来一阵高呼。

“铁先生，许长老，快换衣服!”林渺扒下那六名高湖军探子的衣服。

许平生微感惊愕，但林渺既然有此吩咐，自然照办。

林渺迅速掏出工具，很快将自己化装成那六人中的其中一人，这才迅速又为鬼医铁静化装。

林渺并没太仔细描画，只是稍描个大概，是以很轻松地将许平生与鬼医改头换面，倒有六分像那六名高湖军探子之一。

“那就只好对不起你们了！”林渺顺手捏死五人，将门打开一条缝隙，呼道：“是我，别放箭，迟昭平已经中毒了！”

林渺呼完这才小心翼翼地开门。

外面的高湖战士一见，果然是自己人打扮，也有几人认出林渺的样子，喊道：“辛相，你没说谎？”

“自然没说谎，你进来看看不就知道了？”林渺装作一脸无辜地道。

“真是的，你们还不相信我们兄弟吗？”鬼医也插嘴道。

外面的伏兵见又是自己人，顿时心中暗松了口气，林渺却大步行出酒楼，向高湖军问道：“龙头亲自来了吗？”

“哼，凭这黄毛丫头，还用得着劳动龙头？”一名高湖军的小头目道。

“那倒也是！你们进去收拾残局吧，我的任务完成了！”林渺行入那距酒楼大门三丈许的高湖义军中，邪邪地笑了笑道。

“这次你可是大功一件，要不是你探到这臭婆娘的行踪，我们又怎能这么容易得手？回去后，龙头定不会亏待你！”那小头目拍拍林渺的肩头道。

林渺肩头一缩，反掌斩出。

那小头目冷哼一声，在拍向林渺肩头的那一掌落空之时，已疾退三步，喝道：“拿下！”

“想不到高湖军中还有这样的高手！”林渺冷笑间，滑步已斜撞入侧面扑来的两名高湖战士的怀中。

“砰……砰……”那两人如两块巨石般横撞而出，带起两股血雾。

“呀……哗……”那两人的躯体带着林渺的气劲竟然撞倒了一堆人。

“锵……”林渺的刀化成一抹亮丽的异彩，乍放间，身子已化成了一抹云彩般斜斜地挤入人堆。

“呀……”高湖军根本就没有人能够抗拒龙腾刀的神锋，刃折人亡，如斩瓜切菜般狂滚而出。

鬼医和许平生哪会再犹豫，如入羊群的猛虎，见人就杀，但却迅速被高湖军中的高手缠住。

高湖军此次显然有备而来，在战士之中夹有许多好手，但能挡住林渺这三大高手者却没有。

“嗖……”酒楼之中窗门大开，数十支弩箭以洞金穿石之威射出。

“呀……”高湖军基本上已经成了靶子，那些执盾的战士也无法保护自己，箭矢居然破盾而入，直透入体内，而且劲箭的冲击力之强，带得那些人连人带盾飞跌而出，那些未执盾之人则更是没半点生机，利箭不仅穿透其体，更破入其身后之人的体内。

这帮高湖战士皆吓得纷纷走避，找寻可以掩护的地方，他们确实没有见过如此可怕的劲箭，而街道之上并无太多的掩护，只好都跳到街对面的屋内。

前门的两百余人迅速走空，只剩下那些缠斗林渺和鬼医之人，地上却有七八十具尸体。只有在这种时候，他们才发现这群人并不是那么好对付的。

事实上，高湖这次的安排，根本就不是欲让这数百人与迟昭平硬拼的，而是要这些人将中毒的迟昭平活捉，平安送回高湖军中。但遗憾的却是，仍有这几人并未中毒，而且这几人武功更是出乎他们意料的可怕。

林渺的可怕并不只是他的武功，更是其削铁如泥的刀，几无可与之相抗的兵刃，一击则断。是以，他的身上几乎全沾满了血腥，那些高湖军见到他则纷纷走避。

迟昭平也破窗杀出，四大高手，有如斩瓜切菜般，高湖军中之人，几乎全无抗拒之力，这区区数百人根本就不够打。

事实上，高湖军经受两轮冲击之后，已经斗志大丧，哪有心情再战？

“撤！”那小头目似乎已经意识到情况不妙，人多，并不能真的解决什么，在这几大高手面前，人多反而成了累赘。不过，林渺或多或少也受了一些伤，那钩、枪、戟、剑，样样都有，而且这些人一起攻来，林渺动作虽快，却也无法完全照看住身上的每一个部位。是以，他身上也多出了几道并无大碍的伤口。

战局很快便结束了，惟大街之上遍横着狼藉不堪的尸体，地面之上有若血洗一般，羽箭更是洒得满地都是，让人触目惊心。大街附近的人在这群高湖军一来之时，便已极知趣地避得远远的。

在这种战乱纷起的年代，对于血腥，人们已经见得多了，早已麻木，不过对于热闹，仍有人喜欢看。

铁头与鲁青冲入后院大杀一气，但却被陷入了重围之中。他们虽也有万夫莫挡之勇，却只有两人，被高湖军中的好手缠住了根本就脱不开身。不过，所幸铁头铜皮铁骨，普通刀剑根本就无法伤其皮肉。鲁青则身形小巧灵动，在人堆之中四处窜走，虽然不会被那几名好手缠住，但却也没有太大的作为，直到林渺诸人赶来，才迅速将这群高湖军杀退，更宰掉其中几名高手。

交战并不是太激烈，倒是有些残酷，这之中本就有些失衡的地方，双方所存在人数与实力并不成比例。

“高湖不会善罢甘休的！”许平生一边包扎自己的伤口，一边道。

“与他们的较量总会开始的，我们截了他们那么多的物资，他们自然极欲除掉我这颗眼中钉，否则他们只会寝食难安！”迟昭平满不在乎地道。

“这里到平原还有一天的路程，除非高湖亲自来，否则，就凭这群乌合之众，根本就不足为患。依我看，高湖军之所以抓昭平，是因为他现在正与马适求战得不可开交，怕昭平自背后拖其后腿，是以才会想先下手为强，先稳住黄河帮，这才派人在此下毒！”林渺淡淡地道。

“如果这次不是铁先生，只怕真的着了这狗贼的道！”迟昭平有些心悸地道。

“这叫吉人自有天相，活该高湖倒霉！”鲁青插嘴道。

“这毒确实让人防不胜防，其无色无味，因在酒中泡了二十载，其性更缓，其味也化酒味，若非老夫遍用百毒，早对任何毒物有特殊的感应，只怕也无法知道这酒中有毒！”鬼医吸了口气道。

“我看，我们还是连夜赶路吧，否则只怕会再生变故！”许平生想了想道。

“可是这些兄弟的毒性未去，岂能丢下他们？”迟昭平指了指地上诸人。

“这个倒不用担心，可以将他们先寄于郑口镇，留下一人来照看他们。高湖军在乎的是昭平而不是这些人，知道昭平离此而去，自然不会再在此镇上搜寻，他们也是安全的。而且，他们根本就不知道这群中了毒的人没死，又怎会在意呢？待他们毒性去了之后，再让他们自己返回平原，这不就行了？”林渺淡然道。

“可是这镇上可能已经布满了高湖军的眼线，自然会暴露这些人的行踪！”迟昭平仍有点不放心。

“这个放心！”林渺向鲁青道：“立刻去镇上找两名可靠的大夫与一帮拆房子搬家之人，还要选好一处安全之所！”

“呆会儿我们便让人把这酒楼里的家当全部搬走，然后一把火烧掉，而他们也可夹在箱柜之中搬走，那就只好为这恶毒的酒家省点东西了，一切账待下次一起与他算。至于这些东西搬到它处后，就可再及时转移柜中之人，若高湖军再要这些东西，也让他要去！”林渺解释道。

“还是城主急智，此法也是唯一可行之法了！”许平生赞道。他也知道，这些人若一起走的话，只会拖了后腿，高湖军在镇外尚伏有大批人马，虽不知是否属实，但总不能因这些人而拿迟昭平的安危作赌注。到时候照顾不了这些人，反而真的害了他们，还引得迟昭平暴露行踪，人多有时候也并不是一件好事，是以他赞同林渺的观点。

迟昭平也想不出什么法子来，虽林渺的方式仍失稳妥，却非不可行之策，她唯有点头同意了，只要她回到了平原，便再去找高湖算账。

“什么人？”夺命书生以极速掠出房间，月光下，却见一蒙面人静立于窗外的杏树之下，不由得低喝。

“朋友，既然来了何用藏头露尾？”夺命书生只觉得那透过蒙面巾的眸子亮得让人有点心寒，不由道。

“不是你的朋友！”那蒙面人冷冷地道。

“那就别怪我不客气了！”夺命书生身子轻晃，自袖间弹出一柄玉骨折扇。

“叮……”蒙面人一旋，当腰扭过半圈之际，腰间的剑自鞘中蹦出两尺，刚好横截住刺来的玉骨折扇。

夺命书生微惊变招，可他才变招，那柄尚未出鞘的剑已连鞘一起插入他的扇招之中，风雷隐隐，剑意滔滔。

夺命书生大骇，疾速暴退，这蒙面人的剑招之快、之怪，确让他吃惊。

夺命书生退，但那连鞘之剑却如影随形，不疾不离，在空中划出一道美丽的弧迹，玄奇至极。

夺命书生一连转换了七十余种身法，却没有一种能摆脱连鞘剑的追袭。

“铮……”蓦地虚空横掠出一支铁笔。

蒙面人的连鞘剑在空中弹了一弹，斜挑而出，如一柄开锋之刀，杀意如潮横截向横空杀出的妙笔生花柴鹏举。

“铮铮铮……”蒙面人振臂间，竟击出了七十八剑之多，剑依然是连鞘而动。

柴鹏举挡了七十八剑，却被逼退至墙角。

“好个妙笔生花，看我这一剑!”蒙面人冷哼了一声，剑鞘内缩，斜划半圆，如长鲸吸水般颤出无数点小花，在月光之下，泛起一层银色的漩涡。

柴鹏举骇然，他只感到全身的气劲似乎一刹那之间被吸干，一切都是空荡荡的，自己的身体完完全全地袒露在对方的剑下。

“天下间还有如此奇招，真是让药罐子开眼界了!”一声低笑。

蒙面人的剑未出，一道身影已闪入其中，一奇形的锤状物倒撞向蒙面人的前胸。

蒙面人的剑微斜，那锤状物顿时方向尽失，撞向剑鞘。

“当……”蒙面人轻震，袖微拂，扫出一股沛然气劲。

那自称药罐子的老头微退一小步，伸手倒抓住反弹而回的锤状物，也同时出拳。

“轰……”两股气劲在虚空中相交，蒙面人疾退三步，药罐子却反撞上了柴鹏举的身上。

蒙面人身形微顿之际，夺命书生的玉骨折扇已疾点而至，但夺命书生却点空了，蒙面人如风影般倒旋至夺命书生之后。

蒙面人没有再出手，只是拄着连鞘剑静立于杏树之下，森然冷漠，却带着无法抹杀的霸气。

小院之中风声骤起，数道人影飘落其中，火光顿亮，但蒙面人却好整以暇地悠然而立。

夺命书生与妙笔生花诸人却惊出了一身冷汗，这蒙面人的武功确实出乎他们意料，而且，刚才连剑都不曾出，只是以剑鞘对敌，如果此人要伤夺命书生，并不是一件难事，但他却中途住手了。

“不知施主深夜驾临所为何事?”一声道号响过，松鹤道长排开众人而出，平静地道。

蒙面人淡淡一笑道：“只是想试试诸位是否有击杀那人魔的能力!”说完，蒙面人却摇头轻轻地叹了口气。

“什么人魔?”众人皆精神一整，急问道。

“便是那半人半魔的怪物，你们不是一直在追查这怪物的下落吗?”蒙面人冷冷地道。

“施主知道他的下落?”松鹤大喜问道。

蒙面人吸了口气道：“便是告诉你们，也没什么用处，以你们的武功，仍然不可能对付得了他!”

“朋友未免也太长他人志气了吧?”药罐子有些恼道，刚才他在蒙面人手中输了一招，以他的身份和在正道中的地位，被这许多人看到了，确实有些难看，是以他立刻提出反驳。

“这位想必是崆峒松鹤道长了，道长追踪了这人魔如此久，应该知道我所说不假，要想杀这人魔，除非你们之中有三位如松鹤道长这样的高手，再加上你们这些人或许还有可能!”蒙面人转向松鹤直言不讳地道。

蒙面人的话，让在场的所有人听了都不服气，便是以松鹤的修为，也起了一丝不忿之念，道：“施主此话只怕言过其实，我与那人魔并非未曾交过手!”

“这样的话，那更不用我解释了，相信道长应该知道，如果此人想不战而走，天下间只怕是没有人能够留得住他，不是吗?”蒙面人淡然反问道。

松鹤顿时哑口无言，蒙面人说的确实没错，如果这人魔想不战而走，天下间确实没有人能够真的将之留住，这是肯定的，这也是他们为什么满天下追了月余，却仍未有任何结果的原因。

这些人此刻也明白蒙面人话中的意思，如果只是与这人魔一战，或许力量还可以，但是如果要杀此人却是一件极难之事，他们这一路追寻了数千里，却总是赶在这人魔的尾后，仍无法阻止这人魔四处杀人。不过，这几天似乎并没有这人魔的踪迹一般，在茫无头绪之中，他们也庆幸这人魔没乱杀无辜，也觉得有些丧气，这些日子的追踪全都白费了。

“敢问施主可知这人魔的下落？”松鹤转了口气，极为客气地道。他刚才见过这蒙面人奇诡的剑法，便是他也不识来路，知道此人武功绝非庸俗，刚才以一人之力敌三位江湖成名高手，却游刃有余，足见此人来头不小，只是为何要蒙面而行，却是他不能猜到的。不过，对方不愿以真面目示人，自然有理由，他也不想逼人太甚。

“我确实知道他的下落，还知道此人日魔夜人。白天会魔性大发，晚上却能恢复本性，而且，他还在寻找一个人！”蒙面人悠然道。

“寻找一个人？”松鹤讶异问道。

群豪也为之动容，这蒙面人所说的确实有些骇人听闻，他们根本就不知道这人魔的秘密，却没料到会是日魔夜人。

“他在寻找什么人？”柴鹏举不由得问道。

“天魔门的门主！也便是当年与刘正秘密约战于泰山绝巅之人！”蒙面人悠然道。

“什么？”包括松鹤在内的所有白道高手皆失声惊呼。

“施主怎知天魔门门主就是当年与刘正秘密约战于泰山绝巅之人呢？”松鹤神色变得有些难看地问道。

“这事怎么又扯上了天魔门……？”群豪顿时小声地议论起来，显然他们都听说过天魔门的存在，甚至有些人知道天魔门的厉害。

“朋友说的便是近二十年来江湖中最神秘的组织天魔门吗？”崔叫化子不由得问道。

“不错，天下间，天魔门只有一个，但却没有多少人知道天魔门的门主是谁，而那人魔便是极少知道天魔门主的人之一！”蒙面人淡然道。

“那施主是知道人魔身份的人了，不知这人魔究竟是什么人？”药罐子不由得问道。

“这个恕在下无可奉告，如果你们幸运的话，或可以自己查出此人的来历！”蒙面人淡漠地道。

“这人魔定是二十年前泰山之战绝迹江湖的武林皇帝刘正，所以他才会要再去找当年的对手一决高下！”松鹤肯定地道。

蒙面人不置可否地笑了笑，反问道：“如果他是昔日武林皇帝，你们是不是害怕了？”

“哼，即使是昔日的武林皇帝，如此乱杀无辜，也是我们正道所不容，又有何惧之有？”松鹤义正词严地道。

“很好，道长果然是我们正道的代表，我可以告诉诸位，此人此刻正在南一百里的赤练峰幽泉洞中，如果你们想找他，便在白天前去，因为白天他皆将自己锁于石壁之上，以防自己魔性发作去杀人。晚上则有人为他打开锁链，你们根本就找不到他的人！”蒙面人诡秘地笑了笑道。

“他将自己锁在石壁之内？”众人不由得皆大愕反问道。

“不错，这只是白天，晚上，他则四处探查天魔门的消息……！”

“如此说来，他并无意为祸天下，既有心将自己锁于石壁之内，我们若仍杀他……”

“道长，我们怎可有妇人之仁？对这样的人魔，说不定哪天，那铁链根本就锁不住，其为祸江湖，只怕我们根本就制止不了，往后想要找他也变得极为渺茫了！”

“是啊，如果不杀此魔，我们这一个多月来的奔波岂不是白费了？我们又如何向武林同道交代呢？是以，还请道长定夺！”

松鹤顿时也眉头大皱，确实是让他有些为难，如果说这人真是当年武林皇帝刘正，此刻变得这般模样，实在可惜，也是正道最大的损失，而且此刻他已经锁住自己，不让自己乱杀无辜，可见其心性仍未泯灭，如果真杀死了他，只怕天魔门的门主将会无人能制。近年来天魔门行事诡秘，但却为祸武林，他一直都没能查出什么，如果让这人魔去对付天魔门也是一件极好的事，只是现在若不除此人，他也很难向江湖同道交代。

“好了，我的任务已完成了，也该走了，剩下的由你们决定吧!”蒙面人淡漠地道。

“敢问施主尊姓大名?”松鹤突地问道。

“山野粗人，不足挂齿!”蒙面人说完，如冲天之鹤破霄而起，瞬间没入夜空，惟留下院中众正道高手呆立于夜色之中。

林渺诸人趁夜色赶出郑口镇，只有这几人，高湖军即使有千军万马也难以在夜色之中拦截住他们，何况，高湖军根本就抽不出这许多的人力来对付迟昭平。

当然，这次，高湖只是算漏了林渺和鬼医的存在，如果不是这两人的存在，迟昭平确实便会栽在郑口镇上。但这两人却助迟昭平转危为安了，这是高湖始料不及的。

郑中镇距平原并不远，若连夜赶路，第二天上午便可抵达平原郡境内，那里便是黄河帮的地盘，只要到了那里，高湖自是无法可想。

林渺本不欲取道平原，但却无法让迟昭平放心，他也知道，这一次很有可能是生离死别。是以，他也不太想让迟昭平失望，这才取道平原，再自平原乘船至东郡，或是直接走陆路，先回南阳，再自水路至云梦泽。

当然，如果自信都走官道，要经邯郸，走王郎的地盘，一切都会不太方便，王郎此刻正想对付他，而且迟昭平也担心他会在邯郸惹事，而任光也赞同走平原，就这样，他就一路送迟昭平回平原了。

林渺明白任光的心意，在感情之上，白玉兰的事几乎让林渺颓丧。是以，任光才想以枭城转移林渺的注意力，更激起林渺的斗志，以枭城之事使林渺受伤的心得到调节，甚至淡忘白玉兰的事，这番好意，林渺乃是聪明人，又怎会不知呢?是以，他也不好违拗任光的意思，取道平原。

而拥有这样好的兄弟朋友，他也没有理由不好好地活下去，不好好珍惜剩下的时光，更暗自发誓，不辜负这些人的期望。是以，哪怕只有一个月的生命，他也绝不会放弃和绝望。

林渺一路赶到平原，倒也颇累，在平原休歇了一日，只是这一路上，他始终有个不太好的预感，那便是似乎有人在跟踪他。可是，却无法找到这个人的所在，便是到了平原，这种感觉依然存在，那种感觉像是阴魂不散般附于心头，挥之不去。

这让林渺惊讶，他不明白是什么人跟踪他，而且跟得如此紧，他都无法发现对方的行迹，甚至是连一点痕迹也找不到，那这个人的功夫确实骇人。

他很相信自己的感觉，这些日子来，他的灵觉异常灵敏，若真正遇到危险之时，他都似乎可以先知一步。是以，他知道自己有这挥之不去的感觉并不是偶然，也不会是一种错觉。只是，他并不知道这是针对迟昭平的还是针对他的。不过，这已经不太重要，在平原，迟昭平不会有事，而他也仅一个月可活，生与死，他已经完全抛于脑后，他只是想尽力。

走水路行速缓，还要到东郡或洛阳，是以林渺并不想走水路，倒是可以取官道，走东平郡，经鲁国到彭城，再自彭城赶向宛城就要方便多了，或是直接到寿春，再至江夏，自江夏入云梦泽，也是一个选择，这样便可以缩短行程了，但有一个月的时间，应该够用。

赤练峰，如一剑插天，险拔苍奇，让群峰跪伏其下，可遍览诸峰众岭。

"这座山峰这么大，幽泉洞如何找呀?"崔叫化子有些怨道。他们都在赤练峰上转了半天，可是却并没有找到什么幽泉洞之类的东西。

"会不会是那个家伙故意骗我们，害我们来这里瞎晃悠?"药罐子有些怀疑地道。

"我看不会，那人完全没有必要这样耍我们，以其武功与对此事的了解，其来历定不小，他又何必把时间浪费在耍我们之上呢？这对他们并没有好处!"东岳门门主岳宏肯定地道。

"岳掌门话也不能这么说，也许他是天魔门中人，天魔门一向行事乖张，又与我们正道结下了许多梁子，他们借机戏弄我们一回也不是说不过去呀?"鲁南大侠张宽反驳道。

"我看此人不像是魔门中人，如果是天魔之人，又怎会告诉我们这怪物要找的人是天魔门主呢？还告诉我们当年泰山绝顶秘战之人就是天魔门主，这不合常理！”妙笔生花道。

“柴大侠所说极是，贫道也这么认为，这人一定与这怪物有关系，否则也不会知晓这么多外人根本就无法知道的内情，我们跟了这怪物这么久，都不曾清楚这怪物日魔夜人！但据观察，这神秘人所说的这怪物日魔夜人的可能性极大，而这几日又为什么没有这怪物的消息呢？这之中可能多少与此人所说的有些关系。”松鹤肯定地道。

“那我们还是找个猎户来问一下吧。”夺命书生想了想道。

“这荒山野岭的，想找家猎户也不是一件容易事呀！”鲁南大侠张宽无奈地道。

“哎，那坡上有个樵夫！”药罐子突地眼睛一亮，指了指不远处一个缓坡之上，喜道。

“柴大侠，岳门主，你们去问问。”松鹤吩咐道。

“让我去把那樵夫唤来就是。”夺命书生有些不耐地道。

“那就有劳柳大侠了！”

不半晌，柳生便把樵夫拉了过来。

樵夫年有四旬左右，浓眉大眼，却是一脸愁苦之色，一双略显干瘦的手皱得跟树皮一般，高高的身材却显得有些猥琐，以一种略带恐惧的眼神望着众人。

“你们，你们要干什么？”樵人舌头有些打结地问道，显然是被这数十名气势逼人的武林人物给镇住了。

“兄弟别害怕，我们只是想问路而已。”岳宏温和地道。

樵夫似乎松了一口气，又打量了众人几眼，不敢相信地问道：“真的只是问问路？”

“只要你告诉我幽泉洞在什么地方，这锭金子就是你的了。”柴鹏举出手极豪阔。

樵夫脸色一变，似乎有点恐惧，吓得倒退了一步，摇了摇头道：“我，我，我不知道！”

“不用怕，我们只是问问路。”

“你找别人问吧，我不知道！”樵夫依然倒退，打断松鹤道长的话道。

“你嫌金子少吗？再加一锭如何？”柴鹏举见那樵夫虽然在后退，但目光却始终不离他手中的那锭金子，不由得笑道。

樵夫脸色再变，伸出干涸的舌头舔了一下嘴唇，又扭头四处望了望，口气变了些道：“告诉你们可以，但是我不能带你们去的，你们也不能说是我告诉你们的！”

“为什么？”柴鹏举淡然问道。

“我拿了你们的金子，本应该带你们去的，可我不想死，我还要带我娘快点离开这里，去别的地方过好日子，要是你们不答应，就当我什么也没有说！”那樵夫无可奈何地道。

“有我们保护你，谁又能伤害你？”夺命书生安慰道。

“你们保得了一时，却保不了一世，我可不想丢下我娘没人管……！”

“想不到你还是个孝子，那好吧，你告诉我们幽泉洞在哪里就行了。”鲁南大侠道。

本来众人有意逼这樵夫带路，但见此人是个孝子，也不想太过为难他，是以柴鹏举点头道：“好吧，你只要说出幽泉洞的具体方位，这金子就是你的。”

“谢谢大爷！”樵夫忙接过金子，比划着道：“你们只要再向山顶走两里，沿左边岔道一直走，然后便有一条宽道，一条小径，顺小径前走，是一片荆棘林，穿过荆棘林便有一个大水潭，只要顺水潭而上五十丈，就是幽泉洞的所在。洞中常有水流出，很阴暗，但里面却另有天地，我也是偶然才发现。但现在里面有怪物，我劝各位还是不要去为妙。”

“哦，好了，这里没你的事了。”众人皆听得很明白，樵夫说得倒也清楚。

“谢谢各位大爷，谢谢各位大爷。”樵夫满面欢喜地接过金子，扛起扁担绳索赶忙走了。

“奇怪，这片荆棘林怎么像走不到头一般？”走了半天，夺命书生很是光火地道。

“这片荆棘林乃是以奇门遁甲所设，我们中了那樵夫的计了！”东岳门主岳宏吸了口气，苦笑道。

“这荆棘阵我看是近日所设，应该连樵夫也不知道。”华山隐者看了看道。

“那就是，幽泉洞真的在这荆棘林那头了，否则，他们为什么要在这个地方布下奇门阵法?”柴鹏举想了想道。

“嗯，应该是这样，幽泉洞定在这附近。”华山隐者也点头道。

“居士对奇门遁甲有所研究，快想想办法让我们快点出去，如果等到天黑了，只怕便找不到那人魔了!”药罐子催道。

华山隐者叹了口气道：“这布阵之人在奇门遁甲上的造诣高出我甚多，目前我虽然看出其阵法的一些迹象，却仍想不出破解之法。”

“看来，设此阵之人是位高人!”松鹤望了一眼四周，只觉得四面都是荆棘，连远山都无法看清，整个人完全陷入了一种虚渺的世界，仿佛是进入了洪荒原始的热带雨林，到处都是遮天蔽日的荆棘。

“我们就把这些鬼荆棘树全部砍倒算了!”鲁南大侠懊恼道。

“这么多的荆棘只怕我们砍十天半月也砍不完，那时，我们都已经饿死在这里面了。”华山隐者苦笑道。

“那该怎么办?难道我们就这样在这里等死不成?”夺命书生转了半天，也是一肚子火。

“我就不信我们这么多人会被一个破阵给难倒!”崔叫化子不服气地道。

“老叫化有什么办法?”岳宏不由得问道。

“让我的宝蛇试试，如果这附近真有水源的话，它一定可以找到!只要能找到水源，我们就可以走出这破阵了!”崔叫化子吸了口气道。

“这果然是个好办法，这阵法对人有用，对于蛇却不会有用，我们跟着蛇走就可以了。”华山隐者大喜道。

“只是现在天气太冷，我这宝蛇不知能支撑多久。”崔叫化子有些心痛地道。

“大不了它快不行时，再把它暖一暖，让它休息一会儿再放它出去嘛!”柴鹏举道。

"嗯，这倒还差不多。"说话间崔叫化子已自腰间毛囊中抓出一条碗口粗的大花蛇，并喂下一颗药丸，这才放在地上。

大花蛇也不停留，迅速在荆棘间蜿蜒而行，众人跟在大花蛇之后疾行，生怕连大花蛇也给走丢了。

大花蛇果然灵性十足，虽然奔行越来越慢，但不过半晌众人便听到了流水的声音。

"成功了！"崔叫化子大喜，忙捉回快要僵硬的宝蛇，又喂了一颗药丸，这才放回毛囊之中。

"大家小心，前面可能便是幽泉洞了！"松鹤道长提醒众人道。

"反正他已被锁在石壁之上，我们又何用怕？"夺命书生不屑地道。

"那蒙面人所说的话，我们也不能尽信，还是小心一些为好！"松鹤道。

"道长说得是，小心驶得万年船……"

"掌柜的，要三间上房，有什么好酒好菜给我们送上来！"

一个炸雷般的声音和响亮的拍桌声惊动了林渺。

这是林渺离开平原的第三天，已到了泰山郡境内，这一路急赶，人马皆疲，是以便在泰山城内休息。而这里已经进了赤眉军活动的范围，但他抬头相望来人时却吓了一跳，进店者竟是在宛城所见的那个西王母门下的空尊者和他的六名弟子。

林渺没有料到会在这里遇上这几个冤家，他并不想招惹空尊者，是以小声提醒道："吃好了没有？若吃好了，我们走吧！"

"主公不是要在这里打尖吗？"铁头微感惊讶问道，他有点不明白为什么林渺这般急着要走。

"那几人我认识，不想多惹是非！"林渺认真地道。

鲁青瞟了空尊者一眼，见这几个打扮怪里怪气的人，似乎明白了些什么，空尊者那几人倒真是一脸凶煞之样，往哪方一坐，哪一方的客人便皆吓得连忙结账而走。

"掌柜，结账！"鬼医扬声道，他并不想让林渺为难，而且不想惹麻烦也是他内心所想，直觉告诉他，这几个人并不是好惹的人物。

“小子，这么快便想开溜吗？你们中原的人都是这么孬吗？”空尊者蓦地放下手中的酒杯，也不回头，不屑地讥讽道。

林渺一怔，这才意识到空尊者事实上便是冲着他来的，而且早已经识出了他的身份，看来自己想避开麻烦也是不可能的了，正欲开口，却听侧角飘出一个幽冷的声音。

“你这蕃民是在说谁，居然敢在此地小视中原人物，真是不知天高地厚！”

林渺不由得扭头讶异望去，却见两个年轻人已愤然而起。

此二人一身锦衣华服，立如玉树临风，面如冠玉，俊秀无比，但却略带粉脂之味。

林渺见了，禁不住心中喝彩，心忖：“世上会有这般俊秀的男儿，真不知要迷死多少美人！”

“好俊的小哥！”鲁青和铁头不由得都低赞。

空尊者显然也为眼前这两个美少年给怔住了，半晌才邪邪笑道：“本尊者不知天高地厚？念你两个是不懂事的小娃娃，今日便不与你们计较，你们走吧！”

“你这蕃民怕了吗？今天本少爷倒要让你看看中原非是无人！”那高个子美少年大步来到空尊者桌前，一扬脸，傲然逼视着空尊者，似乎根本就没当眼前之人是个人。

“敢对尊者无礼，真是找死！”空尊者身边的两名秃头弟子一拍桌子，戒刀弹射而出，如一抹残虹般切向两名少年。

“好狠、好快的刀！”鲁青暗惊道。

两名少年的脸色微变，他们似乎没有料到这几个怪人出手竟如此之狠，而且连一点先兆也没有。

“铮……”一声轻响，两柄戒刀在空中被两柄剑鞘横里截住，而两柄剑划过两道耀眼的亮彩，反切向执刀的秃头。

“好剑！剑法也不错！”鬼医赞道。

“叮叮……”“哗……”另两柄戒刀突地加入，但与剑锋一触，竟被切断，吓得那两人后仰之下坐坏了椅子，一下子坐在了地上。

“轰……”空尊者掌势轻拍，身前的桌子飞旋而出，带着风雷之声直撞向那两名少年。

两少年弹身避过，桌子却撞上店墙，穿墙而过，落在大街之上。

店内顿时扬起了呛人的灰尘。

“好霸道的掌劲!”鲁青和铁头也不由得为之咋舌。

那两美少年也吃惊地飞掠一旁，眉目之间闪过一丝惧意，显然看出眼前这蕃民是他们所惹不起的，两人不由得相对望了一眼，高个子少年低喝：“走!”

“想走？把剑留下!”空尊者如飞旋的陀螺，在空中划过一道弧迹，准确地截在两名少年之前。

“砰……砰……”空尊者挥出两团气劲，将两人又逼回原地。

“头陀，你找的人是我，应该冲我来，又何必在此以多欺少，干这种匪类的勾当？难道不觉得这很丢西王母门的脸吗?”

那两少年咬牙欲拼命之时，林渺的话悠然响起。

“哼，小子你终于肯开口了吗？本尊者只是觉得，这样好的剑配这样的人，实在有些可惜，是以要给它们找个真正的主人而已!”空尊者悻悻地笑了笑道。

“真是笑话，那么你们法王有没有觉得应该再去为婆罗门找个新主人呢？如果可以的话，我不妨去试试!”林渺端起酒杯一饮而尽，立起身来嘲笑道。

“找死，居然敢辱我圣尊和法王!”空尊者座下的六名弟子大怒，飞身齐扑向林渺。

“住手，他是我的!”空尊者高声喝道。

那六人忙停下动作，狠狠地瞪了林渺一眼。

“呵呵，你们圣尊和法王又有什么了不起，还不是被摄摩腾弄得无计可施？你们这群人不办正事，却在这里惹事生非，若是你们圣尊和法王知道，定会把你们逐出西王母门!”林渺漫不经心地笑了笑，悠然道。

空尊者和那六名弟子全都为之色变，惊问道：“你见过摄摩腾?”

“摄摩腾是谁?”空尊者大怒，哪还不知林渺只是在调侃他？

“哼，像你们这种不修心、不修性的出家败类，要你们又怎样？这里是中原，还没轮到你们猖狂！”林渺想到这些人那日追袭怡雪，现在居然又故意找自己的麻烦，心中便有气，是以毫不客气地回应道。

空尊者不怒反笑道：“娃娃你知道什么，我们所修的乃是婆罗门秘诀，所看的乃是入世之佛，何用修性修心？我看你颇具慧根，不如也入我西王母门下，我可以推荐你做法王的弟子，保你今生受益无穷！”

林渺却有点气乐了，反笑道：“是吗？不过，这段时间我总是比较忙，如果有空你再来带我去见你们法王如何？”

“少啰唆，要么你束手就擒，要么你引颈自绝！”那六名秃头冷冷道。

“妈的，你们几个光头少在这里胡吹大气，你秃头爷爷在此，也敢如此张狂，对我家主公这般说话？识相的立刻给我滚回你什么鸟门去，别在这里丢人现眼！”铁头大为不耐，大步来到林渺身侧，大铁桨向地上一顿，呵斥道。

“两位小兄弟可以走了，多谢刚才仗义出手！”林渺向那两位美少年一拱手，客气地道。

那两位美少年有些讶异地打量了林渺一阵子，脸上竟闪出一丝红润。高个子道：“这贼秃刚才辱我中原武林，我自要教训他们，至于我们走与不走，不劳挂怀。”

林渺讶异，心里有点怪怪的，还有点好笑，这两个美少年竟然也会脸红，腼腆得像大姑娘。

“既然两位不愿走，我也不勉强，两位请便！”林渺悠然道。

“诸位大爷，小店还要做生意呀，请不要在这里打好吗？哟……”掌柜的还没说完便已经被一名西王母门弟子踢出好远。

“一切记在本公子账下，打坏的东西本公子赔，这是两百两银票，够吗？”那锦衣少年信手丢出一张银票，大方地道。

掌柜一听，顿时又爬了起来，虽然仍捂着肚子，却抓着了那张两百两的银票，似乎一下子什么痛都没了，千恩万谢道：“谢谢公子，谢谢公子，够了，这些够了！”说完拿着银子一溜烟地躲开，免得殃及池鱼。

“公子真是仗义疏财！在下佩服！”林渺赞许道。

“区区一点银子，何足挂齿?”那美少年露齿一笑，爽然道。

林渺一怔，只觉得这锦衣公子笑起来极为好看，但目光又迅速落到空尊者的身上，淡漠地问道：“你一直都在跟着我?”

“不错，本尊者从历城一直跟到这里，便是要报当日宛城之辱，再续我们未完之战!”空尊者毫不否认地道。

林渺脸色一变，眉头微皱，自语道：“你只是从历城追起，那不对呀!”

“有什么不对？本尊者从不说谎!”空尊者也神色微变道。

林渺不由得笑了笑，摇头道：“我没跟你说，也知道你确是自历城跟起，只不过，今日你找上我，只是你太倒霉了!”

“尊者，何用跟他啰唆?”空尊者身旁的一名弟子有些急不可奈地道。

“出招吧!”空尊者袍袖轻拂，抖出双钺，浑身战意浓烈，冷哼道。

“主公便把他交给我吧!”铁头有些迫不及待地道。

“还是让我来吧!”鬼医扯下一块鸡腿，略带醉意地望着空尊者伸了个懒腰道。

“呵呵，那就有劳先生了!”林渺笑了笑，随即又向铁头道：“这些都是你的光头孙子，替我好好地教训他们，别让他们不知道咱们中原还有人在!”

那两锦衣少年听了不由得忍禁不住笑了起来，铁头也大乐，一抬铁桨道：“孙子们，出手吧!”

“就是这水潭!”张宽皱了皱眉，自语道。

众人也有些傻眼，他们正在水潭侧方一处几有二十丈高的绝崖之上，冷风瑟瑟，这方绝崖与水潭完全分开，似乎是有另一条小道抵达潭边，可是他们却找不到那条路在何方。

“是我们走错了道，想来这个地方应该没错。”柴鹏举望了望水潭蜿蜒而上的小径，显然是有人踏过，那是顺一条溪流而下的小路。

“都怪这个鸟阵，要不是因为它，定不会走上这条绝道!”药罐子怨道。

“我们自不可以再往回走，便从这里下去吧。”松鹤道长吸了口气道。

“让我结条绳子!”岳宏吸了口气道。

松鹤点了点头，心中却升起一丝不祥的预兆，这水潭所在的峡谷极冷静，冷静得让人心里感到不安。这绝壁之上，不生一根藤蔓，似乎是有人故意清理了一般，这一切的迹象，确实让人相信这里藏有大的秘密，至于是什么秘密，暂时仍不能完全臆断。

众豪杰割树皮以搓绳，结成一条二十丈的绳索并不是一件容易的事，这些人平日舞刀弄枪，或是舞文弄墨的，但叫他们来搓绳索，都显得粗手笨脚的，所幸这些人功力深厚，搓起绳索来并不费劲，只是眼看天色将晚，他们若再不及时下去，只怕是来不及了，是以人人心急，后悔没在山下买一捆绳子来。

对于松鹤和少数人来说，这些并不算什么，但却没有人愿意单独去面对那人魔。

“道长，天快黑了，怎么办?”崔叫化子有点急，问道。

“说不得贫道只好先下去看看了。”松鹤深深地吸了口气道。

“道长小心!”柴鹏举叮嘱道。

“我知道!”松鹤道长点了点头，向山谷中望了一眼，随即腾身跃下绝崖，一袭道袍迎风鼓起，如一只滑翔的夜鹰，以一道玄奇而诡异的弧迹若羽般轻落至谷底一棵斜生的古树之上。

崖上众人不由得皆惊叹不已，但却知道，自己与之相去太远，不得不顺绳而下。

第五十六章　鬼影杀手

空尊者的武功比鬼医更胜一筹，但却无法在短时间内击败鬼医，可是林渺却不同。

空尊者的六名弟子虽然以阵法相攻，却如何能敌林渺、铁头和鲁青三人联手出击呢？何况林渺根本就没给这六人任何布阵的机会。

林渺攻击的速度太快，快得让这六人有些措手不及，而林渺的功力更是他们所不能及的，尽管林渺不能用尽全力，但在招式上却奇诡得让人心惊。

铁头的铁桨更是挟劈天撼地之势，与桨相触，则骨折形裂，几无侥幸。

鲁青的动作灵巧，虽不能如林渺和铁头那般顷刻间置人于死地，但是其攻势也让人防不胜防。

林渺一出手，便捏碎了一人的咽喉，下手极狠、极快，仿佛在拈花拂尘，这群西王母门下的弟子与他根本不是一个档次，但他却毫不犹豫地置这些人于死地。他觉得被这些人阴魂不散地缠着并不是一件好玩的事，尽管他知道耿纯可能与西王母门有些关系，但他却没有，他也认识那苦尊者，可是对这空尊者绝无好感，甚至对整个西王母门、对这什么婆罗门都没有好感。因为，他并不喜欢那种什么所谓的大欢喜禅，是以他杀了这六名不知天高地厚的西王母门的弟子。

林渺选择避空尊者而战，是学田忌赛马，他不想在处理空尊者的事上浪费太多的时间，是以根本就没想到杀这些西王母门的弟子是什么大材小用之类的。在他眼里，没什么大材小用，只有事情的成败与否。

林渺出手快狠，杀机如此之重，连铁头和鲁青及鬼医都有些吃惊，但看林渺杀人也不是一件累人之事，轻松而惬意，无累赘花巧之动作，却有赏心悦目之韵味，无太多血腥酷辣之场面，但却蕴含着无限的杀机。

顷刻之间，酒店之中便多添了六具尸体，林渺杀了三人，铁头砸了两人，鲁青摔了一个，但林渺身上没有一丝血迹，只是轻轻抹了一下剑身上的血迹，再将拭血的手绢抛落风中。

洁白的手绢之上，只有一点红迹，因为林渺的剑并没有斩入对方的身体。

“空尊者，今日只怪你倒霉！我本不想杀你，但你太讨嫌，一个阴魂不散的人留在世上对我并没有什么好处！是以，我只好让你永远都不会再有跟着我的机会！”林渺冷冷道。

“砰……”空尊者震开鬼医，眼睛通红，如一只受伤的野兽般低吼道：“林渺，如果你是个人物，便与本尊者决斗！”

“非常抱歉，没有人愿意陪你逞匹夫之勇，我尚有很多事情待办！对于无赖，我历来都只会用无赖的方式对之，你就认命吧！”林渺不屑地冷冷道。

“哼，你一条贱命，也想与我们主公决斗？你以为每个人都像你那么闲吗？”鲁青立身桌子之上，指着空尊者叱道，虽然其为侏儒之身，浑身却笼罩着一层浓烈的杀气，如一团燃烧的冷火。

空尊者这才知道，眼前这四人没有一个是好惹的，也似乎明白了今日的局面，不由狠狠地瞪了林渺一眼，竟倒旋向屋外撞去。

“想走？”林渺身若惊鸿，手中的剑贯出一道白练，标向虚空中的空尊者。

鬼医没动，但鲁青却已纵身而出了，矮小的身子如一颗弹丸般撞出。

“叮……”林渺的剑被空尊者的钺锋锁住，但这并不是林渺真正的杀招。

剑，在空中脱手，带着一股强大的气劲冲击空尊者在虚空的身子，而与此同时，林渺的刀竟自足底一个绝想不到的角度挑出，在虚空振颤出一片凄迷的杀机，仿佛自千万个角度汇聚的烟霞，完完全全地托住了空尊者的身体，而林渺却成了这片烟霞之外的孤鸿，为这凄艳平添了几分清冷的雅意。

空尊者骇然，这是什么刀法？他只感到千万股沛然刀气自四面而聚，在吞噬他体内的生机和力量，难以抗拒和挣扎。今日的林渺，似乎已经不再是昔日宛城之外的林渺，已经变得深邃不可揣度，甚至有着一种无可抗拒的气机与霸道。这一切，流露于其每一个动作，每一句话语……但空尊者却知道，他绝不可以放弃，绝不可以任命，否则，唯有死！他有些后悔不该这么莽撞地来招惹林渺，可后悔是于事无补的，他只有拼！

“轰……”空尊者撞开墙壁，身上的衣衫尽裂，竟飞射出数十道金环，结成一片奇异的网墙。

“铮……”环网触及刀锋立刻碎裂，但环网又化为一串倒撞向林渺。

空尊者已无法可想，唯有以同归于尽之法逼退林渺。

林渺绝不想与其同归于尽，最愚蠢的人才会作这样的选择，尽管林渺知道自己可能只有不到一月的生命，但他却不能赌。

“铮……”刀锋弯过一道扭曲而奇特的影子，如浮游于云霞之中的龙蛇，数十声轻脆的金铁之声后，林渺如一片枯叶自空中翻然而落，一道金光依然尾追而至，那是最后一个金圈。

“当……”林渺落地，刀身轻横，那追射而至的金圈正撞于刀身，但此刻龙腾刀上已密密地圈满金色的环，环环相击，发出极清脆悦耳的乐音。

“砰……”一声闷响之中，空尊者发出一声闷哼，鲁青的身子倒射而回，而一道青影自其后射到。

“铮……”龙腾刀上的金环在刹那之间爆裂，各成两半洒落地上，而林渺的身子则已如风般旋出，刀锋轻转，那道追向鲁青的青影被挑得飞起，林渺倒舒肩臂，悠然抓向那飞起之物，却是空尊者的兵刃单锋钺。

钺身青如秋水，寒意逼人。

“我会回来找你的！”空尊者的声音自外飘来，带着些许的急促和浓浓的仇恨，合着那些金环落地的旋律，却有一种说不出的诡异。

鲁青惊出了一身冷汗，虽然他重创了空尊者，但是若非林渺出手，此刻只怕他也重创于这奇利无比的单锋钺上了。

林渺扭头望了望那破裂的墙洞和那扬起的尘埃，眸子里闪过一丝忧色，接着目光又落在手中的单锋钺上，不由得赞道："好钺！可惜只有一只！"说完，向鲁青笑道："做得很好！这一只便给你，找个时候把他的另一只也拿过来！"

"谢主公！"鲁青大喜，这柄宝钺也算是一件奇兵，正适合他这种身材。

"哇，这家伙也真奢侈，这些环都是以真金打造的呀！"铁头拾起地上的那些被切成两半的金环道。

那两个美少年也走了过来，拾起地上唯一一个没有圈在刀锋之上仍保存完整的金环，看了一眼，道："果然都是以真金打造！"

"这蕃子，居然用重金收买我，难怪这一刀下不了手！"林渺自嘲道。

众人不由得都笑了起来。

"你就是林渺吗?"那两美少年打量了林渺几眼，有些兴奋和激动地问道。

林渺一怔，坦然道："不错，我是林渺，难道两位小兄弟听过在下的俗名?"

"你就是那个大闹湖阳世家和邯郸，后来又成了枭城城主，威名远播的林渺?"那高个子美少年大喜道。

林渺不由得怔了半晌，这个美少年对他如数家珍般，说了这一串，似乎对他的一切都极为了解，这使他很是意外。

"嘿，两位似乎对我知之甚多，在下正是你们所说的林渺，不知两位小兄弟如何称呼呢?"林渺有些不好意思地道。

"我们小……公子姓刘名琦！"那个子稍矮的少年抢着道。

那高个子少年脸色微动，但旋又笑道："不错，在下刘琦，这位是我的书童刘寄，听说林公子是宛城之人，那与我可算是同乡了。"

“哦，小兄弟也是宛城之人吗?”林渺讶异。

“不，在下乃是春陵人，这次游兴所致，是以便东来观瞻泰山之雄奇，却不料在此遇上林公子，真是在下之幸呀!”刘琦坦然道。

“哦，那倒也算是同乡了。”林渺爽朗地笑了笑道，心中对这两人倒颇有几分亲切感。听这二人语调之中颇有几分文雅，想来也是书香门第，心中一动，不由得问道：“不知小兄弟与春陵刘寅是什么关系呢?”

刘琦脸色微变道：“他是我族伯父。”

“哦，难怪。”林渺心道。春陵刘家人才辈出，刘寅、刘秀哪一个不是文武双全?是以，刘琦谈吐不俗这也是正常不过。

“难怪什么?”刘琦有些好奇地问道。

“难怪两位不仅武功很好，谈吐也极为不俗!”林渺笑了笑，随即又道：“此地不宜久留，两位小兄弟早点离开才好，在下有事在身，就不扰二位游山玩水的雅兴了，他日如果能再相会，再叙不迟!”

“你们要去哪里?”刘琦有些着急，问道。

“我们此去彭城。”林渺知这两人乃是春陵刘家的后辈，想到刘正那晚对他说的话，而且自己本身与刘家的交情也还有一些，且对这两位少年颇有好感，是以并没怎么隐瞒。

“我们正好也要去彭城，不如我们一起走吧?”刘琦眼珠一转，期盼道。

“你们去彭城干什么?”铁头不解地问道。

“我们取道自彭城回南阳呀，游完了泰山，自然要回家了。”刘寄有些微感不忿地道，他知道铁头是在怀疑他。

“小寄，不得无礼!”刘琦呵斥道，旋又向林渺道：“如果林公子怕我们碍手碍脚，那我们只好单独起程了。”

林渺不由得笑了，刘琦故意以南阳的方音说这话，乃是向林渺证实没有说谎，林渺自不好再说什么，但却提醒道：“这一路上，可能会有许多危险，如果两位小兄弟不怕的话，我也不反对一起同行。”

“那太好了，小寄，快去备马!”刘琦大喜，兴奋得差点跳起来了，十足的孩子气完全流露出来，倒让林渺和鬼医诸人感到好笑。

铁头也笑了，他人绝不笨，这两个俊秀的年轻人这些表情没有一丝做作，率直得让他也感到很可爱。至少可以自这些看出这两人对林渺绝不会怀有恶意，只是崇慕。

“启程吧，天黑之前找个地方住一宿！”林渺望了望满地的狼藉，吸了口气道。

松鹤和群豪差点没气得吐血，找了半天，终于是找到了那个所谓的幽泉洞。

洞口还立着一块小石碑，碑上书着：“洞口虽小，吾曾见一只乌龟能入，相信诸位也可一试！”

“岂有此理，我们辛辛苦苦找到的就是这个出水口吗？”药罐子气恼至极地道。

“肯定是那樵夫骗了我们！”夺命书生吸了口气，恨恨地道。

“也可能是那蒙面人骗了我们，或者这里根本就没有什么幽泉洞！”鲁南大侠恍然道。

“大家再在这附近找一找，看看有没有什么可疑的地方，不要被眼前这泉眼骗了！”松鹤强压住心中的恼怒，淡然吩咐道。

“会不会这个洞口被他们封住了，故意做出这个样子骗我们？”东岳门主岳宏突地心神一动道。

“大家快动手，挖挖看，看看这里是否隐藏着其它的机关！”松鹤心头也被说动了。

“不错，对方能布下那奇门阵法，便可以在这洞口设下障眼之物，我们不要被眼前的一切给骗了！”华山隐者也赞同道。

“这分明是有人戏弄我们，这里的山石都是天然的，只看这青苔便可知非人为所为，要找那幽泉洞也不是在这泉眼之处。”崔叫化子吸了口气道。

众人仔细看，果然这些石头上结满了青苔，皆为自然所生，无人为的痕迹。

“现在天色已经近黑，如果没能找到，只怕晚上找到了也没用，说不定打草惊蛇，明日他便会换去别处，再也找不到其踪迹了！”柴鹏举抬头望望天空，忧色满面地道。

松鹤望着天空，也不由得叹道：“难道天意要如此？该是苍生有劫？”

群豪皆为之默然，他们也不知道该说些什么好。他们追寻了月余，可是却得到这样的结局，这怎不让他们心灰意冷？但是，他们也无法可想，没有人敢单独面对这疯狂的人魔，也没有人有力量能够对抗这人魔。

要知道，此人有可能便是昔日武林皇帝刘正，二十年前他便天下无敌，二十年后，又岂会有对手？是以人人担忧。

群豪找了半天，却无半点结果，这一潭之水，都是由大小的泉眼所汇成的。这座山上似乎有极多这般的泉眼，似乎这山体之内本身就是一座巨型水库。

天色已黑，却并没有见到有任何人来这片山谷之中，唯有狼嗷伴着流水的哗哗声。

夜鸟的怪鸣也颇具惊心动魄的力量。

松鹤与群豪恼恨不已，他们好不辛苦才闯过那荆棘阵，本以为可以找到幽泉洞，可是不仅被人耍了，还不能够自原路回去，又要绕道重返山下。这一天白白辛苦了还不说，还不知有没有惊动山上的刘正，如果惊动了刘正，只怕往后他们若想再找到其踪迹便是难上加难了。

这之中究竟是那樵夫弄的鬼还是那蒙面人在说谎，没有人能说清，但这之中，樵夫肯定有鬼，他说过这幽泉洞中有怪物，可是并没有，这一点便已经是谎话了，那么其他的一些话自然也是假的了。但此刻找樵夫算账也是不可能的了，他们根本就不知道樵夫究竟是什么人。

现在唯一可做的，便是顺这流泉下山。

“立刻回宛城！”刘寅脸色铁青地推开刘秀的房门，沉声道。

“长兄，究竟发生了什么事？”刘秀吃惊地问道，直觉告诉他，一定是发生了一件大事，刘寅从来都不会轻易变脸色的。

“刘玄那奸滑小人，居然串通王凤在宛城欲私立帝位，刚才常帅派人密报于我，让我们快回宛城！”刘寅狠声道。

“什么？”刘秀一惊而起，脸色变得极为难看，抓起墙角的配剑，向外面的护卫喝道：“备马！”他怎也没料到，刘寅告诉他的居然是这个消息。他当日起兵于宛城，只是想让春陵刘家登上帝位，却没有料到刘玄居然这么阴险，将他们兄弟二人支开，然后私议称帝之事，那他们的心思岂不是白费了？这怎不让刘秀惊怒交加！

尽管刘玄也是刘室之后，但是刘秀并不看好这个人，其性格懦弱，纵容亲信将领，对属下之恶行并不敢太果断的处决，如果这样的人称帝，实不让刘秀看好，何况野心人人都有，否则刘秀也不用在宛城苦心经营那么多年，而待一朝起兵了。而且，这一刻刘玄这么做分明是忌惮他兄弟二人，耍了他兄弟二人一招，这让他们心中又怎能咽得下这口气？

“掌柜的，有没有见过两位十分俊秀的锦衣公子住店？年龄约莫十六七岁。”

“你们是？”掌柜有点疑惑地望着这几名身形彪悍的大个子，小心地问道。

“我们乃是张大将军的人。”一名瘦高个子中年人淡淡地道。

“哦，原来是张大将军麾下的大爷。有！有！刚才还进来了六位大爷，其中就有两个很俊秀的公子爷，小人开店这么多年，也没见过这么俊的公子爷！”那掌柜一听对方是张步府中的人，立刻变得恭敬而客气。要知道，张步乃是山东名声最响的人物之一，其部下近十万大军，便是赤眉军也不敢轻犯。

张步乃是王莽部下最强的军阀之一，但却并不苟同王莽的政策，在山东割地自据，独霸一方，是以与赤眉军并不相犯。虽然张步割青州，但在整个山东都有其势力所在，这掌柜的自然不敢得罪。

“他们住在哪里？”那瘦高汉子问道。

“在楼上的二号、三号和四号上房。”掌柜指了指。

那瘦高个子抬头相望，却见二号房门口一颗脑袋迅速缩回，房门哐地一下关上了，不由得一惊，道：“快去，小姐便在二号房！”

而此时，林渺正在静坐，心神刚进入空无宁静的境界，突闻窗子轻响，不由得睁眼相望，讶异发现后窗口探入的竟是刘琦的脑袋。

“琦兄弟在干吗？”林渺讶异问道。

“快开窗，我有事找你！”刘琦有些急促地道。

林渺不由得讶异不解，有事不走正门，却从后窗爬进来，这让他有些好笑，但还是打开了窗子。

窗子一开，刘琦和刘寄皆自窗中跳入，而林渺却听得一阵脚步之声急促传来。

“究竟……”

“嘘……”刘琦竖指于唇间，小声地道：“有人要抓我们两人，他们正上楼，你不要出声！”

林渺脸色一变，冷冷道：“谁敢如此张狂？让我去帮你打发了！”说完便要推门而出。

“哎……”刘琦急忙拉住林渺的袖子，有些急道：“你别去呀，这帮人不好对付的，你又何必惹麻烦呢？他们找不到人自然便会走的。”

林渺一愕，心中升起一丝怪异的感觉，目光紧紧地盯在刘琦的面目之上。

刘琦避开林渺的目光，神色极不自然地补充道：“你不是说去彭城有事吗？这些人有张步的人在其中，如果惹了他们，岂不是会给你添很多麻烦？”

“哦，你怎会惹了张步的人？”林渺又吃了一惊问道。

“这之中一言难尽，以后我再慢慢讲给你听，如果他们来问你，你就不要承认就行了！”刘琦回避道。

林渺心中暗笑，淡然笑问道：“是不是南阳派来找你回去的人？”

“啊……”刘琦吃惊地低叫了一声，傻傻地望着林渺，半晌才如犯了错的孩子一般，低问道："你怎么会知道?"

林渺不由得笑出了声，心忖："如果我被你这个小不点骗了，还能在江湖上混吗?"口中却道："猜的!"

"你怎么会猜到?"刘琦旋又好奇地问道。

"这个先不告诉你，我先出去看看，你们在这里待着!"说话之间，林渺的房门便已被敲响了。

"开门！开门……!"

"你们先藏起来，我去开门!"林渺吩咐道。

"好的!"刘琦和刘寄不待吩咐便已经各自找位置了。

林渺这才缓缓开门，问道："几位叫门有何事呀?"

"有没有……林少侠?!"门口之人一句话尚未说完，突地惊呼。

"哦，竟是刘兄!"林渺也认出了门口之人中有一人竟是春陵的刘嘉，当日他和秦复自梁丘赐手中救出来的刘嘉。

"真是有缘千里来相会，真想不到竟能在此再见到林少侠，当日相救之恩还未曾相报呢!"刘嘉极客气地拱手施礼道。

"刘兄何用客气？我与文叔兄是好兄弟，咱们也算是兄弟了，何用说这样见外的话?"林渺爽朗地笑道。

"原来这位少侠与五爷是老朋友呀!"一旁高瘦的汉子松了口气道。

"他就是近来名动河北的林渺，林少侠!"刘嘉向一旁的人介绍道。

一旁之人皆为之动容，忙拱手施礼道："原来是名动北方的林少侠，真是有眼不识泰山了。"

"这两位乃是梁王府的高手，豫东双雄言七山与言无忌兄弟，这位是张步大都统驾前的张庆将军，这几位也是大都统的部下!"刘嘉迅速介绍道。

"久仰，久仰……"林渺忙说一些连他自己也觉得有些虚伪的客套话。

虽然林渺的话有些口不对心，但豫东双雄和张庆听起来却是极为顺耳。要知道，林渺现在虽然并不算大红大紫之人，却也是天下闻名，许多关于这个年轻人的传闻，已让人将他捧得极高，已可与南阳的刘秀相提并论了，甚至有人把他排在邓禹的前面。

目前中原传得最火的年轻人不是刘秀，而是河北的林渺与南阳的小刀六。刘秀虽然才华横溢，但在绿林军中，众多名动天下的人物将他的光彩给隐没了，也显现不出其自身的力量。但林渺不同，总是独来独往，焦点就只是他自己，是以才会迅速出名。

“刘兄来此不知所为何事?”林渺淡然反问道。

“不如我们去边喝酒边聊吧。”刘嘉见到林渺，心情似乎也好了许多。

“也好。”林渺已经心知肚明，是以坦然应道。

“你们可以出来了。”林渺推开房门，淡淡地道。

“你怎么这么久才回来?”刘琦从后帘内钻了出来，惑然问道。

“与他们一起下楼喝酒去了。”林渺耸耸肩，笑了笑道。

“与他们一起下楼喝酒?”刘琦和刘寄张大嘴巴，吃惊地问道。

“是啊，有什么不妥吗?”林渺笑问道。

“你认识他们？那他们是不是已经走了?”刘琦眨了几下眼睛，表情怪怪地问道。

“你是说你五叔还是梁王府的人或是张步的那群属下?”林渺不答反问道。

“你全都知道了?”刘琦顿时一脸沮丧地问道。

“知道什么了？时候不早了，两位公子还不快回房休息？明天一早我们还要赶路去彭城呢!”林渺故意转开话题道。

“你真的不知道?”刘琦神色一振，侥幸地反问道。

“你当我脑子有问题呀！两位大小姐，男女有别，还在这里嘀嘀咕咕!”林渺忍禁不住笑骂道。

“啊……”刘琦和刘寄顿时羞得无地自容，刘琦微斥道：“好哇，原来你一直都在耍我!”

林渺好笑道：“是啊，早就知道你是个大姑娘了，世间哪有这么傻的小伙子，要是被你们骗了，我林渺还能在江湖上混吗？只是没料到你便是那大名鼎鼎、刁蛮好玩、美丽精明的刘大小姐刘琦琪而已，现在你五叔把你们两个卖给了我，你们给我放乖点就是!”说完又忍不住乐了。

“真的？我五叔真的不抓我们回去，让我们跟着你?”刘琦琪不仅不恼，反而大喜问道。

“你很高兴吗？他是把你们卖给了我呀!”林渺故意板起面孔反问道。

“哼，你骗人，我们五爷最疼小姐，怎会卖呢?”刘寄嘟起嘴巴道。

“你不信啊？就卖了五两银子！他说这个侄女又刁蛮又任性，又胡搅蛮缠，又好吃懒做，又胆大包天，虽然美丽得晃眼，但他却已经受够了，所以便宜卖了。”林渺诡笑道。

刘琦琪和刘寄不由得扑哧笑出声来。

林渺不由得无可奈何地摇了摇头，道：“这样说你，你也不生气，真是好修为，难怪刘嘉兄对你束手无策!”

“哼，是你说我五叔把我卖给你了，那以后我就跟定你了，你到哪儿，我就到哪儿!”刘琦琪神色一正，诡笑道。

“无所谓了，大不了我烦了，再把你转卖给你五叔或是你老爹或是你三叔，你以为我会愁买家呀?”林渺故作一本正经地道。

“啊……”刘琦琪和刘寄不由得失声低叫。

“呵，怕了吗？所以，你们还是老老实实地听话!”林渺笑道。

“我才不怕呢！只怕到时候你舍不得把我卖了!”刘琦琪不无骄傲地道。

“那么自信？好吧，到时候再看，你们两人先回房好好休息!”林渺扭头笑盈盈地反问道。

“好了，我们就不打扰你了!”刘琦琪不置可否，一扭身欢欢喜喜地离房而去。

林渺却不由得摇头苦笑，刘嘉居然把这两位头痛的人物交到他的手上。

林渺的心越静，丹田的那团拥有自己生机的火劲便越清晰，那是独成一格的生命体，不受外界的影响，甚至慢慢自丹田之中向外扩侵。

林渺所要捕捉的便是那缕缕自丹田之中扩侵而出的火劲，然后以浩然帝炁的功法将之炼化，转为己用。

这些日子来，林渺从未疏懒过习练刘正给他的那本武功秘录，这才知道，这竟是当年广成子和黄帝轩辕所创的广成帝诀，乃是当世奇书之最。他心中的欣喜自是难以言述，也使他更强烈地涌起了活下去的欲望。

林渺烧掉了那本小册子，但一切都记在了心底，他不想再让其他的任何人知道《广成帝诀》的存在，如果更多的人知道了《广成帝诀》的秘密，天下之间只会出现更多的可怕高手，只会是更乱得可怕。

他自然听说过有关广成子与黄帝轩辕的故事，更知道这是上古时代最具传奇色彩的神话般的人物，也是华夏的祖先，其所创的武学自是夺天下造化之妙。是以，林渺没有理由不勤修苦练，他知道，自己的武功并不足以称雄于世，但这些日子来，却有了极大的长进，这才在对付空尊者时变得容易。

只可惜，即使是《广成帝诀》也无法让他体内所积的火劲散出。

半寐半醒间，林渺只觉得有一丝细碎的声音在屋顶上响起，似乎有瓦片拨动的轻响。此刻的他，对外界的每一丝响动都极为敏感，因为浩然帝炁本就是纳自然之气而融入自然，周围的一切都已经与林渺的心神结合在一起，是以对任何异响都能清晰地捕捉到。

"噗噗……"正当林渺惊愕之际，一阵细碎的轻响带着一阵锐风射入榻上。

"哗……"林渺骇然倒翻，那阵锐风却钉在床上，发出沉闷的钝响。

黑暗之中，林渺并未能见到射入被子中的是什么东西，但却已经感觉到了那些东西射出的方向，是以落地的同时便极速弹射而起，

"哗……"屋面碎裂，瓦屑带着如潮涌涛翻般的气劲向林渺头顶狂罩而下。

林渺再惊，那屋顶之人显然已经感觉到最开始的行动失败，是以这才毫无顾忌地破屋而落。

仓促之中，林渺掌心翻出，向头顶冲撞而去。

“轰……”一声强烈至极的爆响，屋内的气劲如风暴般疾转，室内的桌椅之类尽化碎末。

林渺只觉得手心一阵发热发麻，身子不由自主地被抛出，闷哼着撞开窗子跌落室外的地上。

天上的寒月甚明，但周围的景物依然影影约约，林渺的刀也未来得及带出，这偷袭之人的速度太快，而且功力深厚得让林渺吃惊！这神秘人物的功力之深绝不下于幽冥蝠王。

“哗……”林渺刚立起身子，一团黑影已自屋内狂袭而出，如一柄带着风暴的巨锥，以螺旋之势破入林渺的气场之中。

林渺心中顿明，他知道了这神秘的来客究竟是什么人。正因为这个人的存在，他才一直有一团阴影存于心中。自郑口集开始，他内心一刻也不曾摆脱这团阴影，而这神秘的人物便正是那个制造他内心阴影之人，只是没有料到此人一直拖到今夜才真正出手。而此人一出手，他便几乎完全处于下风，可见这人早已算好了一切。

“轰……”林渺避无可避，双掌成刀，狂劈而出，但与那攻击者的气劲一触，竟然自一旁滑开，那神秘杀手的脚已经破入林渺的招式之中，无奈之下，掌脚相触，林渺只感胸中一口闷气冲腔而出，身子再次飞跌而出，撞断了院中的一棵小树。

那人身形顿了顿，但双足又如搅麻花一般晃起一片暗云，再次攻向林渺。

林渺从没见过如此快的脚，如此强霸的腿法，他根本就来不及组织抗击之势，那千万道腿影已经模糊了他的视线。

林渺贴地飞退，如低飞的春燕，拂草迎风而动，而那双临空的脚依然洒得漫天都是，几乎封住了每一寸空间。

“砰……”林渺身子倒撞上院墙，侧身疾翻。

“轰……”那双脚踢空，院墙顿时炸开，石屑、尘土狂飞，林渺却飞身向室内扑去！没有刀，他绝不是这偷袭者的对手，这一点自知之明还是有的。

这杀手的速度确实快极，也难怪这一路之上林渺根本就无法察觉此人的踪迹，只是直觉告诉他有人跟踪，可见此人更是藏踪匿迹的高手。当他见到空尊者之时，最初他还认为这种感觉是来自空尊者，但后来才知并不是空尊者所引起的。是以，他便知道，在他们的身后一直都跟着一个极为可怕的高手，这才使他决心对空尊者速战速决，免得让这两人合在一起，那时只会更头大，只是直到空尊者败走，那神秘人物也并未出现，林渺略微有点松懈之时，这神秘人就出现了，可见此人对时机的把握准确至极。

“轰……”神秘人并不给林渺回屋的机会，身形倒射，横截在林渺的身前，又与林渺硬拼一掌。

林渺只感到丹田之内的热气外扩，自胸膛喷出，竟洒出一口热血，身子跌落。

那神秘杀手身子也倒跌而去。

“我来助你！”刘琦琪显然被邻房的打斗给吵醒了，探头一看之时，却骇然发现林渺居然被人打得吐血，不由得急速拔剑弹出。

“哼，不知天高地厚！”神秘人冷喝一声，身子凭空疾旋，疯狂的气劲如龙卷风般扫出。

“小心！”林渺大惊，伸手抓起那棵被撞断的树疾撞向那飞旋的杀手。

“叮叮……”刘琦琪一声闷哼，手中的剑竟被击得脱手而飞。

“轰……”那杀手的脚即将印在刘琦琪身上之时，林渺已连同那棵断树，拖起狂野的劲风插入其中。

断树的枝叶都似乎注满了气劲，如剑如刀，自杀手脚底之下救下了刘琦琪，但整个树杆却也在顷刻间爆散成碎末。

林渺的身子弹射而起，在虚空中划了一个神奇的弧迹，抓向那柄被杀手击飞的剑。

“鬼影劫！”杀手低呼，声音略透出一丝讶异，但他也迅速冲天而起，同样是抓向那柄弹飞的剑。

林渺与那杀手几乎在同一时间抓住了剑身，也在同时出掌相击。

“轰……”林渺再次陨落，但那柄剑也再次被震飞。

刘琦琪自然不会错过拿回自己配剑的机会，虽然仍心有余悸，却知道这柄剑似乎对林渺颇有用处。

“去死吧！”刘寄看准机会，也自那杀手背后攻出，她似乎已经意识到这是攻击杀手的最好机会，但是她仍太低估了自己的对手。

“铮……”刘寄的剑没有刺中那杀手，却被夹在杀手的两指之间，剑身竟自中而断，刘寄闷哼一声跌落在地。

林渺也于此时落地，连退五步才立稳身子。

那杀手翩然落地，冷笑道：“一掌九叠，如此年轻便有此本事，难怪能大闹邯郸，但可惜的是，今天是你最后一天！”

林渺吃惊不小，这杀手的功力之深，绝不比幽冥蝠王逊色，但这人却比幽冥蝠王更诡，更精明，似乎一切都在他的掌控之中。

他在详细地观察了林渺的一举一动数天之后才出手，想必已对林渺出手的方式都了然于胸这才有把握出手，可见这人绝不是一个武夫，而是一直真正的杀手！只是林渺根本就不知道对方的一点资料，只凭这一点，他便已经输了一招。

“受死吧！”杀手低喝，脚下踏地疾踩，如飘风而过，数丈的空间，似在伸臂间便已赶到。

林渺骇然疾退，他并不想与这杀手硬拼，若硬拼，他只会死得很惨。他体内的热毒已在蠢蠢欲动，若再受太强的震荡，只怕即使这杀手不杀他，他也会死在焚身的火毒之下。是以，他唯有选择退。

林渺已受了些微的内伤，身形微滞之际，那杀手便已逼入丈内。

“接剑！”刘琦琪呼喝着将抓到的剑抛给林渺，她似乎也知道林渺需要兵刃。

林渺心中叫苦不迭，刘琦琪居然在这种时候抛剑给他，如果他接剑，势必要硬接这杀手一击，但若不接，势必让这杀手捡了个便宜将剑拿去，到时，只怕更没有机会与之对阵了。

在此时，鬼医和铁头、鲁青三人像是根本就没听到打斗声一般，没有丝毫动静，如果有这三人加入，以四敌一，这老鬼再厉害也是必败无疑，可是那三人却是一点动静也没有，倒是帮不上什么忙的刘琦琪主仆两人来凑热闹，这怎不让林渺心中叫苦？

林渺咬牙，横手抓向飞来的利剑，而便在握剑的一刹，那杀手的拳头迎面而至。

林渺想无可想，唯有出掌相迎，却没力，欲借力反弹，但他却突然发现，这杀手的拳缝之间竟露出一截剑刃！

林渺骇然，顿时醒悟，这截剑刃正是刚才刘寄断剑的剑尖，但等他意识到这一点时已经迟了。

“呀……”林渺一声惨哼，掌心被这截断剑透过，而杀手的脚也在此时自下击出，快狠至极。

“一起死吧！”林渺一声惨呼，手中的长剑划出一圈美丽的光弧，竟不避底下踢来的那一脚，而直取杀手的项上人头。

那杀手也吃了一惊，他可不想与林渺同归于尽，脚微收，倒点疾退，如风般旋至林渺身后，冷哼着再次出手。

林渺剑落空，钻心剧痛几乎让他的神经都麻木了。那截断剑依然在他的掌心插着，他没有料到，自己居然中了这杀手的阴招！这只能怪他在对敌经验和武功之上都不如对手，这几乎让他有点沮丧与绝望，这一刻才深切地体会到，原来世上的高手竟如此之多。

“叮……”林渺回剑，但那杀手的脚只是踢在剑面之上，身子再借力弹起，自上而下，以暴风骤雨之势向林渺的头顶压下。

“小心！”刘琦琪见自己反弄巧成拙，再见林渺遇险，急得大叫，可是她却半点忙也帮不上。以她的速度和功力，根本就插不上手！

“色空无间——”一声凤鸣般的娇喝，带着一缕幽风暗影破空而过。

刘琦琪只觉头顶一凉，在亮起的灯火之中闪过一丝清冷的水色，仿佛是将明月之辉全部摘下，摊成一湖秋水，清寒、广褒，却又带着暴风骤雨般极寒的剑气。

夜空一片清辉浮影游动，那杀手也完全裹于清辉之中。

刘琦琪惊得忘了说话，仿佛看到了天外飞仙。她是惊于这突然而至的一剑，惊于这一剑的神韵与气势，还有它的速度。

“叮叮……”一阵阵清脆至极的金铁交鸣之声中，那片清辉突地中裂而开，那杀手幽黑的身影如孤月下的夜莺，冲天而起，再如一片鸿羽般落于客栈一檐角之上。

清辉尽敛，一道红影以曼妙无伦的姿态落于院中一棵大树的横枝之上，斜挑之剑依然泛着幽冷的光彩。

刘琦琪却发现空中有几片碎衣飘然而落，像是阴狱的蝶魂，此刻她也看出了那与杀手对峙之人竟是个女子！借月色和灯光，她隐约看清了那不可方物、清丽绝尘的容颜，心中竟生一丝莫名的酸意。

“怡雪！”林渺愕然，他看清了发生的一切，也认出了这出手相救者的面容，不由得惊喜交加地低呼。

“无忧林的无间剑法！你是无忧林的传人？”那杀手声音中略带惊惧地问道。

“没想到鬼影前辈仍记得无间剑法，想必也知道，无间剑法从不传无忧林之外的任何人！”怡雪剑锋依然遥指那杀手，淡漠地道。

“想不到无忧林的人会出手救这小子，好！老夫今日就给无忧林一个面子，让这小子多活几天！”那杀手冷然道。说话间一拂袖，竟倒射入黑暗之中，便像来时一样，没有任何迹象。

客栈中大部分人都被惊醒了，但却没有任何人敢出来看，只是点亮了房中的灯，使院中不再幽暗。

“你没事吧？”怡雪自树上飘落，扶住林渺关切地问道。

“我没事，多亏你来得及时，否则我可就死定了！”林渺强忍着剧痛道。

“你的手？”怡雪这才发现林渺左掌竟仍插着一截断剑，不由得惊呼。

刘琦琪心中的酸意更甚，竟不知道走过去，只是愣愣地望着林渺与怡雪。

“失算一招，这只手挡实了，快去看看我那几位同伴怎么样了！”林渺心中却记挂着鬼医和铁头三人的安危，旋回头望了刘琦琪一眼，道："谢你的剑！"说完将剑抛给了刘琦琪。

刘琦琪噘着嘴接过剑，却有点不知如何是好，但旋又意识过来，上前急忙问道："你的伤没事吧？"

"没什么大碍，你快去看看铁头他们！"林渺吩咐道。

"哦，小姐，我们去！"刘寄拉了刘琦琪一下，应声道。

铁头和鲁青受了迷香所制，昏睡不醒，鬼医却不见踪迹，其窗子大开，房间之中一切依旧整齐，显然不是被人抓走的，而是自己离开了房间。

救醒铁头和鲁青，他两人得知发生的一切，都吓了一跳，却极是惭愧。

"快拿热水来，阿渺的伤要赶快上药，否则这只左手只怕会被废掉！"怡雪催道。

刘寄慌忙呼来掌柜，掌柜也吓坏了，他们店出了这许多事，差点没把房子拆了，怎不叫他吃惊？见有人受伤，要他赶快拿热水，哪敢不听话？更知道这些人的来头极大，与张步的人都有关系，一个不好，只怕要掉脑袋，而且刚才他也偷看了这几人的武功，知道这些人可不是凡俗之流，自不敢怠慢。

怡雪入屋之后便以深纱遮面，她并不想让太多的外人见到其容颜。

林渺的手心仍在滴血，所幸这一剑只是刺透掌心，而未将整只手割开，相对来说，他体内的真气微显混乱更为难受些。

"那人是什么人？"林渺猛地拔出掌心的断剑，带出一蓬鲜血问道。

"先把伤口包起来再说！"怡雪吃了一惊，有些怨道。

"这点伤还没事，没有伤到太多的筋络，只是自指骨中间穿过的。"林渺痛得眉头微皱，淡然笑道。

"没见过比你更蛮的人！"怡雪不理林渺所说，忙洒上止血生肌的金创药，以手绢紧扎起来，似乎并不在乎这些鲜血溅到自己的身上。

刘琦琪望着两人这般亲密，懊恼至极地退到自己的房间去了。

林渺并不在意怡雪的相责，只是笑了笑道："这是个教训，痛一点会记得更深刻一些！"

"谬论！如果你不快点好起来，只怕往后会更艰难！"怡雪没好气地道。

"哦，不过有雪儿在我身边，我还怕什么？"林渺耸耸肩，微感得意地笑了笑。

"没正经，你以为我能每一刻都陪着你吗？其实，我本是要回山见师父的，可是却发现有人一直在跟踪着你，而且此人乃是十余年前江湖中最可怕的杀手之一——鬼影子，我怕你有危险，这才从河北一直跟到这里。你伤一好，我便要先回山一趟了！"怡雪肃然道。

林渺心中一阵感动，讶异地问道："你一直自河北跟到这里？"

"不错，鬼影子的身法在江湖中少有人能比，即使是琅邪鬼叟也不敢说比他的身法更快，十余年前他杀人基本上没有失手过。我查了一下，他应该是王郎请来对付你的高手之一！"怡雪正容道。

林渺想到这可怕的杀手，比之那什么冷面残血不知可怕多少！如果这次不是怡雪突然出手相救，他也不可能活到现在。最可怕的还是这人计划周全，首先无声无息地将铁头和鲁青迷倒，再对自己下杀手，单只一路自河北跟到山东的这份耐心就足以让人心惊。

"王郎！"林渺心中充满了杀意，他没去找王郎算账，王郎倒先来对付他了。事实上，他早就已经收到邯郸来的消息，知道王郎已派出高手对付他。鬼影子之所以能找到他，大概是因为在郑口镇露了身份，这才被其一路追来，只是此刻鬼医不知去了哪里。

"雪儿不可以多陪我一些日子吗？"林渺突然想到自己可能只有二十余天的生命，心中禁不住升起一阵酸涩和苦楚。

怡雪一怔，望了林渺一眼，怔了怔道："我已经迟了几天，师父会怪罪的！"

"水来了！"鲁青和铁头端着水走了进来。

"放在那儿，你们快去找找铁先生。"林渺沉声吩咐道。

“是!”铁头和鲁青忙应声退去。

“其实只要你小心防范，你身边有两个高手再加上那位铁先生，便是鬼影子再来，也不足为惧!”怡雪道。

林渺自然相信怡雪所说，这次他确实略微大意了，鬼影子之所以一直没下手，其原因自然与他身边有这三个人有关，否则的话，以他一人之力，鬼影子要什么时候下手就什么时候下手，何用等到现在？但想到鬼医的失踪，不由得叹道：“但愿铁先生不会有事!”

怡雪也略有些担忧，问道：“你在北方刚刚立下足，为什么又要取道南下？要是你真的出了事，那你在北方所做的一切岂不是白费了?”

林渺望了怡雪一眼，反问道：“雪儿一直都在留意我在北方的发展吗?”

“当然，我还在枭城住了几日，见你把枭城治理得那么好，我就知道我绝没有找错人！你能在短短的时间内有这样的成就，可算是个奇迹。在你心中始终记挂着百姓，若真能得天下，必会善待天下子民，只是雪儿不明白，你何以此时南下?”怡雪欣然笑着道。

林渺苦苦地笑了笑道：“因为我很可能只有二十余天的生命!”

“什么?”怡雪吃惊地望着林渺，神色大变，说话间伸手搭住林渺的脉门，久久未语。

“如果上天真的要林渺死的话，我也只好认命了。不过，没有到最后一天，我便仍有活着的希望，但我害怕与雪儿这一别便永远再没有相见之期了!”林渺叹了口气，不无感伤地道。

怡雪搭住林渺脉门的手轻轻地颤了一下，幽幽地反问道：“雪儿对你有这么重要吗?”

“雪儿是林渺最好的知己，也是给我最大鼓励的人，当然重要!”林渺肯定地道。

怡雪默然了半晌，才问道：“怎么会这样？究竟发生了什么事?”

“一年前，我依然是平凡的我，也仅只是一个比较狡猾的小兵！偶然的机会让我吞服了武人梦寐以求的烈罡芙蓉果，后又被两个疯子借我的躯体比用药的高下，在我的体内置入了各种奇怪的药物，一个下毒，一个治毒，后来我虽侥幸不死，却在体内积下了奇异的真气。这股真气乃是至刚至阳之气，而烈罡芙蓉果也是至刚至阳之物，两股至阳之气全积压于体内，缓缓被我吸引，但在邯郸之时，我无意之中引动天雷，天雷之天火一下子将我体内积下的至刚至阳真气诱发，化成了无可抑制的火毒，虽然这股火毒被铁先生逼至丹田，也暂缓了两个月的生机，不至于立刻被火毒焚成焦炭，但却必须找到万载玄冰，才能够化去体内火毒，否则两月后必会化为飞灰。现在，还有二十余天就要到两月之期了！”林渺淡然道。

怡雪神色再变，愣愣地望着林渺，却不知心中在想些什么，但她的手却将林渺的手腕抓得更紧。

“你此次南下，便是为了找寻万载玄冰?”怡雪顿了半晌才问道。

“不错，我怀疑万载玄冰在云梦泽中有一块，所以，我此去只是想为自己寻找最后的机会，至于天命如何，就由上天去安排好了！”林渺吸了口气道。

鬼医是被铁头与鲁青扶回来的，其伤势不轻，身上沾满了血迹，让林渺看得触目惊心。

“怎么会这样?”林渺吃惊地问道。

“我看到有几人在围攻铁先生，我们赶去之时，这些人便走了！”铁头无可奈何地道。

“扶我坐下！”鬼医吃力地道。

林渺稍感放心，鬼医似乎并无生命危险，只是受了伤而已。

鬼医则迅速自怀中掏出一大堆小药罐。

“你们先出去，我需要静疗一下。”鬼医又道，说话间已服药闭目而坐。

林渺也不想多耽误，必须尽快将体内涌动的火劲镇住，否则只怕连二十多天也活不了。是以，他向铁头打了个眼色，先退了出去。

“看来鬼影子并不只是一个人前来！”林渺望了怡雪一眼，不无忧心地道。

“必是如此，看来王郎这次是必除你而后快了！”怡雪也略有些忧心地道。

“这是必然的，虽然我现在对他并不能产生多大的威胁，但是假以时日，王郎想对付我也没那么容易了，他知道我去邯郸找他是必然的。是以，这才想在我未成气候之前便把我干掉，这便减除了许多后患。”林渺自信地道。

怡雪也笑了，自林渺的话中，她听出了林渺的斗志依然激昂，至少，她相信林渺拥有面对现实的勇气。

“寅帅，你回来得正好，我们正要让人去请寅帅回来呢！”王匡见了刘寅，不由得忙上前牵马，赔笑道。

“是吗？王将军找我又是所为何事呢？”刘寅不冷不热地反问道。

“我们众将商量过了，咱们绿林军若是一直都如此实不是长久之计，所谓蛇无头不行，眼下，王莽气数将近，我们也该挑选出明君，以号令天下！”王匡诡诡地笑道。

“哦，这么大的事，却把我丢在一边！”刘寅冷笑道。

“哪里，末将这不是已派人去找寅帅吗？”王匡淡淡一笑道。

刘寅也不好再说什么，王匡来为他牵马已经是极给他面子了。要知道，绿林军四部之中，惟王凤和王匡一支最为强大，而且绿林军是其首创，连王常和刘玄、陈牧之辈都曾是其部下，虽然今日绿林军已非昔日之绿林军，但是王凤和王匡的地位依然极高，军中大部分将领都是他们一系之人。

经宛城之役后，王凤的新市兵虽损失极大，但却仍以最快的速度恢复，因其旧部众多，威望仍高过刘寅。是以，新市兵仍成了四支义军中力量最强的一支，王匡虽排在王凤之下，但其地位实不比刘寅低，刘寅自不好逼人太甚。

“那倒真谢谢匡将军了！不知结果有没有议出来？”刘寅缓和了一口

气，淡淡地问道。

“眼下寅帅回来，立刻可让人聚将议事，至于结果，没有寅帅在，如何敢妄断?”王匡自然听出了刘寅话中的味道，但他并没有生气。他明白刘寅孤傲清高的性格，不过更明白刘寅的才能，在军中有极高的威信，他并不想得罪刘寅。

一路行过之处，将士皆肃然施礼。

“那好，我们一起去找玄帅和凤帅吧。”刘寅也笑了笑。

怡雪一路护送林渺到彭城，已是数日之后，林渺的左手伤势已经基本痊愈，鬼医的伤势也好得差不多了。

鬼影子并没有再找上来，或许是因为怡雪的原因，但林渺却知道，鬼影子绝不会善罢甘休的。

这几日来，林渺倒也有头痛之事，刘琦琪不再着男装，换成女装招摇过市，所过之处，行人无不翘首以观，甚至许多人追尾相看，过集市使集市堵塞，过长街使长街一片混乱，路人无不为其美丽所震撼。

林渺也不得不承认，刘琦琪的美丽绝不输给白玉兰、梁心仪二女，甚至有过之，但是这般招摇过市也太夸张了点。

林渺想让其学怡雪一样以深纱遮面，可是刘琦琪偏不，好像是故意给林渺下马威瞧瞧，又似乎是故意要与怡雪相比一般，这让林渺哭笑不得。但论理，刘琦琪不听，反而更为得意。

即使是铁头和鲁青也为之莞尔，刘琦琪确实是一副小孩子心性。

这一路之上，至少有十数批欲偷香窃玉的小贼上门想抢刘琦琪，但却都被刘寄打得抱头鼠窜，但总是一批批地来，让林渺不胜其烦！可是又不能对刘琦琪发火，算起来，他与刘秀、刘嘉称兄道弟，刘琦琪只能算是他的小辈。

当然，这个并不重要，重要的是，刘正曾说过他是刘家的老三，虽然他并不怎么相信，但却不能不防，如果刘正所说是真的，那他便是刘琦琪的叔父，自然不能与这小妮子一般见识。

刘琦琪的那点小心思他哪里还会不知道？在天和街混了那么多年，什么样的情况没遇过？对于那些小姑娘的心态他更是了如指掌，是以他故意不大理睬刘琦琪。事实上，即使他不是刘琦琪的三叔，也不会接受这小姑娘的感情，因为他只有二十多天的生命。

怡雪也明白刘琦琪的心思，女人对女人总会敏感一些，何况她是何等聪慧之人？不过，她半点也不以为意，并不只是因为林渺做得很好，而是这些年的修行，使她对感情显得比较淡漠，也能够控制自己的情绪，虽然不能自制地对林渺动了情，但林渺很可能只有二十几天的生命，一切都没有必要太过计较。

刘琦琪自然是更感不忿，却也无可奈何，虽然这一路上林渺并不怎么理会她，但对她的照顾和关心是可以体会到的，而且林渺又有伤在身，自不好太过胡闹。

彭城，乃是楚都，当年楚王韩信的府第依然在，其临近高祖刘邦的故地沛郡，处泗水、获水汇流之地，水陆俱便。

楚国纵横千里，不过，今不如昔，四处战乱，便是彭城也是民不堪疾苦，东有刁子都大军虎视，彭城也不若表面这般安稳。

不过，走入彭城之后，倒也没觉得城中有何乱象，百姓生活依旧，或许是因为百姓已经习惯了或麻木了乱世的生活，依然有骂街之妇，有游耍的混混，市井小民倒也杂乱。

刘琦琪已换作了男装，这也是被林渺逼得没法，如果她依然以女装招摇过市，林渺便绕过彭城，不进城，刘琦琪却不想错过彭城的热闹，只好答应。这样确实减少了不少麻烦，省了惹得彭城一片混乱。

鬼医暗笑，到最后还是刘琦琪斗不过林渺。当晚，林渺诸人便住在彭城，他们没决定是取道汝南回南阳，还是直接走寿春到江夏去云梦泽。

第五十七章　松鹤道长

赤练峰顶，松鹤负剑而望，他心中有点沮丧。那日他们顺流而下，竟绕行了百里之地。

群豪斗志尽去，多数人离散而去，他们已经为此浪费了很多时间，可是一点收获也没有。而这些武林豪强，多数都有自己的事要做，自不能陪他一直追查下去。

虽然正道之人以除魔卫道为己任，但这些在许多时候并不是人人都能做到的。

松鹤当然不会有什么怨言，毕竟许多人并不像他这般孑然一身，无所牵挂。

这些日子来，他自己都感到有些沮丧，刘正似乎一直在回避着他，是以，他一直都无法追及刘正。当然，这是因为刘正的武功比他高出甚多之故，此刻的他也许比之当年的刘正尚有所不及，更别提闭关了近二十年的刘正。

刘正避他，并不是怕他，这一点松鹤明白，当年他与刘正也有交情，而刘正与他师父更是莫逆之交，即使是他师父也不能在武学上胜过刘正。

当然，这一切并不能阻止松鹤找到刘正的决心，如果刘正真的沦为杀人狂魔的话，那他也绝不会犹豫，至于能不能杀得了刘正，他只有尽力。

这些日子来，他确实想了许多以前并没有想过的问题，这几天刘正如从这个世上完全消失了一般，这是一件喜事，却也让他更为担心。是不是刘正跑到别处去杀人了？抑或真的把自己锁在了石壁之上呢？

如果刘正真的将自己锁在了石壁之上，说明他内心的正义仍在，仍然知道对错，并不是完全不可能挽救的。而刘正这一个多月来避开群豪不与之相对，自然也是不想伤害他们，不想让自己的罪孽更为深重，这只能说明刘正内心仍存在着一丝善恶之念。如果真能将刘正唤醒，这将是天下的一大幸事。有这样一个绝世高手主持正道，说不定可以使天下战乱得到缓解，让百姓少受一些战乱之苦。

这是一个很好的想法，但行动起来却太困难，连刘正自己都无法解救自己，松鹤又如何能够？

松鹤不由得轻叹，在峰顶遍览群山的感觉不错，此刻已是初春，泥土的味道都带着淡淡的芬芳，他没有找到幽泉洞的所在，这座山峰不小，这附近几乎找不到一家猎户，想打探这一切的情况都有些不可能，所以只有他一人上山。

事实上，松鹤也不知道自己上山的真正目的是什么，似乎只是想来看看，至于会不会遇上刘正，会不会有意外发生，他并没有在意。即使刘正真的曾在赤练峰上待过，有他们上次的一通搅和，也应该走开了。不过，松鹤还是来到了这里。

蓦然间，松鹤身形一震，他突然发现山腰处有一点人影正悠然而上，竟正是几天前的那名樵夫。

樵夫移动甚速，但却并没有逃过松鹤的眼睛。松鹤心中顿时生出了一股怒意，他知道，那日是樵夫耍了他们，而他却看走了眼。

樵夫神态极为悠闲，信步而行，依然是那日的打扮，但却绝不似那日那般猥琐，神态间不经意地会露出一丝傲意，即使是在发现松鹤挡于他前方路上的那一刻，他的脸上依然挂着恬静而安详的笑容，似乎一切都在他意料之中。

“真是不巧，怎么又撞上道长了？道长仍要问路吗？”樵夫顿住脚步，依然横扛着扁担，坦然问道。

“为什么要骗我们？你究竟是什么人？”松鹤声音冷杀地问道。但他的心却很平静，因为樵夫的表情之平静，让他都有些惊讶。

樵夫笑了，淡淡地道：“因为我并不想你们犯下大错！”

“我们犯下大错？”松鹤神色一变，冷冷问道。

“不错，因为我知道你们要找武林皇帝，但这是个你们最不应该找的人！”樵夫坦然道，他似乎并不在乎松鹤的任何反应。

“他真的就是武林皇帝刘正？”松鹤神色再变。

“除了他之外，天下又有几个人能够在你们苦追了一个多月之下仍然无迹可寻？”樵夫反问道。

“他杀了那么多无辜，难道我们也不应该找他吗？你究竟是什么人？为什么知道得这么清楚？”松鹤心中生出一丝惑然和不忿。

“不错，他是杀了很多无辜，他是应该为自己的所作所为偿还一些什么，但不是现在，也不应该是你们来找他！”樵夫依然不愠不火地道。

“为什么？”松鹤愕然。

“除非你们想让更多的无辜死去，让血腥一直发生下去，让真正的阴谋者逍遥法外，无人可制！”樵夫神色变得肃然，语调也显得沉冷而森然。

“哼，你以为就你这危言耸听的话便可以让他避开自己应该承担的责任吗？”松鹤质问道。

“他从来都不是个逃避责任的人，也从不曾逃避过责任，只是他明白什么更重要，什么是可以暂放一边的！”樵夫显出无限崇慕地道。

“你究竟是什么人？”松鹤神色间显出一丝迷惑，在突然之间，他发现眼前之人的身上有一种内敛得很深的气势，只有在某一刹那才会不经意地显露出来。

“往事不堪回首，我不想再向外人透露自己的身份，你便当我是个樵夫好了！”樵夫神色间露出了一丝黯然之色，淡淡地道。

“但是贫道却无法以此向山下众豪解释！如果你执意不说，那我只好不客气了！”松鹤神情一肃，冷冷道。

“哦，既然如此，道长何不试试？”樵夫突然笑了，也在倏然之间，浑身似乎散发出一层异常的光彩，仿有一层淡淡的烟霞笼罩其身。

松鹤讶异，他感觉到了樵夫体内那暴绽的生机将其内敛的气机全部激活了，虚空之中仿佛在顷刻间多了一股无形的张力，生动而凛然，这使他体内的气机不自觉地也迸发了出来。

“好！想不到我松鹤在这山野之中又遇高人！”松鹤朗声而笑，道袍迎风而舞，似欲飘飞而起。

山风在顷刻间更烈，地上的枯枝败叶打着旋儿飞起、跌落，再飞起跌落、飞起……像是有无数只手在操控着虚空中一切无生命的个体，然后张扬着空无的动感。

林木摇曳，却把樵夫隐于一层似虚似幻的雾气之中，若隐若现的是其爬于脸上的皱纹。

松鹤讶然，心中升起了一种莫名的兴奋，似乎感觉到自己的剑在跳跃，在躁动！他知道，剑也是有灵性的，因为它找到了对手，是以欲脱鞘而出。

压力越来越大，旋飞的枝叶全都坠地不动，风依然烈，但却吹得很空洞，一旁不时有树枝莫名而断，然后飘然坠落，虚空之中似乎有一柄柄无形的剑。

“铮……”松鹤的剑突然脱鞘弹上了虚空，化成一缕金芒，扯下一缕金色的阳光，使剑身泛起一片虹彩，而此时，松鹤出手了。

剑与人，自两个不同的方位而出，仿佛有一只悬空的手操纵着那破空的剑。

“空意剑道！”樵夫低呼之际，肩头的扁担突地爆成碎末，若花雨般洒出，在虚空中却似凝上了一层冰，反射着阳光，竟有一丝诡异的凄迷。

樵夫身形狂动，方圆丈许之间竟变得透明，若有层层冰花流动。虚空之中充斥着无尽的寒意，每一寸草木都在刹那间凝上了一层冰霜。

赤练峰顶，云飞雾走，给天地间镀上了一层惨烈的色彩。

松鹤在空中与剑相合，竟化成一柄横空巨剑，以无坚不摧之势贯向那层层冰花之中。

那如花雨般罩下的冰棱仿佛被一股巨大的空洞所吞噬，无声地隐没于那巨剑之内。

“轰……”樵夫的身前结出一根巨大的冰凿，与巨剑相触，顿化成冰雨飞洒而出。

巨剑也顿碎，松鹤和樵夫同时倒跌而出，唯有虚空之中狂洒而下如雨的冰粒，附近的树木受不住这爆射的冰粒的冲击，全都折枝断茎，一片狼藉。

“冰魄神功！迟守信！”松鹤吃惊地低呼，神色间极为凝重。

“道长果然好眼力！”樵夫淡然笑道。

“天下之间能将寒意发挥到这种绝顶境界者，除了黄河帮的创始人迟守信之外还会有谁？贫道真是有眼不识泰山了！”说话间，松鹤却感到天空之中洒下一阵豆大的雨滴，太阳竟在顷刻间被密云所遮。

“但比起道长的空意剑道仍要逊色一筹，难怪世称道长是继武林皇帝之后正道第一高手，今日迟守信终于见识了！”樵夫朗然笑道。

“你太谦虚了！现在天空下雨了，也是冰魄神功可以发挥最强威力的时候，贫道自问胜不过天！”松鹤冷然而立，两丈内的雨水全都化成气雾升散，在其周围仿佛罩着一层无形的雨棚。

天色越来越暗，云层越积越厚，便像要大块大块地掉落山顶。雨也更大，受强烈寒气的驱使，唯赤练峰上暗云涌动，远处的天空依然明媚。

天空中的水气总会向极寒处凝聚，是以才会出现如此异象。

“但空意剑道中有一式拨云见日，是可以劈开云层借到阳光的，只要有阳光，道长便可使出空意剑道最霸烈的斩天破日，那时我便必败无疑了！”迟守信悠然道。

松鹤脸色数变，因为迟守信对其空意剑道似乎了若指掌，连使每一招的条件都知道得那么清楚，这确实让他吃惊。

“迟施主便这么肯定贫道已经达到了斩天破日的境界吗？”松鹤愕然反问道。

“以道长的天资，二十年前开始练空意剑道，应该在三年前可以达到斩天破日的境界。”迟守信语气依然很平静。

松鹤神色却更为讶异，迟守信的每一句话都似乎说中了他的心思，这让他有点难以相信，心中竟生出了一丝莫名的相惜之情，道：“想不到世间竟有如此知我之人，贫道也不枉来人世走了一遭！”旋又吸了口气道：“北方第一大帮的帮主果然不同凡响，真是闻名不如见面！但你认为，如果我使出斩天破日，是否能杀得了刘正？”

迟守信摇头涩然笑道：“不能！”

松鹤脸色顿变，冷冷问道：“为什么？”

“斩天破日或可让他身受重伤，但你却一定死！”迟守信肯定地道。

松鹤脸色数变，他知道迟守信所说并不是假话，在习空意剑道之初，其师便已说过，即使是他练成了斩天破日，仍然不可能胜过刘正，更不可能阻挡得了浩然帝炁的侵袭，即使是其师也没有把握阻止刘正的浩然帝炁。

“事实上，如果你和他交手，根本不可能会有使出斩天破日的机会，除非你再有十年的苦修！”迟守信肯定地道。

松鹤的额角渗出了一丝冷汗，迟守信的每一句话都像一根刺一般锥入他的心中，偏偏他又无法反驳。

“但他此刻已不是二十年前的武林皇帝，他已经成了人魔，何况他锁于石壁之上，难道我仍杀不了他？”松鹤冷问道。

迟守信脸色一变，冷冷问道：“谁告诉你他锁在石壁之上？”

“至于何人，贫道也不知，因为我并未见其真面目！”松鹤并不想隐瞒。

“哼，即使是这样，你依然不可能杀得了他！”迟守信断然道。

“为什么？”松鹤神色也变，微忿问道。

“因为你根本就不可能见到他！”迟守信肯定而坚决地道。

“就凭你？”松鹤眸子里闪过一丝杀机地道。

“错，还有我！”一个平静而冷漠的声音悠然传出。

松鹤扭头，不由得惊呼：“师叔！”

松鹤傻眼了，他怎么也没有料到这行出之人竟是三十余年前离崆峒山便一去不复返的阴风师叔。

当年阴风道长与松鹤之师华阳道长皆是崆峒派杰出的人物，只是阴风自小好强，杀念太重，一次负气而走，便再无音讯。松鹤的师尊当年还派人四处打听阴风的下落，但却都无结果，本以为已经死了，却没料到今日居然在赤练峰见到了。

松鹤对阴风印象极深，阴风出走之时，他有二十余岁，是以对这比他大几岁的师叔仍是记得极为清晰。此刻，他也便一眼可以识出，因为阴风与当年的模样似乎没有什么变化，仿佛只是四十许。

“弟子松鹤拜见师叔！”松鹤赶忙跪拜行礼。

“你我已别三十余年，我已不是崆峒之人，何用对我行此大礼？”阴风淡漠地道。

“师叔永远都是我的师叔，再过三十年依然如此！”松鹤肯定地道。

阴风不由得笑了，淡淡地道：“看来你跟你师父一样死心眼！如果你真要趁人之危杀武林皇帝，那便先杀了我！”

“弟子不敢！”松鹤忙道。

“我希望道长不要在这件事上浪费时间，即使是你带了那群人上山，也不可能靠近得了幽泉洞。何况此刻武皇已经被锁在洞中，如果你们再激起其魔性，让其下山大开杀戒，谁又能阻？那道长可谓罪孽深重了！”迟守信淡淡地道。

松鹤吃了一惊，迟守信的话确实有理，这几日江湖中并无太多杀戮，是因为刘正自囚于幽泉洞，如果激怒了他，让其下山，在武林中必会酿出大祸，倒不如让其一直囚于此地，反而减少了许多麻烦。

“即使没有遁门大阵，就凭你那群乌合之众，又能有什么用？省点力气去留着对付天魔门吧！待武皇解决了与秦盟之间的恩怨后，自会向武林请罪！”阴风冷冷道。

“秦盟?!”松鹤吃了一惊，问道。

“不错，天魔门创派宗主便是昔日天下第一巧手秦盟，武皇之所以会走火入魔，也是因受秦盟毒计，而你们一路追杀武皇也正是天魔门安排的狡计，武皇若不是念及于此，岂会避你们不见？但你们却阴魂不散，他只好自囚于幽泉洞！天魔门无孔不入，其实在你们的人中间，就有天魔门之人，所以才会怂恿你一直追杀武皇！及早回头才是！”迟守信淡漠地道。

松鹤面色如土，他怎也没有料到当年誉满天下的天下第一巧手秦盟竟会是天魔门的主人，而他追杀刘正之事却有这许多复杂的因素，自己险些酿成大错。他知道，阴风绝不会说谎，而迟守信更是北方第一大帮的创始人，自然也不是搬弄是非之辈。

“松鹤受教，多谢点拨，险些酿成大错！”松鹤由衷地道。

“那还不下山?”阴风冷冷道。

“弟子这就返回崆峒，查询天魔门之事!”松鹤再施礼道。

“你要小心！天魔门是不会轻易让你们离开的，他们一直都在等着坐收渔人之利，你们突然撤走，他们必会另出毒计，需慎防才是!”迟守信提醒道。

“谢迟帮主的提醒，今日就此别过!”松鹤感激地道。

“主公，雪姑娘走了。”鲁青拿着一封书信急匆匆地奔了进来。

林渺一惊，微微怔了一下，扭过头来，望着鲁青手中的那封书信，淡淡地道：“信给我。”

鲁青忙递上，道：“这是在雪姑娘的床头发现的，今早小二敲门之时，她便已经走了。”

“因武皇重出，魔门蠢动，江湖风雨飘摇，吾本欲陪君同往云梦泽，但念及苍生武林之祸，实不因儿女私情而忘身负重责，是故，黯然别君而去，若君能度此大劫，可来巫山忘忧峰，或他日重会江湖。乞盼平安，雪儿!”

“巫山忘忧峰?”林渺不由得低低念道，心中却多了一丝怅然。他知道怡雪终会要走，却没有料到是在今日不辞而别，但他也明白，怡雪的身份不同，身负匡扶正道的重责，自不能因儿女私情而误了大事，他也不想成为罪人。

至于武皇重现之事他自然清楚，而天魔门大动手脚之事他也早有体会，在湖阳世家之时，他体会很深，只是近段时间倒似乎并没有什么有关魔门的消息。

当然，天魔门不来烦他，他自然高兴，近些日子来，他的烦心事已经够多的了，若再有天魔门来搅和一下，日子只怕更难过了。

怡雪走了，至少让林渺知道，怡雪非是对他无情，今后的路仍要靠自己走。他能不能活过这二十多天，一切便只能看老天是否眷顾他了，但他却绝不会放弃任何一次机会。如果他死了，便对不起许多人。生命，并不是为自己而存在，也不是为某一个人而存在。经历了梁心仪的死，白玉兰他嫁之后，林渺已经明白了很多，也成长了很多，知道要如何去对待生命，如何去对待现实，过去的已成为过去，此刻活着就要去创造，去拼搏。

“启程!”林渺将信深深地揣入怀中，愣了半晌，终于道。

“喂，你的那位心肝宝贝呢?”刘琦琪哪壶不开偏提哪壶，不无得意地道。

“她去买臭袜子去了。”林渺淡淡地道。

“买臭袜子去了?”刘琦琪不由得笑了起来，铁头诸人也大愕。

“买来把你的嘴给堵上!”林渺没好气地道。

“你!喂，我有那么讨厌吗?”刘琦琪顿时大感委屈地质问道。

“那你就先闭嘴!”林渺的心情大坏。

“你好了不起呀，你以为你是谁呀!我就一定要跟着你吗?”刘琦琪差点没气哭了，她身为刘家的大小姐，从来都是处处受宠，便是到梁王刘永的府上，所有人也都让着她，护着她，可是林渺却总是对他不冷不热，这让她如何受得住这闲气?

“寄儿，我们走我们的!”刘琦琪一带马缰道。

“小姐……”刘寄似乎想劝。

“刘小姐!”铁头也有些着急，忙劝阻道。

林渺冷喝道：“让她去!”

刘琦琪更气，一打马便独自离群而去，刘寄也忙带马追赶道：“小姐，等等我!”

铁头和鲁青见林渺的脸色有些不对，也不敢去追，却不明白林渺为何会发这么大的火。

“主公!”鲁青有些担心地道，毕竟刘琦琪只是个女孩子，又没什么江湖经验，万一要是出了事可不是闹着玩的，这几天的相处，多少有点感情。

“放心，她不会有事的，刘嘉他们在彭城之时便一直暗中跟着我们，他们会保护琦琪，跟着我们倒是真的危险!”林渺吸了口气道。

鲁青和鬼医这才恍然，知道林渺心中早就有底，也便放下心事。他们也知道，鬼影子随时都有可能再来，而到时候，他们根本就没有力量保护刘琦琪。

若鬼影子再卷土重来之时，必是已经准备充足了，这个曾经被誉为江湖中最可怕的杀手之一，绝不会对一个未完成的任务轻易放手，而王郎也绝不会就只这些手段。

林渺很清楚，如果王郎决定对付某一个人，一定会直到这个人死为止！也绝不会吝啬动用任何力量。

“走吧。”林渺举鞭正欲下抽，但却突然又将马鞭缓缓地收了回来，战马也被缰绳带住。

鲁青和鬼医愕然，不知林渺何以突然带住马缰，举目相望之时，却见小路的另一端，一白衣儒生信步而来，神态极为优雅。

“主公，怎么了?”铁头讶异问道。

林渺没有出声，依然静坐于马上，神色却依然凝重。

鬼医的目光悠然落在那白衣儒生的身上，他似乎已经意识到了什么，于是打马冲到林渺与白衣儒生的视线之间。

“希聿聿……”战马一阵惊嘶，鬼医差点被摔下马背，一股强烈的剑意破开虚空，将鬼医的身躯完全罩住。

鬼医骇然带马偏至一旁，剑意消失，取而代之的却是瑟瑟的寒意。他顿时明白林渺何以不说话。

鲁青与铁头的神色也为之大变，虽然不知道发生了什么事，但是自鬼医的表情之中似乎看出了点什么。

林渺突然笑了，一带马缰悠然缓行，向路另一端的儒生逼去，鬼医紧跟其后。

白衣儒生距林渺五丈而立，林渺也带住了马缰，坐下的战马不安地低嘶，似乎感受到了一种奇异的压力。

铁头和鲁青感受到了来自白衣儒生的敌意。白衣儒生颇为年轻，风度翩然，斜负长剑，英气逼人，但横于路中央却有一种莫名的肃杀之意，与林渺四人对峙，却悠然无惧。

“阁下何人？何故挡我去路?”林渺淡然问道。

“你就是林渺？”白衣儒生语气极为冷傲，像是俯视众生的神圣，而林渺便是他眼中的众生。

这种语气让铁头有些受不了，呵斥道：“正是我家主公，你是什么东西？竟敢在此大呼小叫，还不给大爷滚一边去！否则，你家秃爷敲扁你的脑袋！”

白衣儒生眸子里闪过一丝寒芒，不屑地道：“就凭你这蛮子，这里还轮不到你说话的份！”

“妈的，找死！”铁头大怒，打马疾冲而过，巨大的铁桨横空而出，如一片漫天的暗云。

“嘶……”就在铁头的大桨即将砸中白衣儒生之时，一缕幽光亮起，铁头座下之马一声惨嘶，铁头的身子一震，他只感一股锋锐至极的剑气自侧下方袭来。而眼前的白衣儒生竟突然消失了，大惊之下，顿知不好，桨柄倒拖打横。

“叮……”一声金铁交鸣的脆响，铁头的身子倒弹而出，在战马颓然而倒，虚空亮起一轮奇异剑火之际，铁头已知趣地倒翻回林渺的马前。

剑火乍亮乍灭，来去了无痕迹，但铁头却惊出了一身冷汗，骇然发现桨柄之上竟多了一道剑痕。

“算了！”铁头尚要再攻，林渺却轻喝了一声，语气之中有股不可抗拒的威严。

“主公！”铁头急恼地唤了一声。

“阁下好快的剑，好快的身法！只是不知阁下找我所为何事？”林渺拱手淡然问道。

“只是想看一下你有什么优点能让我师妹爱上你！”白衣儒生语气中充满了敌意和忿然。

林渺有些惊愕，惑然问道：“阁下师妹又是何人？阁下是不是找错人了？”

“怡雪！”白衣儒生声音极冷，说出这两个字之时，眸子里闪过一丝嫉妒之色。

林渺诸人全都讶异，林渺的表情也显得很怪，他怎么也没有想到白衣儒生所说的名字竟然会是刚刚离开的怡雪，而且还是他的师妹。

“你是无忧林的传人？”林渺记起怡雪曾经说过她有一位师姐和师兄，但却没有料到与之相见竟会是在这种场合之下。

“不错，我就是她师兄皇甫端！”白衣儒生冷冷地道。

“你一直都在跟着我们？”林渺心中涌起一种荒谬的感觉，讶异问道。

“你真是雪姑娘的师兄？”鬼医冷冷地问道。

“我想我没有必要骗你！”皇甫端不屑地道。

“无忧林的人一向以天下苍生之福为己任，雪姑娘知晓大义，可弃儿女私情，却没想到她的师兄却弃大义而为儿女之事兴师问罪，实不得不让人怀疑！”鬼医也不屑地道。

皇甫端的脸色微变，冷哼了一声，不置可否地将目光投向林渺，森然道：“出招吧！”

“皇甫兄只是以武功衡量一个人吗？”林渺也有些恼火，并不客气地反问道。

“武功是解决问题最直接，也是最便利的办法！”皇甫端不以为耻，冷漠地道。

“皇甫兄很爱怡雪？”林渺又一次问道。

“这是我的事……！”

“可是你现在却把事情也扯到了我的头上！”林渺打断皇甫端的话，也冷冷答道。

“是又如何？”皇甫端脸色铁青反问道。

林渺突然笑了起来，半晌才歇，淡漠地道：“皇甫兄根本就不懂得什么是爱，更不知道怎样去爱，你这也是叫爱怡雪吗？”

“废话，难道就你懂？”皇甫端不屑反问道。

“至少，不会像你一样。爱一个人，便是要爱她所爱，支持她所做的一切，即使是一无所获，也无怨无悔！爱只是奉献，而不是索取，你可以气，可以恼，但却不可以不尊重你所爱之人的抉择！”林渺悠然道。

鬼医频频点头，林渺的话仿佛也深深地印在了他的心上，他也不得不承认林渺所说的理由。

皇甫端的脸上泛起一丝潮红，表情变了数变，但眼神却极为坚定。

林渺又道："皇甫兄心生妒念，是为神未静，息未平，无忧林乃道家圣地，无忧林弟子无不是修心之人，我看皇甫兄若仍这样只怕会让天下人心寒！"

"爱是不可以勉强的，她爱你，自有她的理由，她不爱你也自有她的理由。强者，并不是就一定会让天下所有女人去爱；弱者，也并不是就一定会让天下所有女人唾弃。也许，平凡，才是一种真正吸引人的魅力，所以，一人爱另一个人，是没有原因也不需要原因的。这一点，还希望皇甫兄能明白！"林渺又淡然道。

"我不需要你教训！"皇甫端忿然道。

"也许，雪姑娘便是看不惯你这种自以为是的作风和丑态，你还不好自为……"

"鲁青！"林渺呵斥着打断鲁青的讥讽，有些恼意。

鲁青忙住嘴，不敢再乱说，他可不想惹林渺生气，可是他对皇甫端那种目中无人的态度极为不满，当然，如果对方不是怡雪的师兄，他早就对他不客气了。

"够了没有？出手吧！"皇甫端固执地道。

"我不和无忧林的人交手！"林渺淡然道。

"那我就不客气了！"皇甫端并不领情，身形一展，如一道白影般越过数丈空间，乍现间，林渺身前已亮起了一片虹彩。

林渺身子倒掠之际，鬼医和鲁青已经出手了，他们绝不会让皇甫端如此狂妄和目中无人。

"叮……"皇甫端的剑一触鲁青手中之钺，身子便在虚空扭出千万道虚影，竟自鬼医的攻势之下绕过，依然逼向林渺。

"无忧林的人就可以目中无人吗？"铁头大桨一横，狂扫而出，拖起风啸雷鸣般的气旋，直撞向空中的皇甫端。

"铮……"皇甫端的剑如蛇般滑下。

铁头只觉得巨桨没有半点受力之处，而皇甫端的剑已滑向他的手臂，不由得吃惊而退。

皇甫端的动作快极，铁头一退之际，便又出腿。

“砰……”铁头闷哼一声跌出七步，几欲呕血，但却没有倒下，所幸他一身铜皮铁骨，并未受太重的伤，而皇甫端这一脚只有五成力道而已。

皇甫端一顿身，鬼医和鲁青便已攻至，他们实有些愤怒，皇甫端确实太狂了，狂得让他们恨不得让其永远抬不起头来。

林渺也有些怒，皇甫端居然真的痛下杀手，还伤了铁头，确实是不将他的好意放在心上。如果不是看在怡雪的面子之上，他真想出手教训皇甫端，虽然他自知也许并不能胜皇甫端，但以四人之力，又怎惧区区一个皇甫端？不过，此刻他并不想太早出手，也可以说，是想先看看皇甫端的出招方式及武功究竟有何奇诡之处。对于任何来自无忧林的人，他都绝不会小看，天下间，也没有人敢小视无忧林的人。

鬼医、鲁青和铁头三大高手同时缠住皇甫端，并未处于下风，却也不能让皇甫端受制。

“林渺，你这懦夫，为何不敢与我一战？”皇甫端边打边怒喝，他是有点恼怒，可是鬼医、鲁青和铁头无一不是高手，且三人的武功各有不同，铁头刚猛无俦，鲁青轻灵小巧，却防不胜防，鬼医也是奇招迭出，一时之间想要摆脱这三人的纠缠的确不易。

四人相缠，顷刻间便攻出百招之多。

林渺一招都不想错漏，无忧林被称之为武林圣地，也最为神秘莫测，其武功自然有独到之处，任何人都不想错漏。

皇甫端的剑招变化莫测，确实是林渺所见的剑法之中最诡奇的招式。

林渺曾与怡雪交过手，也尝过怡雪剑法的苦头，是以，对皇甫端的剑法并不能算是第一次接触。以他的眼力自然不会错漏任何招式，心中则在暗自揣摩如何拆解这些招式。

“色空无间——”皇甫端低喝，如冲天飞凤，化成一抹白芒，掠上数丈虚空，蓦地倒头，在虚空之中亮起一抹凄艳而光怪陆离的光雾，如一片自空中坠落的云彩。

地上的草木如被巨石碾压而过一般，尽数枯折，平静的地面之上竟溅起如雨水溅落一般的泥点，化成轻淡的灰尘扬起。

林渺恼怒至极，这正是怡雪惊走鬼影子的一招，但是在皇甫端手中使出，似乎更具威力，他没想到皇甫端杀心如此之重，他如此避让，还要出此毒招。

“山海裂——”林渺一怒拔刀，身如惊鸿，刀身竟泛起一层奇异的红润，如同刚刚出炉，烧得通红的烙铁。

虚空之中顿时充斥着足以让人窒息的热力。

刹那间，林渺有如化成了一片火烧云，悠然撞入皇甫端的剑雾之中。

“叮叮……”虚空中传出一串入耳惊心的金铁交鸣之声。

“当……”一声巨响之后，林渺与皇甫端同时倒跌而出，林渺落地，身边的草木竟“哄”地自燃起来，仿佛是一层来自地狱的魔火，在草木间跳跃着淡蓝的火焰。

林渺轻移几步，但他身后的草木却快速地烧了起来，其状异常惊人，让铁头和鲁青看呆了。

林渺与皇甫端对峙，如两座山峰，在两人之间的虚空中充斥着奇异的热力，而林渺的身上也似跳跃着一层淡淡的火焰，但却并未燃烧林渺的衣衫。

林渺所踏之地，草木皆枯，干焦得似乎一点火星就可以燃烧起来。

皇甫端也大为讶异，林渺身上传来的气劲是他从未遇到过的，奇热至极，而热力如无数洪水般自他的剑锋之中涌入，使他全身每一根神经有如火炽，而且每一击之中，包含着层层叠叠的真气，几乎将他的真气冲乱了。

“好，你终于肯出手了!”皇甫端嘴角泛起一丝微微得意的笑容，剑锋上扬，身子一缩，却如一颗掠空的陨石般撞出，直逼林渺。

“喜乐无间——”皇甫端那缩成一团的身影在虚空中突地暴开千万柄剑锋，如一只长满剑的硕大刺猬，而每一柄剑上都亮起数尺长的芒尾，使之有如罩在一团光环之中。

林渺刀锋下敛，正欲出手，突地一道青影自侧旁掠进，直射入皇甫端的剑芒之中。

“当……”皇甫端的剑影四散，身形疾跌数步，神色间显出一脸骇然。

“师姐！”皇甫端低声惊呼。

林渺讶异，他与皇甫端之间多了一高颀清丽绝伦的女子，一身青衣，更显其素雅，但也多了几分冷静。

女子表情如受冰封，冰得让人不敢生出任何亲近之念，但却自有一股高高在上、令人崇慕的气度，如若神庙中供奉的女神雕像。

“你还记得我是你师姐吗？”那女子冷冷问道，口气颇有失望之意。

“师弟怎敢一日或忘？不知师姐怎会来这里？”皇甫端神态变得恭敬，稍有些敬惧地问道。

“师妹早知道你一直在跟着她，是以托我送这位林公子一程，你果然未出师妹所料。”女子吁了口气，语气冷得像以木棒搅桶里的冰块。

皇甫端脸上泛起一层羞愧之意。

“无间剑道是用来除魔卫道，用来拯救天下苍生的，是用来争儿女情长的吗？师父让你下山体察贫民之疾苦，让你寻找明君以澄清天下，你又干了些什么？”女子冷冷责问道。

“师姐，我知错了！”皇甫端扑通跪倒在地，额间渗出一片冷汗道。

“你太令我失望了！”女子吸了口气，声音依然冷得不带半点感情。

林渺心中升起一丝暖意，也暗自感激怡雪，怡雪虽然走了，却让其师姐来护送自己一程，这份深情确实让他无法言谢。眼前此女的武功之高，比之怡雪和皇甫端只怕要高出许多，就刚才那有如闪电惊鸿般的一剑轻易破了皇甫端的喜乐无间，便可看出其武功是如何深不可测。

皇甫端的武功也许并不会比林渺高多少，但林渺却知道，以自己现在的状态，根本就不能全力以赴，他体内的气劲在刚才使出山海裂之时已外泄而出，只是被他以浩然帝炁转移到了草木之上，这才会使草木枯焦着火。若是再硬受皇甫端那记喜乐无间，只怕会立刻坏事，而这个冰美人的出现则正是时候。

“林公子没事吧？”冰美人冷冷地问道，但言语之中却并无排斥之意。

“谢谢姑娘出手，林渺没事，也许这之中只是一场误会，皇甫兄也并非有意的！”林渺并不想让皇甫端太难看，虽然皇甫端确实有些过分，但毕竟是怡雪的师兄，他也不想让双方真的成为敌人，尽管他可能只有二十几天的生命，但如果能少结一个敌人自然是更好，何况以皇甫端的武功，确实也不好对付。

冰美人脸上露出一丝赞许之意，淡淡地道："是不是误会我比你更清楚，这件事情不劳林公子费心，这一路上希望你多多保重！"

林渺一怔，略带感激地道："谢谢，我想我会的，咱们后会有期！"

冰美人似乎略有怜惜，眸子之中有一丝莫名的情绪。

林渺知道，怡雪一定将他只有二十多天的生命之事告诉了她师姐，所以这冰美人才会有如此眼神，但这冰美人却绝对是个控制情绪的高手，并没有露出任何痕迹。

"后会有期！"冰美人也一拱手，然后转身向皇甫端淡漠地道："我们走吧！"

皇甫端望了林渺一眼，眼神间闪过一丝冷杀的光芒，一闪即逝，但却不再出任何声息地跟在冰美人的身后而去。

林渺望着冰美人飘然而去的背影，心中却多了一丝怅然，他不自觉地想到了怡雪。他并没有问冰美人的名字，或者说根本就没有问名字的意念。他很难相信世间尚有人会如怡雪一般美丽，但这冰美人却拥有，只是与怡雪的美丽是两种不同的境界。

"城主，你没事吧？"鬼医急忙上前抓住林渺的脉门惊问道。

铁头也有点吃惊，地上的草木依然在燃烧，而且有越烧越旺的趋势，而这些火却是因林渺而起。

"我没事！"林渺淡淡地道。

鬼医的脸色数变，半晌才缓和道："城主竟将那扩散的热毒散出体外了，这确实是个好迹象，也许不用万载玄冰，只要云梦泽的那块冰就行了，或是只要有那冰潭之水就可以散去体内的热毒了！"

"啊，那太好了！"铁头和鲁青不由得大喜，照这么说，林渺是定可以有活下去的希望了，那就不用再为之担心。

"哦，是吗？不过，问题是我们能不能够安全地抵达那里！"林渺淡然道。他也为鬼医的判断心生希翼，也暗暗感激刘正教他的浩然帝炁。若非如此，他与高手交手，只怕早已引发火毒焚身了。

松鹤悠然止步，在路边山崖的石头之上静立着一人。

此人负手而立，冷风中，散开的头发轻舞，与衣衫猎猎的节拍极为协调，高颀挺拔有如平原之上突起的奇峰雄石。

那只是一种感觉，让松鹤止步的感觉。

那人在松鹤止步的时候似乎感觉到了什么，开口说了一句有些莫名其妙的话。

“看云聚云散，品风起风止，真是有趣!”

松鹤也觉得有趣，却不是云聚云散和风起风止，而是这说话的人和这突然冒出的一句让人不明所以的话。

“你是刚自山上下来的人?”那人并没有转身，只是以悠扬而平静的语调问道。

“不错，贫道正是自山上下来的。”松鹤淡漠地回应道。

那人这才缓缓转过身来，显出一张古奇而别具个性的脸，高耸的鼻梁，深陷的眼睛。

“我叫阿姆度，你便是中原正道第一高手崆峒派的掌门人松鹤道长吗?”那人不疾不徐，悠然问道。

松鹤微微有些吃惊，此人是冲他而来的，他也听说过阿姆度这个名字，更知道此人来自贵霜，在中原已经挑战了许多高手名宿，没有败绩，但他没想到却在此时此地遇上了这个贵霜国的绝顶高手。

“不敢，中原正道高手比比皆是，我松鹤岂敢担当第一高手之名?先生实在过奖了!”松鹤肃然道。

“道长谦虚了，我知道中原曾经有个武林皇帝刘正，但遗憾的是如此高手却无缘相会，恨没能早二十年到中原。在武林皇帝之后，正道人物便以道长为尊，乃是武林皇帝之后的第一高手，这一点我已经过多方查证，并无虚假，是以，我想向道长挑战!”阿姆度依然是不疾不徐地道。

“你是如何知道我在这里的?”松鹤冷冷反问。

“是别人告诉我的，不过你放心，我并不是要你立刻与我决战，我阿姆度向求公平，更不会傻得成为别人借刀杀人的工具，他们是想对付你，这才想让我们打一场，然后再拣便宜。是以，在道长没有处理好这些事情之前，我并不需要道长给我一个确切的日子。”阿姆度悠然一笑，淡淡地道。

松鹤神色一怔，也笑了，道：“谢谢先生提醒，既然先生如此为贫道着想，如果我拒绝先生，那便太矫情做作了，不如我们在三月清明之时聚于武当山之顶吧。”

“三月清明，还有二十多天，只怕不够，道长处理好这些事也需要休息，而且，我也想让中原所有人知道我们的决斗之事，在五月端午之日聚于武当山如何?”阿姆度大方地道。

松鹤一怔，顿时明白阿姆度的意思，因为他想在所有中原高手的面前证实自己可以战胜白道第一高手，也等于是向中原武林宣战，这一推迟时间也顿使这次比武的性质改变了。

“我在中原尚可以停留数月，道长不会有什么问题吧?”阿姆度淡然问道。

松鹤明白，如果拒绝阿姆度的挑战，只可能将事情弄砸，一旁天魔门在虎视眈眈，如果此时插入一个阿姆度的话，只会使情况变得更糟。想到这里，松鹤不由淡然道：“既然先生指定在五月端午，那我们就五月端午于武当山灵鸠峰上见!”

“好！五月端午武当山灵鸠峰，我等你!”阿姆度爽朗地笑了。

涡水，连接狼汤渠，引黄河之水而接淮河之水，贯通南北。

狼汤渠通黄河，连获水、涡水、颖水，使四水连为一体，这本是为了减轻黄河洪灾泛滥的做法，可后来却方便了水路通航。

过沛郡，待到黄昏，林渺等人才从彭城赶到了涡水之畔。林渺要自汝南回南阳，须路过淮阳国，是以，必经涡水与颍水。

涡河水流并不是太急，相比黄河、沔水和济水，尚不足以称道。

“明天就可以赶到淮阳国了。”林渺望了望那滔滔的河水道。

“怎么这样的一条大河没见到艄公呢?”铁头有些奇怪地道。

“是路口就应该有渡口，怎么不见渡船？难道没人摆渡?”鲁青也感到有些意外。

“可能是艄公休息去了。”林渺想了想道。

“有船吗？有船吗……”铁头拉开嗓门向河对岸高声呼喊道。

“哎，看！船在那边的芦苇荡里！”鬼医突地指了指不远处的芦苇荡轻呼了一声。

“喂，艄公，快把船撑过来！”铁头也看见了，不由得高声呼喝道。

“就来了！”艄公戴着深笠，不紧不慢地将船自芦苇荡之中划了出来。

“那么小的船！”鲁青不由得皱了皱眉道。

林渺也有点意外，那艄公划来的小船只比轻舟稍大一点，载四五个人还可以，但若要再加上四匹马，肯定要把船压沉，而且装四人四马还不知能否装得下。

“你们都要过河呀？”艄公把船靠近岸边，打量了几人一眼问道。

“自然是要过河！”铁头答道。

“可是我这船小，只怕几位不能一次渡过，这马儿有些麻烦，你们哪两位先过去呢？”艄公又问道。

铁头自然心中有数，他自己便曾是黄河边摆渡打鱼的，这种小船如果载四人四马必沉无疑，是以他望了林渺一眼，让林渺先拿主意。

“就让我和铁先生先过河吧，主公稍后再动！”鲁青望了林渺一眼，提议道。

林渺点了点头，他倒并不介意先行后行。

“上船吧！”艄公叫了声。

……

涡河宽有数十丈，水流甚急，沿岸有许多野生的芦苇。

艄公划船的速度倒是挺快，来回一趟仅用了一盏茶的时间。

鲁青和鬼医在对岸相候。

“两位可以上船了！”艄公唤了声。

林渺和铁头牵马小心地上了小船，马儿极不安分，它们并不习惯在船上的滋味，是以得抓紧缰绳。

“两位坐稳了！”艄公说话间长篙在岸上一点，小船呼地便驶离岸边，但却在水中打了个旋。

“希聿聿……”两匹战马受惊，人立而起，带得林渺和铁头的身子一歪。

“呼……嘶……”艄公头顶的竹笠竟飞旋向铁头，笠边露出的竹片有如刀锋。

林渺大惊之际，艄公手中的长竹篙已如出水之蛟龙，直袭向他的胸口，带起的水珠破空有声。

竹篙未至，强大的杀机已经将整个船身完全紧紧裹住。

“鬼影子!”林渺惊呼，在艄公旋出竹笠、挥出竹篙的一刹那，那一晚的场面又一次映入脑海，他顿时也明白眼前的艄公是何人了。

铁头也惊，这船身如此之小，想避开这如旋转的飞轮般的竹笠绝不容易。面对这竹笠，即使是他拥有铜皮铁骨，也不敢直撄其锋。

“轰……”船体蓦地自林渺的脚下爆裂而开，林渺身侧是铁头，身后是战马，避无可避，唯有掠空而起，脚下用力之际，便已震碎小船。

“希……”战马一声惊嘶，竹篙完全贯入马体之中，掀出一股热血。

“嗖……”林渺身形在空中之际，自芦苇荡中竟射出数十支劲箭。

林渺再惊，芦苇荡中竟然藏有伏兵，这是他不曾料到的。不过，这些劲箭对他并不起什么作用，他的身子在虚空中奇迹般打个折，悠然飘落岸上。

“轰……”铁头横桨击碎竹笠，身子却随碎裂的小船坠入河水之中。

“小子，我说过会回来找你的!”鬼影子如跗骨之蛆般逼上岸来，在林渺尚未立稳身子时，长竹篙便已横扫而至。

对岸的鲁青和鬼医将这一切都看得清清楚楚，二人也大急，同时明白，这小船只是个阴谋，对方意在分散他们四人的力量，然后全力对付林渺。是以，艄公才会把他们安然送上对岸，而不给他们留下任何可以渡河的工具，使他们无法援助林渺和铁头。

此刻虽已是春天，但河水依然冰寒至极，想游过这数十丈距离绝不是一件容易的事。

“裂……”林渺龙腾刀横划而出，竹篙应声而断，尽管竹篙之上的强裂气劲震得林渺暴退，但鬼影子也吃了一惊。

林渺并不会错过任何机会，一退即进，面对这可怕的杀手，他唯有主动进攻，否则他只会处于完全被动的状态。

刀芒乍射，如在虚空之中暴起一团火焰，在落霞和夕阳之下，有着无法形容的惨烈。

刀气密密地切割每一寸虚空，让空气裂出阵阵锐啸。

“好刀！”鬼影子眼睛亮了一下，也有些讶异林渺的刀法之精绝，但他却绝无一丝惧意，反而有一丝莫名的兴奋。

铁头落水便迅速上岸，他的水性之好，这小小的涡河根本就不在话下。

芦苇荡疾速分开，里面迅速划出数艘小船，显然都是来助鬼影子对付林渺的。

铁头大惊，他自然知道鬼影子的厉害，那晚若非怡雪及时出现，林渺只怕早就死了，却没想到这人竟又阴魂不散地出现在涡河之上，还伏下这么多帮手，可以看出这次鬼影子是志在必得！

刀锋过处，鬼影子手中的半截竹篙顿时裂成两半，但两片竹篙依然利如剑锋一般刺入了林渺的刀网之中。

林渺身子微旋，两边竹篙擦身而过，但心神未来得及稍松之时，眼前已亮起了一团剑芒。

剑芒自刀隙之中透入，然后扩大，将刀网挤成碎片，罩住林渺所有的视线。

剑，来自竹篙的柄部，而刀隙则是因为林渺欲避开两片要命的竹篙才露出的，仅那么小小的一点间隙，但却没能逃过鬼影子的眼睛和攻势，这却成了林渺的无奈。

林渺退，但他的速度并不比鬼影子快，也无法完全封堵鬼影子那似乎无孔不入的剑。

“叮……叮叮……”仅在刹那间，林渺连连封堵百剑之多，但在退后十七步之际，鬼影子的剑自刀锋之下滑过，在他的胸前拉开了一道血痕。

“去死吧！老鬼！”铁头却在此时赶到，大铁桨以万钧之势横扫鬼影子。

鬼影子本欲以快打快，紧逼而上，但却也不敢忽视铁头的这疯狂一击，他的人此刻尚未上岸，只好独自面对这两人了。

当然，鬼影子绝不在意面对这两人，只是他从不想自己杀人失手，也绝不想承担杀人失败的耻辱。对于他来说，只要是他决定去杀的人，就绝对不会在他第一次出手之后仍活着。那是一个杀手的污点，他可以花一个月的时间去研究这个被刺杀的目标，甚至可以花半年的时间去准备一切，但在他出手之后，便绝不希望是一次失败的任务。这是鬼影子的原则，也是鬼影子的自信。

可是鬼影子在第一次出手对付林渺之后，林渺却仍活着，虽然这只是因为无忧林的人出现，但却仍不能不让鬼影子心中生出不忿。是以，这次出手，他绝不想再让林渺活下去，因此，他带来了另外的一些人。

铁头一桨击空，鬼影子却已自虚空中反击而下，他弃林渺而攻铁头，是因为他觉得林渺并不能逃走。在他的剑锋之上，抹上了绝命的剧毒，只要破开一点皮肉，便只会是死路一条，而林渺却在他的剑下溅血了，是以他放心。

对于杀手来说，目的便是完成任务，便是杀死目标，至于用什么手段却是无所谓。

“山海裂——”林渺低吼，身子破空跃起，顿如一团燃烧的魔火一般，整个刀身泛起奇异的红光并散发着炽热无比的气劲，如一个爆裂的熔炉，烧沸的铁汁漫遍了整个虚空。

鬼影子吃了一惊，林渺的刀未至，但那股炽热狂烈的刀气竟使他的皮肤生出一种焦灼的痛感，仿佛是被包裹在一层铁汁之中。他从未想过世间会有如此可怕的至阳至刚至热之气。

地面的草木尽枯，方圆数丈之内的枯草自燃而起，更为此招凭添了几分气势。

天空一片血红，林渺与刀化成一颗自天外太空坠落带火的陨星，以无以匹御之势直冲向鬼影子。

“呀……”鬼影子大吼，身子在虚空之中疾换数十个方位，可是却仍无法走出刀气所罩的范围之外，只好挥刀出击。

那正自芦苇荡之中赶出的王家高手，见林渺这一刀竟有如此可怕的威势，也为之咋舌。

铁头也退，他知道这一刀自己难以插手，便不想成为碍事的目标。

“当……”刀与剑在虚空相击，林渺的身子向空中弹起，却向河边飘去，身上依然似罩着一层奇异的火焰。

鬼影子却暴退丈许，身上的衣服竟燃起火来，面色通红，但衣服之上的火焰一亮即被鬼影子的气劲震灭。

“走！”林渺朝铁头一声疾呼，向河水之中扑去，他绝不想恋战。

铁头顿时明白林渺之意，毫不犹豫地纵身入水，绝不给鬼影子任何挡击的机会。

鬼影子也被林渺体内奇异的火劲冲击得气息不顺，那股奇异的热力自他的剑内游入身体，如有生命和灵性一般直冲七经八脉，他不得不以内劲化解，这便给了林渺和铁头开溜的机会。

“想走？”

林渺和铁头刚临河面的虚空，小船之上便跃起数道人影，横截林渺。

林渺横空划出一刀，身子却向水中坠去，但脚掌却只是在浪尖上一踩，竟借水流之力又破空而起，刀锋自那拦截之人意料之外的角度疾划而出。

那人确实大惊，他本以为林渺会沉入水中，但是林渺却又借水流之力弹起，这使他算错了角度，在空中无法换气，更没林渺那般绝妙的轻功借水浪腾起。是以，等他发现自己估计失误之时，林渺的刀已破入了他的剑网之中。

“叮……”那人横剑，但林渺的动作一气呵成，如行云流水。

虚空之中，唯留下那人的一声绝望惨号和洒落的一蓬血雨，那人的断躯与林渺同时坠落冰凉刺骨的河水之中。

鬼影子来到河边，林渺和铁头已经沉入水下，河水之中只有一片血色。

船上的王家高手以挠钩之类的想挠钩林渺和铁头，但却只是把那两截尸身钩了起来。

“快给我搜找！”鬼影子又惊又怒，更是忿愤不已，林渺竟又自他的手底下溜了，尽管中了他的剧毒，可是没有看到目标死在自己的眼前，他便始终无法放下心事。

“他在那里！”船上的王家高手突地一指离船十丈外的河面，却是林渺的脑袋探了出来。

“林渺，这次你绝逃不了，我费祥定要取下你的脑袋！”山西恶鬼一摆手中之桨，快船迅速向林渺出现的方向赶去。

“有本事就来吧！”林渺叫了声，在小船之上众人张弓放箭之时又一次沉入水底之中。

鬼影子也上船，向河心的林渺追去，他不相信林渺在这么长的一段水域之中会不换气。只要林渺换气，便是他出手的时候，而且如此天寒地冻的天气里，在河水之中又能呆多久？何况林渺还中了剧毒！

鬼影子有点奇怪，林渺明明被其毒剑划伤，为何仍能够发挥出那超强的一击？而且在河水之中潜行那么远，这使他心中升起一丝不安。

“哗……”鬼影子正思忖间，忽觉脚下之船一阵狂震，自船底竟冒出一截铁桨，船体在铁桨的乱搅之下顿时四分五裂成碎木。

“啊……”小船之上的王家好手全都在没有半点心理准备之际跌入河水之中。

鬼影子也吃了一惊，但他却如飞鸟般惊起，踏波跃上另一只小船。

“救命！救……”落水的王家高手，在水中挣扎着欲爬上碎木，但是却觉得水底如有怪物食体，迅速沉入水中，然后冒出一片血潮，浮上水面之时却已是一具具尸体。

落水的家将大骇，虽然有些人会些水性，但是在水中却只能在没有意外的情况之下求生，但是此刻水中出现了危情，他们根本就无法与铁头在水下交手，是以唯有拼命地向岸上或是靠得最近的船边游去。

落水的六七人，却一个个地沉入水中，似乎有一只巨鳄追在他们的身后，在水中稍挣扎了几下，便沉入水中，然后就变成了一具具浮尸。

水下的怪物速度快得难以想象，那些人拼命地向船边挣扎，可是根本就快不过水下之物。

山西恶鬼费祥也看得心头发毛，抓起船上的绳子，向尚在水中疯了一般叫号的人扔去，并呼道：“抓住!”

那人大喜，几乎是感激涕零，拼命抓住那根抛来的绳子，叫号道：“快拉！快拉!”

费祥双臂一抖，那人身子“哗”地一下离水而起，如被钩起的鱼，脱水向小船上飞来。

“哗……”水面突地破开，一道黑光自水底闪出，如恶鱼抢食般，撞向那身子刚离水面的王家好手。

“轰……”那名刚脱水的人一声惨号，身子竟拦腰而折，洒出一片凄迷的血雨，让河水再一次染红。

第五十八章　怒杀鬼影

鬼影子只看到一个秃头在水面之上晃了一下，便带着那黑物沉入水中，但他看清了那击断那名家将腰身的东西是一柄黑沉沉的大铁桨，正是那击碎小船的东西。当然，他更明白，水底有如巨鳄般可怕的杀人之物正是那个秃子铁头。

费祥将那人拉上了船，但却只有上半个身子，那惨白的脸和绝望的眼神，与带血的嘴，使船上这群视杀人如游戏的人物都汗毛直竖，有的甚至开始呕吐。

“水下是什么东西？”另外几只小船之上的王家家将和一些江湖好手也都看得心胆俱寒，不明白发生了什么事，但是却知道水下有危险。此刻水下一片血潮，根本就无法看清水中有什么东西，这只让他们想象得更是恐怖。

鬼影子也吃惊，他的武功虽然超绝，但是若下了水，再好的武功也难以施展，如果是他在水中遇上了铁头，只怕也好不到哪里去。但他却绝不担心，因为他绝对自信不可能真的落入水中，但他身边的这些人却很难说。

“你们谁下水把这小子给我揪起来？”鬼影子大为恼怒，大声斥问道。

没有人敢应声，谁也不敢自信在水底下有什么能耐，尤其是看了刚才那一幕之后。

“快划！他们一定会在对面登岸的，我们就在那边岸上等待！”鬼影子见所有人都在回避他的目光，便知道这些人都不敢下水去面对水底之人，而让他吃惊的是，那秃子在水底之下似乎根本就不用换气，可见这人的水性好极，功力也极为深厚。

费祥见识过林渺的厉害，也尝过铁头的大铁桨，知道这两人没一个是好惹的角色，在岸上他都不敢轻言取胜，在水中自是更不敢想象了。

鬼影子望望并行的四只小船，虽然刚才毁了一只，但绝不会影响他们的实力。有他和这四只船上的二十余名王家好手，对付林渺四人足足有余，何况林渺和铁头在冰水之中浸泡这么久，功力必会大打折扣。

“轰……”众人正极力划船之时，蓦地又有一只小船船底被轰开一个大洞，河水大量向船中涌入。

船上的几人全都大惊，慌里慌张地堵漏洞。在他们边堵漏洞边如临大敌地防突然袭击之时，邻船船边的水面突然裂开，一柄铁桨狂扫而过，那些人虽然也在紧张提防，但仍然防之不及，在这重铁桨之下，竟被扫得翻落水中，而小船也因重力不均遭水下冲击力给掀翻。

“啊……啊……”落水之人惊呼，拼命地向翻了的船背而爬，似乎水下真有食人怪兽一般。

“用钩挠！蠢蛋！”鬼影子大怒，呼喝道。

船上之人顿时回过神来，但铁头却如入水游鱼一般不见踪影。

“快上岸！”那只破漏的小船正缓缓向水中沉去，船上人惊呼，拼命地将小船向岸边倒划回去，他们可不想在河心沉入水中，而水中那煞星正是他们所惧的。

鬼影子大怒，见这几只船上之人如此没用，而他也拿这水底的秃头无可奈何，这样下去，他这剩下的两只船根本就到不了对岸就要沉入水底了，愤然之下，喝骂道：“一群饭桶！你们死也要给我死在对岸！”

“前辈，你先别生气！”费祥可是知道鬼影子身份的人，自然不敢惹他生气，不由得忙劝道。

“哼！”鬼影子冷哼一声，不理费祥，纵身向河水中跃去。

“前辈！”费祥吃了一惊，但一句话却给咽住了，因为鬼影子如点水蜻蜓一般，踏着波涛向对岸掠去，履波如行平地，其身法之快，让人咋舌。

“老妖怪，我在这儿！”林渺突然也自水中探出了半个身子，举手向鬼影子招了招，在宽阔的河面之上，林渺的半截身子显得极为突兀。

鬼影子一见，足下踢出一串水珠，直射向林渺，身子也如飞鹰般扑下。

“哗……”河水在林渺的身边暴起，如掀起了一匹倒挂的巨瀑，浪头若山峰般直撞向鬼影子。

鬼影子只觉得满眼凄迷，一时之间完全陷入了混沌，好像有无数柄利刃夹在这铺天而来的水幕之中向他罩至。他知道，林渺出招了，而且想与他在水中较量一场。而他却极为惊讶，林渺何以没有半点中毒的迹象？而且在这冰寒刺骨的河水之中，连功力都似乎有着极大的长进，难道说在这短短的一会儿，林渺功力便深厚如斯了？或是一开始林渺并未全力而为？

河对岸的鲁青和鬼医见林渺两人没事，都稍松了口气，但见林渺自水中攻击鬼影子，又不由得都捏了把冷汗，他们自然听说过鬼影子的可怕，林渺又是有伤在身，又如何真能是鬼影子的对手？不过，在这冰水之中，他们多少也安心许多，这刺骨的河水对林渺不仅没有害处，反而更能镇住林渺体内的火毒。是以，在水中比在岸上对林渺更有利许多。

“哗……”水幕在鬼影子的掌劲之下裂开了一个巨大的空洞，但在水幕裂开的刹那，鬼影子却骇然发现，林渺的刀已在他身前三尺之处，强烈的刀气在刹那之间迸发出来，如怒潮般裂入鬼影子的掌势之间。

鬼影子吃了一惊，林渺的狡猾似乎并不下于他，极懂利用各种条件来对敌。不过，鬼影子并没有真的太在意，对林渺刀锋的弧迹他看得极为清楚。

林渺的刀并没能切入鬼影子的身体，而是被鬼影子的双掌夹住，但在此时，鬼影子却发现林渺的眸子里闪过一丝诡异的笑意。

“给我下去！”林渺怒喝，整个身子的重心全倾注在刀上，并向河水之中沉去。

鬼影子顿时明白林渺的用意，但当他意识到这一切之时，已经是身不由己，如果他想放开被夹住的刀锋，只会被林渺趁虚而入，将他重创于刀下。可如果他不放开手中的刀，那便唯有与林渺一起坠入河水之中，而在河中，却不知道林渺安排了什么毒计。

“轰……”林渺与鬼影子双双落入水中，溅起滔天水花。

冰寒刺骨的河水使鬼影子不自觉地打了个寒战，虽然他有些心理准备，可是入水之后，才知道这与想象的并不完全是一回事。

河水极深，水中的急流使他的力量难以完全发挥，所有灵活的身法在水中也全然不管用。这一刻，从来都是天不怕、地不怕的鬼影子竟然生出了强烈的惧意。在水中这昏暗的世界里，他只觉得自己如一只被猎人围困的野兽，步步危机。

林渺的刀似乎在刹那之间消失，而他也感觉不到林渺所存在的方位，只觉得自己处于一种绝对的险境之中，鬼影子想到的第一件事便是要赶快脱离这片昏暗的世界。

“哗……”鬼影子拼命挣出水面，眼前一亮之时，忽觉腿上一痛，顿时有一股血水涌出水面。

鬼影子骇然，顿时明白是怎么回事，不由得暗恨自己居然这样笨，竟如此疏忽而给了林渺这般机会。脚上一痛之时，他慌忙用力上蹬，在水面上横移数尺，避开林渺的第二次袭击，但待他跃出水面之时，只觉脚下一紧，似乎被什么东西给绊住。

鬼影子大骇，运足力道破水冲空而起，但才跃出水面五尺许，便自脚下传来一股强大的拉力，在他的脚上竟系着一根绳子！一端在水中，一端在他的脚上，这使他惊怒交加，林渺这一招也确实够毒，但是他却无可奈何，虽然他的武功超凡脱俗，但是他的水性却与林渺相去太远，在陆地之上，林渺绝不是他的对手，可是落入水中却又是另外一回事。

鬼影子的身子受那绳子的巨大牵扯之力，再一次向水中坠落，但他却运足力道，全力向水面击去。

“轰……”水面几乎炸开了一个巨大的漩涡，然后鬼影子才沉入水中，他确实害怕林渺在他入水的一刹那来个偷袭，那时只怕不死也要重伤，是以他才会出掌狂击水面。

林渺也绝不笨，鬼影子那掌劲在水下形成一股强大的冲击波，也震得他耳朵“嗡”鸣，眼前泛起一片迷茫的白色水花，使他无法看清东西，但他可以感觉得到。因为他手中牵着连接鬼影子的绳子，是以他可以清楚地感应到鬼影子的方位，而这也正是鬼影子致命的弱点。

鬼影子入水，水中的振荡犹未停止，有死鱼翻出水面，在水中暗流激涌之间，他根本就分不清东南西北，更别说找到林渺的方位，他从没有如这一刻般清晰地感受到死亡的威胁，从没有这一刻般恐惧的感觉。河水之中，是一个完全陌生的世界，不仅陌生，而且有着潜在的危机，因为他脚上尚系着一根绳子！他再也无法保持杀手应有的冷静，无法让自己的心神去感应周围的环境，空有一身绝世武功，却丝毫没有用武之地。而便在此时，他感觉到一股锐风袭向了他的胸前！

长安。

未央宫中日日歌舞，王莽已经有了日暮途穷的感觉，总在求仙求道等荒谬之事中度日。

朝中百官也皆人心惶惶，陈茂和严尤大败返回长安搬请救兵，只可惜朝中已无兵可派，且国库空虚，何以支持大军去剿灭绿林军呢？何况连严尤和陈茂都惨败，又有谁能去战绿林军、解宛城之围呢？

王莽在这种时候却下令搜罗天下美女以供其修仙之用，其行为已让文武百官心寒，而在百官逼得没法之时，才让“大司空王邑驰传洛阳与司徒王寻发众郡兵，号‘虎牙五威兵’，平定山东，得颛封爵，政决于王邑，除征用诸明兵法六十三家术者，各持图书，受器械，备军吏，倾府库以遣（王）邑，多贵珍宝猛兽，欲视饶富，用怖山东，王邑至洛阳，州郡余各选精兵，牧守自将，定会者四十二万人，余在道不绝，车甲士马之盛，自古出师未尝有也。”

也只有这样，王莽才稍安已心，但是此刻天下四处皆乱，左右难为兼顾，这也使得王莽难以安寝，他自己又何尝不知道自己的末日已经不远了？只不过是在做最后的挣扎而已。

小船之上的山西恶鬼诸王家好手看着鬼影子被林渺逼入水中，便暗叫不妙，后见鬼影子破水而出，却又被扯入水中，便知情况大大不妙，远远地只能看到那片水域如同煮沸了一般，翻涌着奇怪的水花，激涌着强烈的暗流，但却没有半点人影，还不时有血花飘起。

而让费祥更心惊的则是来自在身边水中挣扎却很快死去的同伴，他没敢忘记，在他身边的水底之下尚有一个可怕的人物，其拥有的水性是无人可比的。以自己身处的小船去面对此人根本无济于事，这使费祥心中发毛，眼见鬼影子也被缠在水中，哪还敢在这片水域之中抓林渺，一挥手呼道：“快划回去！”说话间自己领先将小船掉头往回划。

这群人也早就心寒了，哪里还有丝毫再战的念头。是以，不用费祥提醒，也都掉转船头向回跑，也不管水中那几个尚在挣扎的人及在水底之下生死未卜的鬼影子。

“看！”费祥身边一人突地一指河心，惊叫了起来。

费祥回头，骇然发现鬼影子已漂在河面之上，鬼影子身边的河水化成一片血红，而鬼影子的躯体如一块浮标般顺水波轻荡着，林渺的头却在不远处冒了出来。

鬼影子死了，费祥知道这个结果是真实的，死在林渺的手中。在水底下的战斗，鬼影子败得一塌糊涂，他也绝没想到自己算计人一生，一个从未失手的杀手名流却会死在一个比自己小数十岁的年轻人手中，而且是在水中。

当然，这与武功并无太大的关系，问题是鬼影子的水性比林渺相差太远，而在水中，武功反而变得不太重要，这也是鬼影子的致死之因。他对自己太自信了，以为自己根本就不可能落水，以其轻功，早已达到渡水如履平地之境，可是他忽略了对手，若在没有意外的情况下，他确实可以踏水登岸，但林渺的出现却是个意外。他可以不下水，但林渺却把他逼下了水，是以鬼影子为他的失算付出了生命的代价。或者，他选择在涡河之上杀林渺就是一个错误的抉择。

“轰……”山西恶鬼脚下的船也破开了一个大洞，他大惊，再不敢犹豫，抓起两块木板，抛落水中，纵身脚点木板以极速掠上并不远的河岸之上。

落到实地上，山西恶鬼这才松了口气，呼道：“绳子给我！”

那破船之上的人顿时明白，忙将船上的绳子抛上岸。

费祥抓住绳子大喝：“蹲下！”双臂使力，小船若箭般撞向岸边，虽然船中灌了水，但船速依然快极，差点便将船上之人晃下船去。

“轰……”小船速度过快，一下子撞上岸边，只把船头撞得破碎，船上之人皆滚落岸上，但这些人却松了口气，至少，在岸上他们觉得放心多了。

另一艘小船也快速靠岸，船上之人迫不及待地跳上岸来，一个个心有余悸地望着水面，又望了望在河中间水面一晃一晃的鬼影子的躯体，他们怎也没料到这不可一世的顶级杀手居然是这种死法，似是被人系于河心，并不会被水流冲走。

山西恶鬼也怔神傻了眼，今日他们折损了这些人却并没能对林渺有半分伤害，他几乎不敢想象自己回去该怎样向王郎交差。

鲁青和鬼医则是大喜过望，这种战果确实出乎他们意料之外。那晚他们虽然并未与鬼影子交过手，但是，他们却听说过鬼影子的可怕，而林渺那日被击得受伤不轻也是最有力的说明，却没想到居然就这样解决了这个头痛的人物。

林渺游上河岸，已是精疲力竭，几近虚脱，虽然他的水性比鬼影子好上许多，但是鬼影子也是一代高手，其难缠的程度是毋庸置疑的，想要在水中将此人击杀，也是需要付出代价的。

林渺也受了其几掌，在他将刀刺入鬼影子胸膛之时，鬼影子便捏住了他的喉咙，使得林渺喝饱了一肚子水，差点没在水中昏死过去。幸亏是在水中，鬼影子并没能将他的脖子捏稳，在他拼命挣扎之下，最终成功脱困。但他仍是硬受了鬼影子一脚，是以河水之中有鬼影子的血，也有他吐出的血，但这一脚也帮林渺将腹中的水吐出许多，否则绝无法游回对岸。

铁头也游了回来，他的水性极好，但却冻得差不多，他可没林渺那种抗寒耐寒的本领。在水中尚好一些，可是上岸来被冷风一吹，才真正感到奇寒无比，冻得两排牙齿直打战。当然，让王郎这次行动的人员几乎全军覆灭，这点牺牲是值得的，至少林渺是这么认为。

河岸上有间小草屋，想必是真正的艄公所居之所，几人并不担心费祥敢追来，连鬼影子都死了，他们绝没有再追上来的勇气，除非他们想死。

林渺并不想在这涡河之畔浪费太多的时间，宜尽快赶去淮阳才是，到了那里便有天虎寨的兄弟接应，行事就要方便多了。而在这里，还不知道王郎会派出什么人来对付自己，若是节外生枝，那可就不太妙了。是以，待铁头烤干身子，四人便共乘两马而行，他们必须赶路！

待四人赶到淮阳，已是第二天了，而林渺却听到了一个惊天消息：刘玄在寅阳称帝，改年号为更始，封百官，更大赦天下，封王匡、王凤为公侯，朱鲔为大司马，刘寅为大司徒，陈牧为大司空，其余将领封为九卿。

这确实是最让林渺震惊不已的消息，绿林军称帝的人居然是刘玄而非刘寅。

林渺也感到意外，也感到忧虑，刘玄乃魔门的左护法，这个人称帝岂不是把江山完全交给了魔门？虽然他与魔门之间暂无什么利益冲突，可是他对魔门一向毫无好感，更知其是不择手段达到目的的组织，若让这些人主宰天下，受苦的人只是百姓。

当然，事已成定局，他也是无能为力，刘玄如果真是魔门中人，便必定不会放过自己，因为自己知道其身份，是以，林渺知道这次宛城之行绝不会风平浪静，还必须小心行事，否则只怕死都不知道怎么死的。他如何能敌刘玄的十数万大军？如何能敌刘玄身边的那许多绝顶高手？

不过，林渺知道刘玄绝不敢明目张胆地对付自己，至少有刘寅、刘秀在，王常虽然与自己并无多大交情，但其正直不阿，想必也不会让刘玄乱来。

当然，以刘玄现在的力量，根本就可以在不惊动任何人的情况下对付他，这是勿用置疑的，是以林渺一到淮阳便立刻改头换面，更传书让姜万宝作好最坏的打算，刘玄对自己与小刀六的关系并非不清楚，是以，很有可能会拿小刀六留在南阳的产业和生意开刀，这对他们在南方的发展极为不利。是以，林渺不能不让姜万宝和天虎寨的人小心防备，并将大部分人力和资金向北转移。他可不想让自己在刘玄手上大败一笔。

刘玄绝不想让人知道他与魔门有关系，这样只会使他难容于天下正道。是以，刘玄绝不会容忍林渺活于世上，这是可以肯定的。

当然，眼下宛城尚未被攻下，刘玄仍不会对同仁行的产业进行打击，因为他尚有许多地方需要用上这些人。是以，姜万宝这段时间还是安全的，但过些日子就很难说了。因此，林渺必须要在这段时间把宛城的产业转移，这也是刻不容缓之事。

不过，在淮阳，有许多天虎寨的兄弟，传达消息极快，而这些人知道林渺回来了，更是喜不自胜，知道林渺在河北之事，皆斗志极高，更有动力。

林渺并不想太过暴露自己的身份，在淮阳也显得极为低调。

宛城，四门皆闭，城中无论是百姓还是官兵，皆不得出城。

事实上，城门根本就不敢打开，否则义军会如潮水般涌入，使宛城不攻自破。

虎头帮大部分帮众已经迁出了宛城，那是因为害怕严尤入城之后对他们进行报复，而后来因绿林军围城，想入城都没有机会。

绿林军并无大举攻城之意，而是采取在城外四面扎营，以死围宛城的策略。

事实上，城中的粮草并不充足，虽然城内在战时采用各种渠道屯粮，可是供城中十数万军民之用，又岂是这临时屯粮所能够解决的？这一点姜万宝也极清楚，因为他也是曾为宛城筹粮的人物之一。

为宛城筹粮，是岑彭来请他帮忙的，宛城之中银子有的是，但却少粮，是以姜万宝乐得卖给岑彭一个人情，毕竟他曾是岑彭手下的一名谋事，虽不得重用，却也多少有点交情。

何况，为宛城筹粮乃是个肥差，因此，姜万宝知道城中的存粮顶多只能维持两三个月，过了两三月便会粮绝，若无救兵的话，宛城唯有落个举城而降的命运。

这也是刘玄此次攻打宛城的主要策略之一，今日的宛城乃是坚城，城中安插的内应已经给拔除得差不多了，因此，想破这般坚城，唯有死困一途，别无良策。

刘玄自然不会死守在宛城之外，此刻他已是更始帝，最要紧的便是发布复兴刘氏江山的诏告，更让刘寅和刘秀兄弟二人兴兵北伐。在宛城之外只留下刘玄、王常、朱鲔、陈牧四人主持，王凤、王匡则与刘秀兵分两路直逼洛阳，遇城破城，遇镇夺镇，义军之势锐不可挡，各地的豪强纷纷响应，皆杀官而反，自称将军，改用汉朝的年号，只待刘玄的诏书便立即归顺。只在十数日之间，南阳、弋阳、南郡、南乡诸地响应者多达十余万，是以，王凤和王匡、刘秀兵马所过之处，各地的豪强望风而附。

绿林军发展之速让林渺也感到意外，而这一刻，他也看到了所谓的汉室正统是多么的有号召力，尽管汉哀帝和成帝之时天下间民不聊生，但是汉室毕竟有过辉煌的历史，与王莽的苛政相比，百姓依然怀念往日的时光，而且在这些百姓的思想里仍保存着那些最愚蠢、最纯朴的思想，也便是对皇族的尊崇，使他们认为天下是刘家的这种根深蒂固的想法无法改变过来。是以，刘玄打出复兴汉室的口号，立刻使旧汉的一些老臣和各地的豪强认为刘玄才是真主，一时之间，连赤眉军也给完全比了下去。

当然，王莽的大军也正在向洛阳结集，这也是绿林军所要面对的最大挑战。

林渺赶到小长安集，已是离开枭城的半月之后，小长安已经全都变了模样，商旅减少许多，到处可见绿林军。刘玄虽为帝，但却无都城，其帝号是有名无实。是以，在其所居的寅阳附近圈为军事之地。不过，小长安集尚算平静，今日的绿林军，军纪严明，与民共生，无人敢稍为犯禁。

刘寅和王常皆是以治军极严称著，这虽然让少数战士吃了不少苦，可却使军中上下心服。他们来自百姓，而受百姓拥戴，虽然纪律严明一些，但却颇有成就感。

林渺听得姜万宝讲起这几个月来的情况，当初的二十多万两银子，现在翻了数倍都不止，而且其产业尚在不断地扩大，其人才济济，多数可独挡一面，现在是生意遍地开花，可谓是形势一片大好。

林渺自是欣喜无限，他确实没有看错人，而眼下最主要的尚不是动用这些财力，他们所要做的仍只是休生养息，韬光养晦，只有积累到足够的资本或适当的时机之后，才是真正动用这一切的时候。

林渺返回小长安集依然保持着极度的神秘，他不想让太多的人知道，此刻他的财力比之湖阳世家这等大家族要相去甚远，虽然他已经可以富足一方了，可这与他的目标仍相去太远。

不过，有姜万宝和小刀六为他招募人才，这确实是一件好事。他没时间和机会自己出手，这些人便成了他的眼睛，他可以省力许多。同时，他更要与姜万宝谈一下将人力物力向北转移之事，更将刘玄之事向姜万宝道明，让其心中有所准备。

王郎心中的惊怒，无以复加，鬼影子竟死于涡河，尸体由山西恶鬼让人送了回来。他怎也没有料到，林渺居然能杀鬼影子，看来这个年轻人已经是越来越可怕了。

费祥不敢回来见王郎，这也让王郎气恼，手下办事如此不力，不过，他也知道林渺绝不好对付，否则当日也不会让林渺自邯郸城溜出去了。当日倾出了那么多的人力都未能将林渺留住，眼下就只有山西恶鬼这个林渺的手下败将，想要有多大的作用那是不可能的。

"老爷子，我看这小子的事情我们还是先搁一阵子吧，我们先筹大事要紧，眼下刘玄称帝，如果让其先打出兴汉的幌子，只怕我们很难有戏看。我们也应该早作打算，趁他们在穷于应付王莽大军之时，将河北大局掌握，到时候我们居北，他们居南，足以与之分庭抗礼!"王昌提议道。

王郎眉头一皱，吸了口气道："没想到刘玄居然这么快行动！不过，绿林军并不足为虑，只要有刘寅在一日，刘玄便绝无法安下心神，迟早绿林军会出现裂痕，刘寅岂是甘居人下之人？我们只需坐观好戏登场即可!"

"老爷子，眼下河北的局势可能会出现变动，诸如信都的任光，很可能是一个威胁，他让林渺成为枭城城主，可见其心也对河北这块肥地有野心。他身为信都太守，自不便出面，所以这才让林渺替他去完成任务。说白了，林渺不过是任光的一颗棋子而已，因此，我认为，我们应该抢在任光的前面行动，林渺只是任光之后的目标，只要任光一去，河北便没有支持林渺的力量，到时候，一个小小的林渺，一座小小的枭城又何足道哉?"蒋兴也插嘴道。

王郎望了蒋兴一眼，此人一向为他所重视，也追随了他十数年，对他忠心耿耿，虽在王家没什么职务，也不经常抛头露面，可对王郎来说，蒋兴的分量比王昌还要重，这一点王昌也不敢否认。

王昌也极敬重蒋兴，因为此人确实见识过人，足智多谋，这十余年来一直让王郎韬光养晦，这才让王郎成为北方第一豪强，是以王家无人不敬此人。但蒋兴总不喜抛头露面，且常为王郎打点府外之事，是以很难得在邯郸住上几日，这次因刘玄称帝之事，才回到邯郸。

王郎淡淡地笑了笑道："蒋先生所言虽然有理，但却绝不可以小看林渺那小子！如果先生亲自到了枭城，便知道，这小子比我们想象的要厉害得多，居然能在这么短的时间内将枭城治理得那般好，足见此人之智慧和手段超出常人，而自他与铜马、王校两军交锋的两战可以看出，此人狡猾多智，用兵奇诡难测，是以要想对付任光，必须先将他除掉。若有此子相助任光，想要对付任光绝不是一件易事。另外，此子诡变百出，在邯郸之时，我便已感觉到此子难缠至极，若不能为我所用，必会成为我之大患，若再让他返回河北，只怕形势会大大不利于我！"

王昌不语，他知道王郎心中始终有块心病，那便是林渺曾劫走过白玉兰，而且此刻白玉兰依然挂念着林渺，整日忧郁，一副病态，王贤应恨不能食林渺之肉，但他爱白玉兰太深，自不能找白玉兰出气，因此只愿能杀掉林渺。而王郎要击杀林渺的另一个原因，是因为林渺让他丢了个大脸，倒并不是真因为林渺暂时对他有什么威胁。说实在的，以林渺眼下的实力，根本就不足以威胁到王郎的发展，当然，往后会是怎样的情况便没有人可以知晓了。

蒋兴想了想，王郎所说的并不是没有道理，对一只老虎，如果先去其爪牙，自然就更容易对付一些，而林渺便是任光的爪牙之一。要对付任光，先对付林渺，也并无不可。想到这里，蒋兴不由得问道："那老爷子要如何对付这小辈呢？他此刻只怕已在南阳，我们能赶得上他吗？"

"给我飞鸽传书太白顶，请老祖宗派人对付这小子，不信他还能够插上翅膀飞了！"王郎淡淡地道。

"老爷子，这有些不太妥吧？老祖宗在山上不问世事已经多年，他是因为不想理会尘世之事，才离开邯郸去南阳的……"

"你照我的话去做就行了！"王郎打断王昌的话，冷冷道："你便说鬼影子被林渺杀了，便是老祖宗不派人出手，雷霆威他们也绝不会让林渺好过！”

“老爷子说的很对，当年老祖宗手下杀手盟之人，个个亲如手足，他们这些杀手兄弟随老祖宗归隐太白顶，但如果他们知道鬼影子死了，必定会大怒。有这群当年纵横天下从未失手的杀手盟的人去找林渺算账，这小子没有任何理由可以活下去！”蒋兴赞同道。

王昌的脸色有些难看地望了王郎一眼，仍劝道：“老爷子，老祖宗当年创下的这杀手盟，在他归隐那一天之后，便不希望世上再有人提起，也不希望……”

“这个我知道，但是成大事又岂能拘小节？要老祖宗真要怪，便让他来怪我这个从不被他看好的孙子好了。他既然是我王家的人，就应该为我王家的大业出一份力！”王郎不悦地打断王昌的话，冷冷叱道。

王昌神色再变，无可奈何地点了点头道：“我这就去办！”

王郎的眸子里闪过一丝欣然，更多了一丝兴奋和期待。

“主公，齐燕盈小姐执意要见你！”姜万宝皱了皱眉道。

林渺眉头大皱，讶异问道：“齐燕盈怎么会知道我回到了小长安集？”

“这个我也不太清楚，她好像很肯定主公回来了，而且还说有特别重要的事情要告诉你，否则主公会后悔的。”姜万宝也一脸惑然地道。

林渺也大为错愕，齐燕盈怎会这么肯定他回来了呢？会不会只是想诈出他的行踪？又是什么重要的事让她来说？而这会不会是齐万寿的主意……？

“阿四已经在外面挡住了她，主公要不要见这女娃？”姜万宝试探着问道。

林渺也有点头大，问道：“她是几个人来的？”

“只有她和两个婢女！”姜万宝道。

“好大的胆子！好吧，你带她进来！”林渺想了想道。

不过半晌，齐燕盈随着姜万宝气鼓鼓地行入了客厅。

“这便是你要见的人！”姜万宝指了指林渺的背影悠然道。

“好大的臭架子，你以为自己可以躲得了一辈子吗？你以为自己的行踪很秘密吗？”齐燕盈一股怨气终于找到了发泄的对象，小姐脾气尽露无余。

“哦，齐小姐认为我有躲一辈子的必要吗？我这不是在此接见齐大小姐吗？”林渺不愠不火地转过身，淡然答道。

“啊！”齐燕盈失声低叫了声，露出难以置信的神情，语气之中多了一分尴尬地道：“怎么……怎么是你？”

林渺不由得笑了笑道：“怎么不是我？我正是小姐要找的林渺，自长街一别，小姐容颜更胜昔日，真让我欣慰。”

“你，你就是林渺？”齐燕盈瞪大了双眼，脸色羞红，语气竟有点不流畅了，心中涌起一种难以言喻的感觉，这一切似乎来得太突然了。

“为小姐看座，沏茶！”林渺坦然向一旁的护卫吩咐道，旋又向齐燕盈大方地道：“请！”

姜万宝有些好笑，齐燕盈一入客厅便大有兴师问罪之意，可是见了林渺居然一下子变了腔调，就像是没见过世面的小姑娘，那咄咄逼人的气焰全不见了，还有点坐立不安的小女儿态。

“我，我刚才不是，不是……”齐燕盈似乎是想解释什么，但是手抓了抓衣角又不知道该怎么说出口。

林渺心中好笑，打断她的话道：“齐小姐不用解释，我知道小姐乃是性情中人，自然不拘泥于小节，林渺就喜欢这种性格之人！”

“真的？”齐燕盈大喜地反问道，顿时又恢复了轻松之态。

“当然是真的，不知这次小姐找我有何事相告？”林渺故作认真地问道。

“哦？”齐燕盈这才似乎想起了正事，不由道：“是我爹让我来的，我爹说，你与他过去的恩怨可以一笔勾销，只希望以后大家能够好好合作，就像这几个月在生意上的合作一样。因为我们之间有一个共同的敌人！”齐燕盈说话间目光向四周的护卫及仆人望了一眼。

“你们先退下！”林渺向那妇仆和护卫轻喝了声，心中却极度意外。

齐燕盈又将目光投向姜万宝，似乎想姜万宝也出去，林渺却笑道：

“大小姐可以像信任我一样信任他，不必对他隐瞒任何事情。”

齐燕盈这才轻啜了一小口茶，道：“我爹说，我们有一个共同的敌人，那便是魔门！是以，他才想与你不计往日的恩怨，共同对付魔门这一大敌！”

“哦？”林渺心头狂震，他确有些相信齐燕盈的话了，因为他知道齐万寿曾杀了游幽，为了玄门之秘而背叛了魔门。是以，魔门要对付他那是极为正常的，在权衡轻重之下，齐万寿这才要与自己抛弃成见，这种可能性极大。

“我爹还说，刘玄此刻正在秘议如何对付你，他们似乎已经知道了你的行踪，所以你要小心！”齐燕盈又道。

林渺神色顿变。

“为什么你爹他自己不来，而要让你来？”林渺沉吟了片刻，淡然问道。

“如果是我爹亲自来，能够见到你吗？而且我爹是何等身份，岂会亲自来跟你说这些？我是我爹最信任的人，由我来代言难道还不够吗？”齐燕盈有些不忿地反问道。

林渺歉然地笑了笑道：“对不起，是我多疑了，请齐姑娘代我转告你爹，我十分乐意与他合作，能让他不计前嫌是我林渺的幸运，也谢谢你们给我带来的消息！他日有空，定当亲自上门谢过！姜先生代我送小姐回府！”

“喂，我来给你送了这样一个消息，你连请我吃一顿饭都舍不得吗？”齐燕盈一听林渺立刻要送她回去，不由得又恼又急地立身质问道。

林渺一怔，笑道：“如果齐小姐肯赏脸的话，那便吃了饭再走也好！”

“你这人太吝啬了，还要我开口提出！这一顿饭我吃定了，而且还要和你一起吃！”齐燕盈大耍小姐脾气，不服气地道。

姜万宝也不由得感到好笑，齐燕盈仍像个孩子一般，说话做事都依着性子。

“那就依齐姑娘吧。”林渺苦笑了笑。

“五月初五阿姆度与松鹤道长决战武当山？”林渺微感惊讶反问道。

“不错，这消息已经传出了好久，而且传闻那群一直追踪一个神秘人物的正道人士遭到了魔门的袭击，有许多人受了重伤，连松鹤道长都受了伤！”陈通吸了口凉气道。

“看来魔门已经很猖狂了，江湖有难了，但你们切记，不可太过张扬，尽量做到韬光养晦，只有待时机成熟之后，才能够振翅飞翔！”林渺沉声叮嘱道。

“主公放心，我们全听主公的吩咐！”陈通肯定地道。

“这叫不鸣则已，一鸣惊人，主公之智何其深远，让万宝佩服！眼下群雄并起，我们若想强自出头，只能是耗尽自己的力量而无所得！”姜万宝赞赏地点头道，旋又道：“我想为主公引见一个人，不知主公可有兴趣一见？”

林渺讶异道：“先生所引何人？既然是先生引见之人，想必不会差到哪里去，何不请他进来？”

“有请贾先生！”姜万宝向外呼了一声，不一会儿，杜林便引着一个中年儒生大步行入。

“贾复见过姜先生！”那中年儒生入厅便向姜万宝行了一礼，客气地道。

“这位是我的主公林渺！”姜万宝忙介绍道，旋又向林渺介绍道：“这位乃是冠军县的贾复贾君文先生。”

“贾复见过主公！”

“贾先生免礼，请坐！”林渺打量了贾复一眼，只觉此人神态从容沉稳，面目古奇有风雨不惊之态，不由得心喜。

“久闻主公少年英杰，豪气干云，智慧过人，志向远大，不知主公对近日群雄并起有何见解呢？”贾复不客气地坐下，开口竟先一步发问道。

林渺暗自惊讶，贾复如此先扬后抑地直接提问，可见此人不擅作伪，而且必有过人之见识，否则也不敢喧宾夺主地向他询问。

“‘少年英杰、智慧过人’不敢当，只是略知一些乱世生存之道，而在世俗的暇隙间寻找属于自己的天空而已。眼下群雄并起，皆是为民请命，可谓一件好事，只是，天下已够乱够苦，能弃私欲者甚少。是以，天下群雄终难齐心。若要让我对每一位有所评价，那大可不必，天下局势已很明朗，南有绿林，东有赤眉，东南两面，余者皆只能相附生存，别无选择。北方最乱，但却自成一体，无序可循，成与败无人可以预料。是以，北方尚有争议之处，但依眼下形势，得天下者应在南方和东方。南方绿林军若能再破王莽聚结的洛阳大军，则天下唾手可得，赤眉必望其背项；若无法取胜，则赤眉尚有希望。而北方短时间内无力外征，唯待一统才有可能形成浩大之势，这两年之中，可以不提！因此，所谓群雄并起，只能看东南方的好戏而已！不知先生认为我所说可对？”林渺淡淡地反问道。

贾复神色不变，轻呷了一口茶，又问道：“那主公又意欲何为呢？”

“天下非一家之天下，若刘玄能做到国泰民安，救民于水火，我唯坦诚相附，或是敛尽巨资安享一方而已。当然，大局未定，时局难料，我们又何必操之过急？值此大乱之时，唯韬光养晦，待机而动方是正理。箭射出头鸟，别人四下争战之时，我可蓄力待发，彼疲我动，一举而惊天下。不知贾先生认为我所想之法可有错？”林渺又反问道。

贾复的眸子里闪过一丝欣然的喜色，赞道：“好个韬光养晦，那主公认为刘玄能否做到国泰民安呢？”

“贾先生又怎么认为呢？”林渺不答反问道。

贾复不由得一笑道：“或许绿林军中有治理天下的人才，但却不会是刘玄。我亦同为南阳之人，对此人之习性虽不敢说知之甚详，但知他是个安于享乐，却又懦弱之人，只看其留王凤、王匡，而挤王常和刘寅便可知。他对手下将领无果敢决策，必会使腐败成风，百姓何以能幸福？天下何以得清明？是以，我并不看好绿林军。”

“先生似乎忘了绿林军还有刘寅、王常这样的人物在！”林渺含笑反问道。

“如果是刘寅、王常称帝，或许天下真能清明。从其治军之法来看，这二人确有治天下之才，但刘寅法令太苛，若用之于民，要是在武帝升平之时或可大治，可此际天下已是残破不堪，苛吏苛严只能使大多数百姓难避其灾。是以，刘寅也并不太适合今日的天下之主。当然，在绿林军中似乎没有比他更好的人选。只不过，刘寅根本就不可能有机会当政，如今绿林军畏避他的人绝不止一个，其性刚烈，终会被刘玄所不容。是以，刘玄称帝，刘寅的命运已经注定。因此，我不觉得绿林军得了天下便能治理好天下！正如主公所说，天下非一家之天下，得而复失并无不可，若百姓让他当皇帝，他便可当皇帝，百姓怨声连天，他自然也无能为力！”贾复肯定地道。

林渺欣然笑了笑，赞赏道：“先生的分析正合我之心意，水可载舟亦可覆舟，所以，我现在并不想争一时之快，找个合适的地方储存力量，再找个合适的时间举臂高呼，自可事半功倍！”

“主公果然有非凡之预见，想必这合适之地就是北方了！”贾复欣然立身再次施礼道。

林渺不答，只与贾复对视了一眼，不由得朗声欢笑起来。

贾复也心领神会地跟着大笑起来，姜万宝和杜林也悠然而笑。

“主公，有个人想见你！”陈通神色古怪地道。

“又是什么人？”林渺有些气恼，他回小长安集才住一日时间，便先有齐燕盈知道他的下落，现在又来了个陌生人。

“他不肯说，但绝不是一般的人！”陈通望着林渺的表情，倒真有点怕林渺生气。

“不是一般的人？那你告诉他我在这里了？”林渺冷冷反问道。

“没有，但是他却抓了齐燕盈小姐！”陈通无可奈何地解释道。

“什么？”林渺不由得失声低问，神色大变，顿时明白何以陈通的表情这般古怪。

“来者就一个人吗？”林渺又问道。

“就一个人！”陈通点了点头。

“好大的胆子！就一个人也敢擒齐家大小姐，带我去看看！”林渺吸了口气道，他知道这个人是不见不行了。如果齐燕盈有个三长两短，他与齐万寿之间便真的再也没有合作的余地了，何况齐燕盈也并不是一个惹厌的人，林渺对其颇有好感，自然不想让其受到伤害。

未到大厅，林渺便已感觉到了一股肃杀之气，仿佛在大厅之中潜伏着浓浓的危机，这使林渺不由得吃了一惊，微顿之际，又继续大步行入大厅之中。

“林公子救我!”齐燕盈一眼便认出了林渺，不由得呼喊道。

林渺的目光却落在坐于大厅上首一名以血面具扣住面庞的人身上，与其透过面具的目光一触，他禁不住自内心打了个寒战。

“好冷好利的目光!”林渺心中暗忖，他自问从未见过比这更可怕的目光，这道目光仿佛一下子透入他的心底，将他的所有心思全都一览无余，而自对方身上更散发出一股莫名的气势，使大厅之中每一个人都不敢大声喘气，其势霸绝而肃然。

“你就是林渺?”那血面具之人冷冷问道，声音自骨子里透出一丝傲意，仿佛有高不可攀之势。

“不错，我便是林渺!敢问阁下如何称呼?还请先放了这位小姐再说!”林渺向齐燕盈指了指，肃然道。

那血面人淡漠地一笑，悠然松开齐燕盈的手道：“你可以走了，这里已经没有你的事!”

齐燕盈一呆，有些惊惧地望了血面人一眼，却不敢说什么，然后迅速跑到林渺的身旁。

林渺也有些意外，这神秘人物倒很大方，如此轻易地便放了齐燕盈，这确让厅内所有人都讶然，也对这神秘人的来意有点莫名其妙。

“阁下找我有什么事?”林渺客气地问道。

“三老令曾经在你手中出现?”那血面人又淡淡地问道。

林渺一呆，望了神秘人一眼，并不否认地点了点头道：“不错，三老令确实曾落在我的手中，你是赤眉军的人?”

“可以这么说，那你的三老令是如何来的?”那人淡漠地一笑，又问道。

“我不知道阁下的身份，却要回答阁下这么多问题，这不公平!”林渺也淡漠地回敬道。

那血面人一怔，神情微变，语气更冷地道：“从来都没有人敢在我面前这般说话!”

“这样的狂人我见得多了，你究竟是什么人?”林渺不屑地反问道，他心中也有些恼了。

“年轻人好狂，有个性，你听着，我就是樊崇！”那血面人悠然立身而起，淡漠地笑道。

“啊！”林渺和厅中所有人都失声惊呼，林渺的脸色也变得很难看，他怎也没有料到眼前这人会是赤眉军的首领樊崇！

“哼，你是樊崇？有何为证？”林渺冷然反问道，他确实很怀疑这一切。

“没有必要作任何证明，你必须相信！”樊崇淡漠地应了一声，随即又问道：“你的三老令是不是琅邪鬼叟给你的？他是不是真的已经不在人世了？”

林渺心中有气，但听其口气，倒颇有些像樊崇，也便漫不经心地道：“不错，三老令正是琅邪鬼叟交给我的，他已经死了，难道幽冥蝠王没有跟你说吗？”

“除了三老令外，琅邪鬼叟还有什么东西交给了你？”樊崇不答反问道。

“鬼影劫！”林渺淡漠地回应了一声，心中却已明白樊崇此来的目的，他自然不会如实相告。

“除此之外呢？”樊崇又问道。

“我不明白你的意思！”林渺冷冷道。

樊崇冷哼了一声：“你比谁都明白，我要你带我去隐仙谷走一趟！”

“啊！”林渺吃了一惊，急道：“对不起，我尚有许多要事待办，恕不能奉陪！”

“你没有选择的余地！”樊崇冷而肯定地道，其霸道十足。

“樊崇有什么了不起吗？我铁头根本就没把你放在眼里！这里可是南阳，你有什么好狂的？”铁头见樊崇如此目中无人，心中已是大怒，此刻见其根本不把林渺放在眼里，他再也忍不住，破口大骂起来。

樊崇并不发怒，只是仍以冷静至极的目光对着林渺，平静地问道：“你去还是不去？”

林渺肯定地摇了摇头，道：“恕不奉陪！”

“那就休怪我不客气了！”樊崇悠然向林渺逼近。

林渺吃了一惊，樊祟并未出手，但其强大的气势有如钢罩一般紧裹着他，强大的精神也紧紧地锁住他的每一缕念头。他知道，只要自己稍有动静，便立刻会引来雷霆一击，而自己若不动，只会等待受其惊天一击。

“在这里还轮不到你撒野！”铁头冷哼，挥桨横撞而出，拖起一股狂澜般的气旋卷向樊祟。

樊祟眼都没眨一下，仿佛对这一切都视而不见，望着那千钧之物狂砸而下，他依然一步步逼向林渺。

铁头暗道：“找死！”

铁头并没有如愿，他像大厅中所有人一样错愕，在他的大铁桨只距樊祟半尺许时，却不知为什么，大铁桨落到了樊祟的手中。

樊祟的手，快得难以形容，准确地抓住了那挟带万钧冲击力的大铁桨，无声无息，他依然平静地迈着小步逼向林渺，连斜眼都不曾看铁头。

“轰……”大铁桨倒撞上铁头的身子，铁头惨哼着飞跌而出，整个桨身竟然变得弯曲，如一张奇形怪状的弓。

鲁青和陈通也都快攻而上，他们绝不允许别人在这里如此猖狂。

二人联手，声势又自不同，但结果却完全一样，他们根本就没能沾上樊祟的衣服，便已被樊祟挥手击出，如两只纸鸢般跌在铁头的身上，而樊祟依旧悠然地逼向林渺。

林渺有刀不能出，只觉得自己无论是自哪个角度出刀，都只会撞上樊祟的拳头，无论哪个角度都只会产生与铁头、鲁青同样的结果。他实在想不出这究竟是怎样的一种感受，仿佛憋在心中的气一直都无法遣散。樊祟每向他逼近一步，他胸中积郁的残气便越多，如果他能出刀，则可以自刀身泄出，可是他不能出刀，不敢出刀！

“哇……”林渺狂喷出一口鲜血，他无法抗拒来自樊祟的压力，无法遣泄内心的郁气，是以唯有以喷血的方式来缓解心灵和身体上的压力，但他依然没能摆脱樊祟那冷如冰刃的目光，不过，他已经可以出刀了！

大厅中所有人都大惊，樊祟犹未出手，林渺便已经喷血，而林渺却在此时出刀，这一切都让他们大惑不解，弄不明白究竟发生了什么事，但林渺毕竟还是出刀了。

刀锋划过血雾，拖起一道凄艳的弧光，让那片血雾凝成一抹血色的刀气，破入樊祟的气场。

樊祟驻足，眸子里闪过一丝讶异，似是为林渺这一刀而惊讶，抑或只是因为其他，但樊祟还是首次为一个人停步。

“砰……”血雾如撞上一堵无形的墙，爆散而开，洒入尘土之中。

林渺的刀距樊祟两尺，但樊祟的拳头已经击在林渺的小腹上。

林渺惨哼着倒跌而出，他从没有想象过这么快的拳，也从未想过自己竟会败得如此窝囊。那日与刘正交手，还与其相触过，可是樊祟却似乎更可怕，那一双手似乎完全可以不受空间和距离的限制出击，这的确不能不让林渺吃惊叫苦。

“主公，快走！”天虎寨和虎头帮的众弟兄此刻哪还能闲着？一把扶起林渺，另外一群人则不管是否能阻住对方，皆向樊祟扑去，企图阻一阻樊祟。

“自取其辱！”樊祟拂袖间，这群人便已东倒西歪，更别说阻止其前行的脚步了。

“我和你拼了！”鲁青和陈通再次扑出，也顾不得身上的伤。

“林渺，你可以走，但这里的每一个人都必死无疑！”樊祟望着被鬼医和齐燕盈扶起已经疾退至门外的林渺，冷冷道。

“主公，别管我们，快走！”铁头高呼，吃力地爬了起来，抡起弯曲的铁桨狂扑而上。

“都给我住手！”林渺抖开身边的鬼医和齐燕盈，停住脚步，大吼道。

大厅之中顿时陷入一片寂静，众人皆不由自主地停手，连樊祟也不例外。

林渺望了铁头和鲁青诸人一眼，又望了望那些虎头帮的兄弟，沉声喝道：“你们都给我退下！”

“主公！”铁头和鲁青诸人无奈地呼叫了一声。

林渺并不搭理，却望向樊祟道：“我跟你一起去，但这只是我们之间的事，与他们无关！”

“主公，不可！”姜万宝也惊呼。

林渺摇了摇手道：“我意已决，你们不必再说，我一定会回来的！”

“好！年轻人果然是个人物！”樊祟露出一丝欣赏的笑意。

“废话便不用多说了，我仅是领你去隐仙谷，至于如何进去，我也不知道，那里面布下了奇门阵式，我并不懂此道！”林渺并不为其所动，冷冷道。

“那你当日是如何进去的？”樊祟冷冷问道。

“我也不知道自己如何进去的，因为当时我重伤欲死，在昏迷不醒之时被人带了进去。我入谷七天七夜之后才醒来，是以，我根本就不知道如何入谷！”林渺直言道。

“但是你出来了，不是吗？”樊祟又问。

“不错！”

“那便自你出来的那条路上进去就是了。”樊祟漠然道。

“那是一片绝崖，根本就爬不上去，在绝崖之下是暗流激涌的江水，除非你是一只鸟！”林渺沉声道。

“那你是不去了？”樊祟怒问。

“我只是先告诉你，让你有心理准备，你愿什么时候出发我都奉陪！”林渺傲然道。

“那好，我们便立刻动身！”樊祟笑了笑道。

“主公！”铁头和鲁青诸人大急呼道。

林渺明白他们所担心的是何事，伸手制止道：“我知道，我的事就由我自己解决，你们就在这里等消息，不必跟来！”

“主公，那你一路小心！”姜万宝神色有些紧张地道。

林渺自信地笑了笑，不答反向樊祟道：“走吧！”

“主公，外面有大批绿林军将我们这里包围了！”一名匆匆赶来的虎头帮弟子见到林渺，不由得急忙道。

“什么？”林渺吃了一惊，心忖：“刘玄好快，居然敢明目张胆地对付我！看来他确实是真的知道我的行踪！”旋又向樊祟望了望，笑道：“看来，我的麻烦比较多，他们是来抓我的，只怕没办法跟你一起去隐仙谷了！”

“哼，在没到隐仙谷之前，没人能对你怎么样，绿林军又如何?”樊祟冷冷道。

林渺想到隐仙谷那几个怪物，心中倒宁愿去对付绿林军而不想面对那几个怪物。不过，他也明白，如果落到刘玄的手中，其结果同样很惨。

“你立刻去通知姜先生安排一切，我尚有要事需与这位先生去办!”林渺向那名虎头帮的弟子沉声吩咐道。

那名弟子微感惊愕，但却不敢怀疑林渺的话，转身迅速向内堂行去。

“我们走吧，就看你的了!”林渺一副满不在乎的样子向樊祟道，他确实并不在意，有樊祟为他开道，也便乐得轻松。他自知逃不出樊祟之手，但如果情况特殊，他或许还有一线希望，至少，他不想受到挟持去做自己并不想做的事情。

“让林渺出来见我，否则，你们全都有罪!”廖湛的声音极冷极傲，他并没将林渺放在眼里，而此刻，他已下令围住围同仁行，他不相信林渺能做出什么来。

林渺与刘秀颇有关系，不过此刻刘玄已经差走了刘寅和刘秀，也并不怕这两人出来反对，而这里更是他的天下，是以，明目张胆地来对付林渺，并没有人敢说半句异话。

“是谁要找我呀?”林渺施施然地步入同仁行，漫不经心地问道。

廖湛讶然，似乎没想到林渺居然敢独身而出，而且如此满不在乎。

“圣上让本将军来请你入宫与其小叙，林公子便与我走一趟吧!”廖湛淡漠地道。

“想必这位是廖湛将军吧，有什么事还劳动大将军亲临，真是不好意思，只不过，我今日要让将军和圣上失望了，林渺已经答应别人先去办一件事，我也是身不由己，还请将军在圣上面前美言几句。”

“是什么人比圣上更重要?难道你就不怕杀头吗?”廖湛大怒，叱问道。

“自然怕杀头，所以我才不能不跟他去，这个人就是他!”林渺说话间将手朝身后一指。

廖湛将目光向林渺身后投去，也吃了一惊，他也清晰地感受到了来自那面血具之后的压力，仿佛他的心在刹那间系上了一把锁，紧紧地揪在一起，那是一种很奇怪的感觉，而更让他心头发寒的却是那血面具之后的目光。

“如果廖将军有什么事便跟他说吧，若这位肯让我随你去，我立刻便去，相信廖将军也不会让我在中间难做人，横竖都要杀头，你们先打个商量，让我怎么个死法!”林渺耸耸肩，无可奈何地摊摊手道。

“他是什么人?”廖湛也有点心怯，扭头向林渺问道。

“他便是名动天下、威震四海的赤眉军大首领樊祟!”林渺可不怕给樊祟添乱子，对于他来说，樊祟的乱子越大越好，他也就越有机会溜走。

廖湛和几名绿林军将领差点吓得自马背之上跌下，神情皆变得极为难看地打量着樊祟，似乎是想看出其真假。

“你真……真的是樊大龙头?”廖湛声音也有些走调地问道。

林渺心中暗笑，不过，人的名，树的影，樊祟自天凤五年（公元18年）起义，至今也有五年之久，其赤眉军转战数省，杀官兵无数，鲜有败绩，而樊祟更被称之为继当年武林皇帝之后神话般的高手，乃天下有数的大宗师之一，其威名便是刘玄亲见也得以礼相见。何况其赤眉军与绿林军并立于世，影响更为深远，廖湛虽是一时兴起的豪强，但与樊祟这雄霸一方的霸主相比，却要相去甚远。

廖湛又岂会不明白，论辈分，在天下义军之中，或有王凤、王匡可与樊祟相比，但论个人的声势，天下义军无一人敢与樊祟并论。人们都知道，没有樊祟便不会有赤眉，但没有刘玄，或没有王凤，绿林军照样存在!这便是差别。是以，他突闻眼前之人竟是樊祟时，心中的惊骇自是难以明述。

樊祟瞪了林渺一眼，他似乎明白，林渺只是在故意给他找麻烦。然后他的目光才落到廖湛的身上，淡漠地道：“私临贵地，未曾向你们龙头问好，还请廖将军代樊某人向玄帅问好!”

绿林军众将心中稍安，樊祟的态度还算是极温和，只不过，他们也听出了樊祟口气里并没有当刘玄是皇帝，依然称刘玄为玄帅，可见樊祟并不在乎绿林军。当然，以樊祟的身份又岂会轻认刘玄为帝?算起来，刘玄的辈分和资历比樊祟都要低，若要让这一代霸主心服，必难如登天，廖湛自不敢相怪。

“不知樊大龙头在此，廖湛有眼不识泰山，不过，今日我奉主上之命来请林公子赴宴，如果没能完成任务，只怕难以向主上交差，还请……”

“林渺是我要的人，待他替我办完事之后，你们要怎样就怎样，我绝不插手。但在这期间，你们绝不可插手我与他之间的事，否则就别怪我樊某人不客气，还请廖将军把我的话转告你的主子！”樊祟悠然道，语气强硬，不留半点回旋的余地。

“这个……这个……”廖湛一时也不知该如何说好，怔了半晌才道：“那请樊大龙头留下信物，让我也好有个交代吧！”

樊祟似乎也并不想在这里太过让绿林军难看，是以，他并没反对，自怀中掏出一面小旗，迎风抛出。

廖湛接旗在手，只见旗杆为精铁，带有尖锋，可作暗器，旗身为紫缎，书着一个“樊”字，确实是传闻之中的赤眉令旗，只不过并非可调动赤眉兵马的赤缎令旗。

“谢樊大龙头，我们可以回去交令了！”廖湛向樊祟一拱手，恭敬而客气地行了一礼，这才向身边众将喝道：“我们走！”

林渺无奈地耸耸肩，看来这一场乱子是弄不起来了，不过也幸亏有樊祟在，否则，这乱子应该由他和姜万宝诸人来应付了，说不好会连累这些人，但现在却至少可以让姜万宝诸人有机会转移，暂时不用正面与绿林军冲突。

当然，这之中的时间也难维持多久，刘玄仍不会放过姜万宝诸人的。所幸他早让姜万宝有所安排，否则，结果只怕很难预料了。但林渺仍在心中把刘玄狠狠地骂了个够，这人确实也够毒辣的，这么快便下手，看来自己在南方的日子没几天好过，想要如往昔一般八面来财也是难事，他倒有些后悔卖给了绿林军那么多天机弩，而此刻却要被其反噬一口，真是个笑话。

“你在想什么？我们该走了！”樊祟冷冷道。

林渺苦笑着耸耸肩道：“看来你的面子在哪里都好使，只不知道在长安会不会也有这么风光？让王莽也给你行礼下跪！”

“少给我耍花样，我要杀你易如反掌!”樊祟冷冷地道。

“我哪敢呀，我可没第二颗脑袋!”林渺一脸无辜地应道。

“以后不可再轻易提我的身份，否则我会割掉你的舌头，让你永远都说不了话!”樊祟又警告道。

“不会有那么严重吧？我不说就是!”林渺打量了樊祟一眼，故作大惊小怪地道。

“少啰唆！带路!”樊祟不耐烦地叱道。

“不说就不说，有什么了不起嘛!”林渺嘟囔着拉过马儿。

第五十九章　霸王樊祟

“喂，我感觉有人在跟踪我们！”林渺向樊祟出言道。

“不用你教我！”樊祟淡漠地回应道。

“这可不只是你一个人的事，你别好心没好报！”林渺有些气恼地反驳道。

“就算有人跟踪，你也没有机会逃走！”樊祟不冷不热地道。

“我为什么要逃走？真是好笑，我若想走早就走了，只是不明白你堂堂赤眉军大龙头却放下军务不理，孤身一人前来南阳，若是你死了，我想赤眉军也便要散伙了！”林渺没好气地道。

“哼，我死了，你不是更如意了吗？”樊祟冷笑道。

林渺诡诡地笑道：“那倒也是，你要是死了，我倒是少了些麻烦，只是该死的人总是那么难死，而不该死的人却总不长命，这个世界真是太没……哟！”林渺刚说到这里，忽感鞭影一晃，忙闪身，但肩头依然被马鞭狠狠地抽了一记，痛得他一咧嘴，气道：“你怎么说打人就打人？”

“算你躲得快，否则一定打裂你的嘴！”樊祟不带半点感情地道。

“我只是实话实说罢了，你不爱听就不要听，又何必打人？别以为武功好就有什么了不起！”林渺似乎并不在乎樊祟的身份，他心中极为不忿，是以也不怕言语惹怒樊祟，因为他自问若真入了隐仙谷也是死路一条，即使是那几个怪物打不过樊祟，樊祟也定会知道那《神农本草经》的二部分在他的手中，那时只怕后果会更难堪。因此，他已经豁出去了，根本就不在乎樊祟发不发火。

“我的忍耐是有限度的，别挑战我的忍耐力，这对你不会有任何好处!”樊祟冷杀地道。

“你身为数十万义军的大龙头，不会只有这点气量吧？跟我这个后生小辈一般见识!”林渺仍然满不在乎地道，但语气之中却也有退避之意，他倒也不是真想激怒樊祟，俗话说好汉不吃眼前亏。

“哼，我看你倒像个小无赖！真不明白一个小无赖也会有这么多人跟随!”樊祟不屑地道，眼神中多了一丝鄙夷。

“哎，你说对了，我就是个小无赖，生在宛城，长在混混窝里，自然也是个小无赖了。不过，你可别看不起无赖，当年楚王韩信也是游手好闲的混混，高祖也是痞子出身，小无赖有什么不好？乱世英雄皆混混，不混怎能成英雄?”林渺不以为耻地笑道，目光不无挑衅地望着樊祟。

樊祟望了望林渺的表情，却也有些无可奈何，对这种不要脸皮的人来说，他身为一代宗师，一方霸主，自不会与其一般见识，是以，他扭过头去装作什么都没有听见。

“怎么？没话说了吧？英雄不怕出身低，你从小有个好师傅，才教会了你这么好的武功，我林渺可是全靠自己摸打滚爬学得一点本事，虽然今天不如你，可是到了你这么老的时候，保证比你现在更风光!”林渺得寸进尺地道。

“我很老吗?”樊祟突地反问道。

“看你样子就知道你不老也差不多了!”林渺半隐半骂地道，故意目光不看樊祟。

“你是第一个敢在我面前如此放肆的人!”樊祟冷冷道。

“那我应该感到骄傲才是，不过，我这人一向都这么骄傲，可不是件好事!”林渺不置可否地道。

“你还没说够吗?”樊祟又问道。

“我怕你会闷着寂寞，所以才想说话陪你解解闷!”林渺装出一副大义凛然的样子道。

樊祟也拿林渺没办法，遇到这种无赖型的人物，他的武功倒也不好使，因为林渺将大帽子压到他的头上了，好像是一片好意，是以，樊祟要是还找林渺麻烦便真成了恩将仇报。

“谢谢你的好意，不过你若还般啰唆的话，我受不了!”樊祟没好气地道。

“那就算了，反正这个世上好心换不到好报的事太多了，也不在乎多你这一桩!”林渺装作无辜地摊手道。

“对了，我记得前面小镇上有个很有名的饭庄，那里的酒很够味的，要不要去喝几杯?”林渺突然想起了什么似地道。

“难道你不怕后面的人来找麻烦吗?”樊祟淡淡问道。

“不怕！有你在，天塌下来都不怕。”林渺悠然摇头道。

“可是我却怕你耍花样。”樊祟冷冷地道。

“哈，堂堂赤眉军大龙头也会有害怕的事，真是好笑！你不是说我只是个小混混吗？又有什么好担心的，这么冷的天，不喝口热酒，真是太对不起自己的身子了!”林渺好笑道。

“要喝你自己去!”樊祟沉默了一会儿，淡淡地道。

“哦，那太好了，你不喝只由得你，我才不在乎!”林渺大喜，一拍马，呼道：“驾!”打马领头向前面小镇上赶去。

樊祟望着林渺的背影，露出一丝无可奈何的淡笑，也打马疾跟而上。

“哇，好香的酒呀!”林渺抱着酒坛猛灌几口，大声赞道，目光故意不看樊祟，但却已经听到樊祟鼻子抽动的声音，心中不由得暗笑。

“这么香的酒，不喝真是可惜了!”林渺再长饮一口，信口高吟道：“人生得意须尽醉，美酒胜似红颜泪，一身傲骨笑红尘，莫让杯空心有悔。”

吟罢，林渺又大灌一口酒，大笑着大步向店外马儿行去。

樊祟坐于马上望着林渺一手提酒一边大笑而出，蓦地叫了声：“吟得好！美酒胜似红颜泪，莫让杯空心有悔，给我也带一坛来!”

饭庄之中人人皆惊，惊于林渺刚才信口所吟的词句，也有不少人高声叫好，当然亦有人对店外那戴着血面具的人生出惧意。

“哈哈，你不怕酒中有毒吗?”林渺大笑道，同时将手中自己刚才喝的那一坛酒抛向樊祟。

“有毒又何惧?”樊祟一把接过酒坛，仰头长饮，有若长鲸吸水，任由酒水顺着下巴淌落沾湿衣衫。

“掌柜的，再给我来两坛！”林渺又扭身走入饭庄之中，呼喝道。

“小的立刻去为公子准备，不知公子能否将刚才所吟的几句写在我们店的堂上？”掌柜期待地问道。

林渺欣然笑道：“这有何不可？备笔墨！”

掌柜大喜，一面吩咐小二搬来最好的酒，一面自己为林渺亲自磨墨。

林渺自不客气，借酒兴挥毫，信手而就，字如龙飞凤舞，飘逸若行云流水，飘逸中又带刚劲浑厚之意，仿有入墙三分之势。写完，又在下首注上“宛城林渺”四字。

店中酒客一阵掌声，不仅赞林渺的名字，更赞林渺的几句词，还有人听说过林渺的名头，因为这里离宛城极近，是以关于林渺的事早就传遍了南阳，而且小刀六对林渺在河北枭城之事故意暗中宣传，是以南阳之地人人都对林渺津津乐道。

尤其是掌柜，他这饭庄本就是纳五湖四海之客，所听江湖见闻极多，是以他对林渺的事自更是有所耳闻。见眼前这年轻人便是眼下名动一时的林渺，慌忙行礼。

“这两坛酒算是小人谢谢公子的诗词，早知是公子你，我就准备酒席。如果公子不弃，我现在就去准备……”

“掌柜何用客气？你的这两坛酒我便收下！你这里的酒最好喝了，几可与当日邓禹家酿的五粮杂酒相比，谢过了！”林渺爽然笑道。

“哪里哪里！”掌柜更喜，南阳谁不知邓禹所酿五粮杂酒乃是南阳第一？林渺竟拿他的酒与五粮杂酒相提并论，确实是抬举他了，是以掌柜极喜。

林渺倒也没想再在这里逗留多长的时间，不客气地收下掌柜殷勤备置的下酒菜，一只烤鸡，大步向店外行去。

“痛快！真是痛快！”店外的樊祟也酣畅地道。

林渺心中好笑，刚跨出大门，却蓦地闪出一丝警觉，一个老头自他的对面踉跄撞来，看上去极为潦倒落魄。

林渺正待闪身相让，但那老头子踉跄的脚步刚好撞到了他的跟前。

“老伯！”林渺见对方欲倒之状，想伸手相扶，却因挟着酒坛而无法伸出援手。

“小心！”樊祟却突地低呼。

林渺吃了一惊之时，那老者已伸出干瘦枯长的双手，似乎是想抓稳林渺，以支撑自己身形不倒。

林渺立刻意识到了什么，他侧身让过，可是竟没办法让开这老头撞来的身子，这是没有道理的，而这一刻老者伸出的枯手不紧不慢、似全无章法的一击，竟然封住了他所有的退路，似乎他无论是向哪个方位移动都不可能避开这老头子欲搭向他身上的双手，而樊祟的惊呼却在此时传了过来。

林渺倒退，酒坛横摆于前胸，如巨锤般撞出，他已经意识到了眼前之人的不简单。

老者枯瘦的手搭上了酒坛，酒坛突地爆裂，酒水合着碎坛如潮涌般奔向林渺的前胸。

樊祟飞掠而出，但在半空之中却有一道身形如大鸟般横撞而出，倏然乍现虚空，但刚好在樊祟的前方，挡住其欲过之路。

林渺吃了一惊，那老者的双手突然加快，快得无以复加，穿过酒水，穿过碎片，在林渺避无可避的情况下击在林渺翻转的双掌上。

“轰……”林渺只觉得如遭雷噬，五脏六腑几欲碎裂，惨号一声撞塌店墙，破入店中，那酒坛的碎片如片片刀锋切入他的皮肉之中，让其衣衫寸寸而裂。

店内之人皆大惊，似乎都没有料到变故发生得这么快，刚刚出去还好好的林渺这下子却破墙飞了回来，而且还如此狼狈。

林渺连撞坏两张桌子才停下身子，而那老者也如魅影般自破墙洞之中钻了进来，一改先前那老迈不堪、行将朽木的样子，双掌在身前交划出一个大弧，再次向林渺攻到。

林渺只觉得整个虚空覆在这只巨掌之下，天与地仿佛便在两掌之间相合，他骇然出刀，可是却发现自己出刀竟极度无力，他的刀虽快若惊鸿，厉若风雷，但在这一对干瘦却能覆天的双手之前，竟如沧海巨涛中的一叶小舟，在风浪中随时都有可能倾覆。

他感到心悸，感到绝望，感到孤独无助，仿佛天地之间便只剩下他。他有着从未有过的沮丧，如茫茫雪原之上，在山丘顶巅对月咆啸的孤狼。

“轰……”天地一片明朗，但林渺只感自己的身子如纸鸢般飞了出去，喉咙一甜，狂喷出一口鲜血，整个肢体都似乎完全麻木。

“砰……”林渺知道自己撞在另一面墙上，撞碎了五张桌子，但他身后的墙没有倾塌，背骨几乎快要碎裂。不过，他没有死，这一点，他仍然清楚，因为能感觉痛就没有死。

“哚……”刀钉在墙上，只距林渺尺许，林渺从未想过这么狼狈的事居然会一而再再而三地发生，先是刘正，后是樊祟，现在又是这个奇怪的老头，这一击他连刀也握不住。

当然，这或许是因为刚才他猝不及防之下已经先中了一招，是以才在第二招之时没能全力施为。不过，这老头的武功也确实太过古怪，太过恐怖了。

林渺挣扎着欲站起身来，但那老头子的一双怪手又一次席卷而来。

林渺已经绝望了，他根本就不可能避得了这一掌，甚至无法提起真气对抗这一掌！死亡距他近得可以感受到死神的呼吸，他唯有闭上眼睛，期待奇迹。

“轰……”气旋狂飙而起，林渺只感到面目生痛，如风中夹有冰块碎瓦，让他的皮肤受不了，但林渺并没有感到有任何沉重的力量落在自己的身上。

“杀手之王雷霆威!”

林渺听到了樊祟的声音，大喜，他知道，奇迹是存在的，他没死，樊祟是不会这么快让他死去的，至少，在没有抵达隐仙谷之前是这样。

当然，林渺自问与赤眉军并无过节，即使是琅邪鬼叟的死与他有些牵连，但并不是他害的，相对来说，如果不是《神农本草经》，他与赤眉军之间还存在一些交情，樊祟料来不会杀他，只是他不知道这要杀他的老头又是哪一路人马。

“天隐神诀，你是樊祟!”那老头也吃了一惊，讶异问道。

林渺睁开了眼，那老头子竟在地上拖出了五尺许的脚印，如两道深深的轨辙。

樊祟目光扫了林渺一眼，见其挣扎着立了起来，这才稍放心。扭头望了那老头一眼，旋又瞟向自门外如幽灵般飘入饭庄中的另一位老头，淡然道："这位想必便是当年一夜连杀三十二高手的剑无心！"

"我道是谁，原来是赤眉军的大龙头，不错，老夫正是剑无心！"那老者冷冷地道。

"想不到当年绝迹江湖最恐怖的组织——杀手盟竟又重现，看来，江湖又有一番热闹了！"樊祟坦然笑了笑道。

林渺听得心头起了一层疙瘩，什么最恐怖的杀手盟，他从来都没有听说过，只不知这些人是从什么地方冒出来的？又为什么会找上自己？

"这小子是我们的，我不想伤了与赤眉军的和气，还希望樊大龙头不要插手此事！"雷霆威望了林渺一眼，淡漠地道。

"你们为什么要杀他？"樊祟皱了皱眉，反问道，他自然知道杀手盟的可怕。

"因为他杀死了我的兄弟鬼影子，所以他必须偿命！"剑无心冷冷地道。

"哦，原来你们是和鬼影子一伙的！"林渺恍然，随即气愤地道："杀人者人可杀之，鬼影子想杀我，而我为了自保杀他，这乃是天经地义之事，你们又有何理由来找我？"

"鬼影子真是你杀的？"樊祟有些意外地问道。

"不错，确实是我杀的，但他死有余辜！"林渺肯定地点了点头道。

"我会挖出你的心肺，以祭他在天之灵！"剑无心大怒，叱道。

林渺自墙上拔下龙腾刀，冷笑道："想倚老卖老吗？王郎给了你们多少银子来杀我？你们不就是拿了银子就杀人的杀手吗？我给你双倍的价钱，你去把王郎的脑袋割下来给我如何？"

"很遗憾，我们已经不要银子，只要你的脑袋！"雷霆威冷厉地道。

"那只好让你来取了，不过，你先要问问我的这位伙计！"林渺怪怪地一笑，指了指身边的樊祟。

"很抱歉，这次我帮不了你，你得罪了王郎，也便是得罪了我！"樊祟悠然一笑，淡漠地道。

“啊！”林渺如遭雷噬，哭丧着脸问道：“这不是真的吧？难道你真的见死不救吗？”

雷霆威和剑无心也有些意外，并没有立刻出手，而是将目光投向樊祟，似乎想看看樊祟说的是真是假。

“千真万确，如果换了不是王郎，今日谁也别想杀你，但很遗憾，今天我帮不了你，你好自为之吧！”樊祟说话间竟转身而去。

雷霆威和剑无心这才有些相信，如果樊祟与王郎的交情极深的话，自然没有必要帮林渺。

“小子，你受死吧！”雷霆威冷冷地逼视着林渺，杀气顿时弥漫了整个酒庄。

“樊祟，你是个混蛋！”林渺这才知道樊祟并不是开玩笑，有点气急败坏地大骂道。

“省点力气吧，骂也没用！”剑无心狞笑着道。

“想杀我？来吧！”林渺一咬牙，说话间身后的砖墙蓦地爆开，碎砖尘土狂溅而出，而林渺则已破墙而出。

“想走？”雷霆威顿时明白林渺的用意，暗呼：“好狡猾的小子！”身子也跟着冲入碎砖破墙之中。

剑无心也急忙跟上，但在冲入破墙的那一刹，突觉背后暗潮涌动，不由得大惊，但回身已是不及。当他觉察之时，一只手掌已经印在了其背上。

“呀……”剑无心发出一声凄长的惨号，喷血自破墙洞中狂跌而出。

雷霆威大惊，眼见便可追上林渺，可是剑无心的惨号使他不得不驻足。

林渺也吃了一惊，大感意外，剑无心的惨号让他内心多了一丝希望，不由得驻足转身。

“无心！无心！”雷霆威抱着地上残喘的剑无心惨呼道，而樊祟却悠然自那破墙洞之中行出，以手轻轻地拂了拂身上的尘土。

顿时，林渺明白了是怎么回事，不由得大喜，也长长地松了口气。

“樊祟，你卑鄙！”雷霆威怒极，大叱道。

“有些时候行卑鄙之事未尝不可，他一时还死不了，但必须尽快医治，否则只怕后果很难说了！”樊祟不愠不火地道。

雷霆威望了剑无心一眼，又望了望樊祟和林渺，他知道樊祟并没有说错，而樊祟并没有杀剑无心的意思，如果樊祟真要杀剑无心，那么剑无心死定了，因为他自问不是樊祟的对手，虽然逃走并无问题，却绝对照顾不了剑无心。

“樊祟，今日之赐我一定铭记于心！他日定当奉还！”雷霆威抱起剑无心狠声道。

“我并不想与杀手盟为敌，今日只是迫不得已而为之，如果来日你们定要找我樊祟算账，我也只好奉陪！”樊祟淡漠地道。

雷霆威冷哼一声，扭头望向林渺，阴声道：“小子，但愿你长命百岁！”

“你这老东西已经没几天好活了，还火气这么重，我看你还是砍几棵树做副棺材备用来得现实一些！”林渺骂道，心忖：“老子反正也不会有多少日子好活，还怕你这老不死的？”

“我会做副棺材的，但是为你准备的，我不会比你先死！”雷霆威冷冷地说了一声，随即抱起剑无心的躯体纵身而去。

“你为什么不杀了他？”林渺责备地问道。

“我杀了他让你拣便宜？”樊祟反问道。

林渺一时被问住了，不由得恼道：“你不杀他，他们以后定会阴魂不散地缠着你，一定会找你报一掌之仇的！”

“怕的人应该是你，我又有什么惧怕的？”樊祟不屑地笑了笑道。

“哼，明枪易躲，暗箭难防，别以为自己武功好就天下无敌了，我看你刚才若不先暗算那剑无心，未必就能敌得过那两个老东西的联手之击！”林渺没好气地挑衅道。

“你说对了，我未必就能够胜过那两人的联手，如果我不暗算剑无心的话，但你却必死无疑！雷霆威杀你最多三招，而我要胜剑无心，至少在十招以上，所以，雷霆威大可先杀了你再联手对付我！”樊祟冷冷地道。

“我反正要死，死在雷霆威手上和死在你手上是一样的结果，我倒无所谓，只是你身为一代宗师却如此偷袭人家，若让江湖中人知道，定会笑掉大牙！”林渺装作一点也不领情地嘲讽道。

“你别忘了，我也是一军之帅，所谓兵不厌诈，兵家胜在无常，不择手段若能达到目的，便是胜利，你不用激我！”樊祟依然不愠不火地道。

“算你会辩，可是江湖中人却不会这么想，只会把你当作我这种无赖型的人物！”林渺一脸无辜的样子，似乎对樊祟的表现感到极为遗憾和惋惜，好像樊祟真的做了什么见不得人的事。

樊祟不由得也有些恼火，林渺的表情和口气总让他觉得不对味。

“掌柜的，这百两银子是给你的赔偿，打坏的东西全算我的！”林渺转身行入饭庄之中，呼喝道。

樊祟倒有点意外，林渺出手颇大方，自己受伤之余还记得店家的损失，至少心地不错。

“杀手盟究竟是哪门子的事？”林渺有些不解地问道。

“那是二十多年前的事，当时，邪道除邪神之外更有十三位超一流的高手，世人称他们为“苍穹十三邪”，而他们每个人的武功都自成一家，但不知什么原因他们成立了一个“杀手盟”，而后这些人至少执行了连续三十次艰难的刺杀任务而没有一次失手。他们每个人的武功就像剑无心和雷霆威一般，你已见识了。后来，这十三人却因一次奇怪的任务而丧命七个，只剩下六人，于是这六人从此退隐，却没想到今天居然又重现了！”樊祟淡淡地道。

“十三个一下子死了七个，那是什么任务？什么人居然能将雷霆威这样的高手一次干掉七个？”林渺不由得骇然问道。

“至于究竟是什么任务就没有人知道了，不过，好像是关于玄门传说之事。他们死去七人，对江湖却是一件好事，这些杀手个个杀人如麻，无论是正道、黑道，只要有人出钱他们便杀，而一旦成为他们的目标，几乎没有活下去的可能。因此，杀手盟便成了江湖中人人谈之色变的组织，尽管他们人少，但仅只他们中的一人之力便可以将一个小门派杀个干净。是以，他们后来出了什么事自然没人敢去查问，倒让江湖清静了不少！”

“如今的杀手盟尚有六人，除了雷霆威、剑无心和死鬼鬼影子外，还有三个什么人呢?”林渺有些好奇地问道,同时心中也暗惊,如果还有五位如雷霆威这样的高手来杀他,只怕是有一百条命也不够杀了,仅这老头的武功便那么可怕。

“也许他们还活着,也许他们已经死了,以你的武功再过三五年都难是他们的对手!”樊祟淡漠地道。

“哦,我明白你为什么不杀剑无心了,是因为你怕另外三人还活着找你报仇。你虽不惧,但赤眉军中却并不是每个人都能敌得过这五个怪物的!”林渺恍然道。

“就算是这样又如何?但他们最先找的必定是你!因为你杀死了鬼影子!”樊祟不置可否地道。

“那这几年我就跟着你好了,你到哪里我就跟到哪里,反正他们还打不过你!”林渺不无得意地道。

“哼,你想得倒美,隐仙谷事了之后,你走你的路,我走我的路,休要再烦我!”樊祟冷然道。

“你不会这么绝情,见死不救吧?”林渺苦着脸道。

“我还没这么多闲情来管你的事!”

“哼,不救就不救,这次入隐仙谷还不知能不能出来呢!也许谷中三个老不死的连你也杀了,嘿,我倒是无所谓,你那数十万赤眉军也便玩完了,想想也真好玩!”林渺没好气地道。

“别想打消我入隐仙谷的念头,要死也是你先死!是不是快到了?”樊祟冷冷问道。

“你真的要去冒险呀?”林渺苦着脸问道。

“当然!”樊祟肯定地道。

“你这样冒险值得吗?难道就是为了找回琅邪鬼叟前辈的遗体?”林渺再劝道。

“这个你不用管,究竟到了没有?”樊祟有些气恼地问道。

林渺怔了半晌,突地双手抱头蹲在船舱之中痛苦地道:“这次完了,真的完了,没想到我林渺最终还是要死在这鬼地方!”

“少给我要花样……”

“有什么花样好耍的，死都死定了，叫船掉头吧，我们刚才走过来的那片绝崖上就是隐仙谷！”林渺哭丧着脸道。

“好小子，差点被你蒙过了！”樊祟又好气又好笑地吩咐船家调过船头。

“我可不可以不上去？我现在是有伤在身，只会连累你的行动，难道你希望你的行动受到影响？”林渺抱着一丝侥幸地道。

“如果你想现在就死的话，我成全你！”樊祟眸子里闪过一丝冷厉的寒意。

林渺不由得打了个寒战，无可奈何地住口，只好跟在樊祟身后爬这不是太陡的山崖。这似乎便是隐仙谷的入口，只不过并不是普通人所能够爬上的。

爬上二十余丈高便有一块平台，平台后有一小狭谷，石壁之上书着七个血红的大字：隐仙谷，擅入者死！

“这就是了，我可没骗你，现在进去我也帮不了你的忙，我看我还是在谷外给你接应好了！”林渺心中直打鼓，他可不想再见风痴火怪，那次已经被他们折磨得死去活来，求生不能求死不得，而且他还拿了《神农本草经》的“巧器”篇，若是樊祟知道了，他更是吃不了兜着走。他死了还不要紧，反正他也没多少天可以活了，但这必会把小刀六他们拖下水，那时可就惨了。

“到了这里，你想你还能退走吗？”樊祟冷笑着反问道。

“啊，你怎么连一点同情心都没有？我都受伤了，却还不放过我……”

“伤你的是雷霆威而不是我，除非你死了，那就可以不必进这谷中！”樊祟不屑地道。

林渺知道现在是说什么都没用了，只好跟着步入隐仙谷，却在思量着该如何找机会开溜逃跑。他可不想跟着樊祟浪费太多的时间，他所剩下的时日并不多了，若再不去云梦泽，很有可能会火毒迸发，那时候可就不好玩了，尽管隐仙谷中两个老怪物可以再让他多活半年，但他宁可死也不愿再见这两人，要是万一这两人又拿他来比试毒物，那可就是真的生不如死了。是以，他根本就没有想过要请这两人为他治疗，这也是当初他并不告诉鬼医他知道风痴和火怪下落的原因。

隐仙谷中的奇门大阵似乎并不能难住樊祟，只用了一个多时辰，便连过三阵。不过，却并没有见到谷中的人出来，这倒让林渺有些奇怪了。

对于樊祟能破阵并不奇怪，当日琅邪鬼叟也同样可以在阵中进出自由。琅邪鬼叟可以做到，樊祟自然也能做到，只是林渺却有点糊涂。不过，林渺却拥有超常的记忆力，这一路是如何入阵的，他却默默地记在脑海中，以备必要时逃跑之用。

樊祟则是在苦思破阵之法，林渺则紧跟在他之后，不敢乱动，否则若是走错了几步，那后果自不是他可以承担的。那日在阵中跑了大半天却连一点边都没沾着，若不是琅邪鬼叟送他出阵，只怕一辈子都出不去。

“真奇怪，这里好像没人，否则我们来闯阵怎会没有一点动静？”林渺疑惑地道。

“你怎就知道他们不是在一旁偷看着我们？”樊祟一边计算着步子，一边提醒道。

“不会吧，那我们岂不是成了陷坑里的猎物了？”林渺吃惊地打量了一下四周，担心地道。

“只要你跟紧一些，便不会有事，否则我也保不了你！”樊祟冷冷地道。

“当然要紧跟着你喽，这里面没那几个老不死的，我一个人也走不出去呀，你可别丢下我一个人开溜！怎么说我与琅邪鬼叟前辈和幽冥蝠王也有点交情，咱们也可算是朋友了。”林渺故作极为担心地道。

“只要你不弄出乱子，我一定带你出去的！”樊祟语气有些缓和地道，似乎是被林渺的话语给打动了。

林渺忙点头，心中却暗忖道：“只要老子待会儿自上次逃生的那绝崖上跳下去，就算你插上翅膀也抓不住我。只不过，得想个法子到那崖边去！怕就怕还没到那崖边就被那几个老怪物给揪住了，那可就小命难保了。”

走出乱石林，便见一条小径穿插于一些奇花异草之间，入鼻尽是芬芳。

“终于出阵了！”林渺喜道。

“不错，出阵了，这地方可真是别有天地，如此多的奇花异草，他们真会享受！”樊祟赞道。

“这些花也许是他们用来做药的。”林渺猜测道。

“做药的？你怎么知道？”樊祟讶异地问。

“当然是猜喽，当初，那两个怪物一个给我灌毒药，一个给我解毒，借我的身体比试他们的毒，直让我求生不能求死不得，你以为我是为什么不想来这里，就是因为这些！”林渺愤然道。

樊祟的脸色微变，也有些气愤地道：“他们这样也太狠毒了一点吧？”

“谁说不是呢？后来他们以为我死了，让人把我埋了，可是一场大雨又把我给冲了起来，侥幸未死，却遇到了琅邪鬼叟前辈，这才得以逃出这鬼地方，你今天却又让我来这里，真是孽缘未尽，该我再受大劫呀！”林渺怒道。

“有我在，他们便不敢对你怎样！”樊祟不屑地道。

“你对那雷霆威和剑无心联手都难对付，这里却有三个老怪物，而且每人都比雷霆威更可怕，你能行吗？”林渺不置可否地道。

“你见过他们的武功？”樊祟讶异地问道。

“他们与琅邪鬼叟前辈交手的情形我自然看到了，这些人一对一将琅邪鬼叟前辈击成了重伤，你说这些人是不是很厉害？”

“你亲眼见到的？”樊祟冷冷问道。

“自然是亲眼所见，当时雷电交加，风起云涌，我自然看见了，后来琅邪鬼叟前辈欲走，却在那边林外遇上了那几个老妖怪，后来他便再也没能出谷！”林渺向绝崖方向指了指道。

樊祟望了望林渺所指的方向，却并没有动作，只是收回目光，又落到这小径和那些花草之上，淡淡地问道：“你有什么发现没有？”

林渺也只好收回目光，扫了四周一眼，道：“这里应该是好久都没人住过了，这小径无人清扫，这花草无人修剪，如果这些人能在这谷中种这么多花草的话，必不是俗人，应该会常扫常剪的。因此，这里应该没有人住了。”

“你的眼力很不错嘛!”樊祟点头略带赞赏地道。

“承蒙夸奖，只是略发评论而已，事实是不是这样，还有待证实，我只愿这一切都是真的!”林渺又抱了一丝希望地道。

“哼!”樊祟哼了一声，似乎对林渺的想法极为不满。

林渺笑道：“我只是带你来这个地方，至于能不能完成你要做的事我也是无能为力，要怪，也只能怪这一切都是天意!”

樊祟不语，快步急行，转过几道弯，便见不远处有一排木房，但却依然冷清得让人吃惊。

“这里是不是你那日所住之地?”樊祟问道。

“想来应该是，我被抬进来和抬出去时都是昏迷着的，自然不太清楚!”林渺无可奈何地道。

“不过，现在里面应该没人!”林渺又淡淡地道。

“你怎么知道?”

“凭直觉，我的直觉告诉我里面已经没有人住了，或许只有几张结好的蜘蛛网!”林渺肯定地道。

樊祟并没反驳，事实很快证明林渺所说是对的，木房之中已经结了许多蛛网，还覆上了一层薄薄的灰尘。

林渺也有些愕然，这里确实没有人，至少有一个多月无人居住了，为什么风痴和火怪会离开呢？究竟发生了什么事？这里的东西一样都没损坏，显然并不是有人来破坏，让他们逃了，而是他们自己走的。而琅邪鬼叟却说这些人曾发过毒誓，是不可能离开隐仙谷的，可是这一刻又为什么不在呢？难道这里并不是他们居住的地方，他们居住之所是另有其地？可是这也有点不像，林渺记得这小木屋内的布置，这绝对是他当日所居的小木屋，只是如今已经人去屋空了。

当然，这对于林渺来说，确实是一件好事，至少不用面对这几个老怪物，减少了几分危险。不过，他也不敢太过得意，如果惹恼了樊祟，那可也不是一件好玩的事，现在没有了风痴火怪的威胁，那所有的威胁只能是来自樊祟了。他并不知樊祟来此的目的，而且此人心思难测，谁也弄不清究竟是敌是友。

“难道是真的？难道是真的？”樊祟望了望小木屋中的一些布置，自语般道。

“什么是真的？”林渺有点莫名其妙。

“彗星经天时，便是他们誓言取消之际！”樊祟淡漠地道。

“彗星经天时，乃去年除夕前夜！”林渺也吃了一惊，反问道，但旋又道：“难道龙头早就知道他们会在彗星经天之日破除誓言下山？”

樊祟不语，怔了半晌方冷然问道：“琅邪鬼叟除了教给你鬼影劫外，还交给了你什么东西？”

“什么什么东西？没有哇，难道除了鬼影劫和三老令之外还有什么东西？”林渺故作不知地反问道。

“你老实与我说！”樊祟声音变冷，盯着林渺逼问道。

“你不相信我也没办法，琅邪鬼叟前辈便是在前面的树林外遇险，如果你不信可以自己去看看！”林渺故作无辜地道。

“带路！”樊祟道。

“这林子我如何能走出去？还是你去闯阵好，我可不知道破阵之法。”林渺肃然道。

隐仙谷极大，但却是一片死寂，似乎连一只鸟儿都没有，林渺是故地重游，心中感慨万千，若不是这片地方，半年前他便已经死了，可是他仍活了下来，是这里赐给他再生的机会，让他在这七八个月之中得以快速成长。而再次回到这片土地之时，又只有十余日的机会，命运似乎在与他开一个极大的玩笑。

前途一片迷茫，这两百多个日夜，似乎只是一眨眼间的事，又似乎如过了几个世纪那般漫长，许多的人都去了，而许多的人又出现在林渺的生活之中，一切都只是像一场梦，一场没有终点的梦，让人有点心酸，有点无奈，这些日子的经历几乎比前二十年所经历之事还要多，还要复杂和离奇，唯一值得庆幸的便是，他还活着，活着就是一种幸运，活着就有希望。

至于是希望什么，林渺自己也不知道。活着的目的和意义是那么迷茫，那么模糊。不过，林渺知道，活着绝对不是为了自己，如果只是为了自己而活，他宁可死去，宁可轻轻松松地解脱，让尘世的俗梦化成碎影。但现在的他不可以死，而且要以最坚强最大的意志活下去，因为有太多的人在期待他，对他寄予了厚望，他可以抛下自己，但却割舍不了这些人的感情和牵挂。

感慨归感慨，可是林渺知道，眼下最要紧的却是如何摆脱樊祟的纠缠。他并不想与樊祟耗上太多的时间，这对他没有半点好处，反而只有威胁，这种傻事，他并不想做。

"当日琅邪鬼叟前辈便是把我从这里送出来，然后带着我向那边飞跑，而那几个怪物便在后面追！"林渺一边比划一边向绝崖边靠去，似乎是在讲解当时的情景，可是内心却在计算着自己与绝崖之间的距离。

樊祟的心神似乎也陷入了对琅邪鬼叟的回忆之中，并未言语，只是跟着林渺身后，踏草而行。

"十丈、八丈、五丈……"林渺心中暗自计算着，突地转身呼道："对了，我记得当时琅邪鬼叟前辈一手挟着我，还与那红头发的老怪对了一掌，自琅邪鬼叟前辈胸前飞出了一个小盒子！"

"什么盒子?"樊祟心神一紧，急问道。

"当时那盒子就向那棵树下飞去，好像是……再见了！"林渺向樊祟身后一指，樊祟不自觉地扭身向林渺所指之处望去。

林渺又岂会错失此机会，身形倒掠，如经天流星般向四丈外的绝崖跃去。

樊祟一听林渺那一句"再见了"，顿时知上当，忙扭回头来，而此时林渺的身子已经在绝崖上空了。

"好狡猾的小子！"樊祟一抖手，自袍间竟射出一道赤带，直卷向空中的林渺。

"不劳相救！后会有期！"林渺挥手，刀光一闪，那赤带虽然极速缠住了他的腰，但在龙腾神锋之下，立刻断为两截，林渺的身子如弹丸般坠入绝崖之下。

樊祟赶到绝崖边，只感到水气扑面，林渺如一只大鸟般凌空而落，已化成一个小黑点。他不由得又气又恨，怎么也没有料到自己这么小心翼翼，最终却还是被林渺给耍了，但叫他自这绝崖上跳下，却又鼓不起勇气。

林渺却不同，早已是轻车熟路，他已不是第一次自这里跳下去，这一切早在他的预料之中。

“我会再找你的!”樊祟愤然对着崖下高喊，但却不知道林渺听到没有。他只觉极为窝囊，但却不得不承认，他还是小看了林渺，隐约间，也觉得当日的事情可能不是林渺所说的那么简单，而是另有内情，也可能他想要的东西真的在林渺手中。不过，这要到他下次找到林渺才能够证实一切。

“樊祟居然将林渺这小子带走了?!”刘玄眸子里闪过一丝冷厉的光彩，沉声问道。

“确实如此，皇上，我们要不要顺便把樊祟也给干了，以免除赤眉军的后患……?”

“胡说！樊祟是我们现在绝不可以得罪的人，尽管他可能会是我们的敌人，但在目前他却为我们分担了绝大部分压力，如果没有赤眉，王莽就可全力对付我们，到时若赤眉也成了我们的敌人，这不是自取灭亡吗?”刘玄打断廖湛的话，断然道。

“皇上所说甚是，可是有樊祟插手，我们又如何能够诛杀林渺这小子呢？而且，大司徒和刘秀将军与林渺交情不薄，如果让他们知道我们要对付林渺，只怕会不好吧?”廖湛担忧道。

“这便是为什么朕要把他两人派去北征的原因，有他们在我身边，朕还能够放手而为吗?”刘玄悠然道，神色间不无得色。

“王常将军一向与大司徒交好，如果他知道了此事，只怕……”

“这个你不用担心，朕已经准备派他去换回护国公王匡！在宛城便不会再有说朕闲话的人了，但是，你必须记住朕的吩咐，对付林渺的事宜快宜秘，你可有派人跟踪樊祟的去向?”刘玄冷冷道。

“臣早就派人跟踪了，还让人秘密监视同仁行的动静，谅他们插翅也难逃！”廖湛肯定地道。

“同仁行对我们还有用处，只有他们打造出来的兵器才能让我们无往不利，暂时还不能对付他们，虽然小刀六与林渺是好朋友，但这人只重利益，视钱若命，只要朕给他一点甜头，说不定他连林渺都出卖了也是有可能的！”刘玄淡然道。

“臣觉得小刀六这个人并不是那么简单，也是个很难缠的角色……”

“再难缠的角色也有弱点，只要找出他的弱点所在，就不信对付不了他！别忘了，他身后还有天虎寨，虽然这股力量不足道哉，但是在南阳诸地的影响却极大，绝不可小觑，有些时候留一手是应该的！”刘玄驳斥道。

“皇上所说甚是！”廖湛阿谀道。

“好了，你吩咐各地注意樊祟和林渺的消息，这小子对我和圣门的威胁极大，他知道的秘密太多了，就算我们不能正面出手，你可请宗主派人除掉这小子，省得他影响了我圣门的大业！”刘玄语气一改道。

“皇上，臣还有一条消息！”廖湛突然想起了什么似的道。

“说！”刘玄淡漠地道。

“圣女传来消息说，刘正很可能已经去找过刘寅，而她怀疑刘秀也可能并不是真的！”廖湛神色有些古怪地道。

“什么?!”刘玄心神大震，眸子里闪过一丝厉芒，顿了顿，冷冷问道：“圣女是何时告诉你这个消息的?”

“两天前，臣去刘秀将军府宣读圣旨时！”廖湛肯定地道。

刘玄的脸色数变，眸子里有一丝惧意，自语道：“为什么宗主不将这消息告诉我？为什么?”

“皇上！”廖湛见刘玄这样子，不由得提醒道。

刘玄一怔，立刻又恢复常态，深吸了口气道：“刘秀不是真的刘秀，那谁才是真正的刘秀？不过谁是刘秀又有什么关系，重要的是我能得到刘家的江山！”

“那日圣女本可知道答案的，但后来被刘寅给打断了，这之中一定藏着一个极大的秘密，圣女猜测，甚至与刘正有所牵连，是以才让臣转告宗主。不过，臣先向皇上说一声。”廖湛道。

刘玄不由得笑了，道：“做得好！朕绝不会亏待你的，宗主他老人家事太多，总不能每件事都要向他老人家亲自禀报，是以，往后有什么消息，便先与我说！”

“臣明白，皇上乃是真命天子，万民之主，自然应该先向皇上禀告了！”廖湛顿时明白刘玄之意，跪伏于地肃然道。

“很好，你起来，林渺的事便交由你去处理，刘寅和刘秀的事就由朕亲自处理！”刘玄欣然道。

“船家，你这船租不租?”林渺向停于岸边的船家叫唤了一声，问道。

“客爷想租到哪里?”船家见有客人来，不由得顺口问道。

“竟陵！”林渺沉声道。

“客爷，这里到竟陵可有七八百里的水路呀！”船家吃了一惊道。

“只要有水，你这船儿哪里不能去? 七八百里有什么大不了，钱不是问题！”林渺略嫌麻烦地道。

“哦，客爷说的也是，只要客爷出银子，我老头子哪里都去！”船夫笑了笑道。

“哦，那好说！”林渺踏上甲板，打量了这艘只有两丈左右并不甚大的船，道：“这船上似乎缺了点什么。”

“我这船是新近才从湖阳购买回来的，花去我一辈子所攒的钱财，之中缺少长途用的东西，如果客爷要远行的话，我就要再备一点东西和找个做饭的！”船夫不无自豪地道。

“很好，我就租你这只船。这里是五十两银子，你先去购点铺盖、油米之类的，记住，别忘了备几坛好酒，另外弄些牛肉干、花生米之类的下酒菜。”林渺掏出一大锭银子递给船夫，大方地道。

“这么多?”船夫吃了一惊，有些意外地打量着林渺道：“有二十两银子就足够买这些了。”

“你就买好一些，多买一点就是了，剩余的就是你的跑路费，船资另计！我尚有些事，你买好东西后就在这里等我！”林渺淡漠地道。

"好，小老头知道该怎么做，客爷放心，你什么时候来我都在这里等!"船夫见林渺出手这么豪阔，自然心中欢喜，也爽快地道。

林渺不由得笑了，他可还得在城里再去买一些绳子、弓箭和火油之类的，以备在路上遇敌时用得着。

林渺知道，这到竟陵七八百里水路，遇敌的可能性极大，虽然他已经易容改装，但是这些骗一般人还行，对于樊祟、雷霆威这等超级高手来说，只凭直觉便可认出他，易容并不能有太大的作用。不过，在水上却有林渺的优势，即使对方武功好，但水下功夫并不一定都好，是以林渺选择水路，还要准备许多水战所用的东西。

如今他只有一人作战，自不能马虎，更要准备充分。当然，这只是有备无患，并不是真的就可能在水上遇险，能平平安安抵达竟陵当然是林渺所希望的。

"师傅，我要两百支上好铁羽箭，你这里有没有存货?"林渺大步踏入一家铁铺，淡问道。

"哦，客爷你要两百支铁质羽箭?"中年铁匠抬起头来讶异地望了林渺一眼。

"不错，你这里可有?"林渺悠然问道。

掌柜放眼外望，却见一辆马车横在门口，隐隐发现马车里装满了东西，掌柜这才回过眼来望向林渺笑着道："有，有，如果你要的话，我可以全都卖给你!"

"那好，你去拿给我看一下!"林渺道。

"我们这里有好几种羽箭，还有上好的弩机，客爷若是想要的话，不妨进库内看看。"铁匠道。

"那好，请带路!"林渺有些意外，但却并不在意。

"要是往日，想要这么多存货可不易，现在义军都用同仁行的兵器，生意不太好做!"中年铁匠有些怨道。

林渺恍然，这确实是实情，现在同仁行的生意几乎成了南阳的垄断大户，其名气之高，已使义军和一些大户人家非它的兵器不用。当然，同仁行的兵器质量绝对一流，因为它汇集了数百上千的铁匠精英，聚思广益，这才使兵器质量越来越好，人们当然忽略了这些小铁铺。小铁铺中一般只有普通老百姓来买些锄锹、柴刀之类的东西，而诸如羽箭弩弓之类的便没有多少人买了。

林渺走进内堂，突地一怔，目光呆呆地落在堂上的一张画像之上，神情竟变得恍惚起来。

“客爷，东西都在这里，你看觉得哪件好，随你挑，价钱我这里是最实惠的!”铁匠兴志盎然地介绍着，可是半天却没听到林渺的回声，禁不住讶异地望了林渺一眼，有些担心地问道：“客爷，你没事吧?”

林渺未答，却缓步移至画像之下，仿佛是着了魔一般，痴痴地盯着画像，眸子里竟闪出一丝莫名的感伤。

“客爷！客爷……!”

林渺被铁匠一串呼叫唤得回过神来，但脸色依然有些苍白。

“这幅画是谁画的?”林渺扭头向铁匠质问道。

“哦，你是说这幅画呀，这是一位叫什么藏什么的公子的，当时他想在我这里买一把刀和一柄剑，却没有钱，便把这幅画押在这里，说一个月后回来取，我当时不肯，但看这个人只是一时落魄，不像坏人，最终便答应了他。可是现在一个月都过去了，他还没有回来，想来是不会回来了，算我驼子倒霉，一把废了三年心血才打造出来的宝剑却被这一幅破画给换去了，这还不说，自有了这画之后，生意更是每况日下。不过，这画中的美人确实是胜似天仙，我驼子从没想过世上有这么美的女人，想那曾莺莺和柳宛儿也只怕要差上许多……”

“那人是不是叫藏宫?”林渺反问道。

“藏宫？对！对！就是藏宫，客爷认识他呀，他是你的朋友吗?”铁匠顿时似乎记起来了，欣喜地问道。

“不错，我是他的朋友，他叫我来帮他赎回这幅画，却不知那一刀一剑要多少银子?”林渺想了想道。

“一百零八两!”

“这里是两百两寿通海的银票，赎这幅画和购买两百支箭够不够?”林渺自怀中掏出一张银票，淡然问道。

“够，够，自然是够了，想不到藏公子那么潦倒，却有你这样豪阔的朋友。”铁匠大喜道。

“给我把箭只打包，放在门外的那辆马车上！”林渺伸手摘下挂于堂上的画，却见下角书着“地皇三年腊月，藏宫”几个苍雄的小字。

“地皇三年腊月？”林渺低低地念着，眸子里竟滑出两行泪水。

“客爷，你怎么了？”铁匠吃了一惊，问道。

林渺一惊，顿知自己失态，忙道：“没事，你什么都没看到，知道吗？”

铁匠一愕，似乎明白了什么，试探地问道：“这画上所画的是公子的亲人？”

林渺瞟了铁匠一眼，冷冷道：“你很多嘴！”

“是，是，小的不问，不问！”铁匠一阵尴尬，有些吃惊，忙将包好的箭矢送到停在门口的马车之上。

随即林渺也坐上马车，向车夫道：“送到屯口码头！”

“哇，公子买了这么多东西呀！”船家有些吃惊地问道。

“这些给我放在甲板下，反正这船也够大的，放这点东西不会有问题。”林渺吩咐道。

“公子您是到竟陵做生意吧？”船夫看了看那些包裹得严实的东西，有些惑然地问道。

林渺只是笑了笑道：“也算是吧！”说着，大步跨入船舱，却见船舱中有个少女正在整理被盖，不由得讶异地问道：“她是谁？”

“哦，她是老夫的小女儿，叫小翠，是我让她来帮忙烧茶做饭的。”船夫忙解释道，旋又向船舱之中的少女道：“小翠，还不见过公子？”

“小翠见过公子！”那少女极乖巧地向林渺行了一礼。

林渺心中微觉释然，打量了少女一眼，只觉颇为清丽，是那种小家碧玉型的，再看看舱内，摆了几大坛美酒，还有一包包的东西。不过，林渺嗅到了蜜饯的味道，显然之中还有许多干果零食之类的。

“好了，可以启程了！”林渺自怀中掏出一张百两银票递给船夫道：

“这是你的船资，你现在送回家也行！”

“啊，公子，这怎使得？到竟陵，这顺水只要四五天就可以到，怎用得着这么多银子？”船夫吃惊地道。

“这一路上不怎么太平，这些就当是现在船资涨价好了！”林渺淡然道。

船夫有点傻眼了，林渺出手之豪阔确让他有点受宠若惊，忙收下送上岸去，半晌才满面喜色地回到船上，感激地道：“便是公子要我这艘船也使得，那我便启航了！”

林渺坐于舱中，望着江岸渐离渐远，心中竟涌出一丝莫名的酸涩，禁不住抱过一坛酒，仰头长饮了一气，这才摊开那幅画。

画中的人竟是梁心仪，林渺太熟悉了，这幅画画得栩栩如生，连唇角的一点小痣也点得极为清楚。只是画中之人的表情冷漠，有若严霜相罩，多了一丝冷艳，少了几分温柔，但林渺可以肯定，画中之人一定是梁心仪，抑或是一种直觉。

藏宫所画的人竟会是梁心仪！可是这两个人是绝沾不上边的人物，一个是西北藏宫世家的少主，一个是从未出过宛城的弱女子，在梁心仪死前，藏宫从不曾到过宛城，那为何藏宫能画出这幅画呢？且还画得如此传神？而这幅画还是在去年腊月所成，可见应该是数月前的事，几个月前，梁心仪已经魂归天国了……这一切都像是一个谜，让林渺觉得头大。

不过，无论如何，林渺的心却被这幅画带入了往日的回忆之中。

没有任何人能够代替梁心仪在他心中的位置，包括白玉兰、迟昭平，甚或是怡雪，那段伤得他最深的感情总是最难忘的。梁心仪带走了林渺过去的一切，包括生命，这一点，林渺比任何人都清楚。

往日的林渺，感觉到生命中存在着自己，存在着幸福和快乐，甚或最为幼稚的理想，但现在的他，生活中，自己并不重要，生命只是为别人而存在，活着没有任何个人的幸福和快乐，只有责任，别人的幸福和快乐才是他的快乐，他活着的全部意义已经不是在于享受，但在以前却是！

梁心仪带给了他快乐和幸福，但也带走了他的快乐和幸福，留给他的只是越美也便越痛苦的回忆！

藏宫怎会画出这样一幅画像呢？画中的女人究竟是不是梁心仪？梁心仪真的死了吗？为什么藏宫会出现在淯阳境内？这之中究竟有什么牵连？究竟是怎么一回事呢？林渺的脑海中竟是乱糟糟的一片。

对着画像，他仿佛又看到了梁心仪的一颦一笑。他也不得不佩服藏宫的笔法，由画可以看出，藏宫对这幅画投入甚深，也可以说是藏宫对画中的女子很可能是用情至深。难道画中的女子是藏宫的心上人？这个世上还有一个长得与梁心仪如此相似的人？

当日他知道梁心仪死去的消息时，便已经完全失去了理智，杀了孔庸后便流落外地，根本就连梁心仪的尸首都不曾见到，这是他对梁心仪唯一的歉疚，但那一切也都是身不由己。一直以来，他都以为梁心仪死了，从来都没敢想过梁心仪没死的可能性，今日再见这幅画，他心中不由得又升起了一丝希望。

只是，如梁心仪真的没死，那她又在哪里呢？她这些日子又干了些什么呢？她一个弱女子又能怎么样呢？这些日子来究竟会发生什么样的变故呢？林渺不敢想象那之中的情节，他只觉得心很痛，像刀绞一般。于是他喝酒，以酒来麻醉自己的思想，麻醉自己的感觉，至于是怎样醉过去的连他自己也不知道。

第六十章　关外来客

“公子，公子……”

林渺在小翠的呼唤中有些吃力地睁开了双眼，却发现船头已点起渔火，已是夜晚，而自己身上盖着被子，那幅画依然在身边，他的头有点痛，显然是下午喝多了酒。

“公子，你醒了，刚才有许多绿林军上了船，他们没有惊动公子吧？”小翠担心地问道。

“啊！有绿林军上来过？”林渺吃了一惊。

“他们又走了，听说是来查什么重犯，幸亏阿爹认识他们的头，这才没事。公子喝得太多了，我为你准备了点醒酒汤，公子先喝了吧。”小翠柔顺地道。

林渺心中暗骂自己，居然如此大意，要不是自己易容了，说不定刚才怎么死都不知道。刘玄肯定是在各处查自己的下落，自然不允许自己泄露任何关于他的秘密，而自己却连绿林军上舱检查过都不知道，要是船上之人有歹意，那自己肯定已死了一百次。

“谢谢小翠姑娘！”林渺接过一大碗热汤道。

“这位姐姐是公子的心上人吗？真是漂亮！”小翠瞟了那幅画一眼，有些羡慕地道。

林渺点了点头，黯然道：“是的，可是她死了！”

“啊……”小翠的表情变得有些惊愕，旋又变得有些黯然地道：“对不起，我不该问的！”

“不怪你，都已经过去好久了。”林渺涩然，说着将碗中热汤一饮而尽，道："你做的汤真好喝！"

"谢谢公子夸奖！"小翠喜道。

林渺掀开被子，卷好画卷，掀开舱帘步上甲板。夜似乎极为平静，风依然有些寒意，老船夫独坐于甲板之上抽着旱烟。

"公子醒了？"船夫淡问道。

"嗯，晚上不准备抛锚吗？"林渺问道。

"这段河道比较平缓，没有险滩和暗礁，晚上行船也不会有太大的问题，反正现在是顺流，不用划便可自己下行，到了前面老虎咀可就要下锚了，那也是下半夜，现在还是初更，还早着！"船夫笑着解释道。

"哦。"林渺恍然，这段河道他虽不是第一次走，但对河道的了解自不如老船夫了，对于抛不抛锚倒无所谓。

"那群绿林军没入舱吗？"林渺问道。

"看了一下便走了，绿林军不会扰民的，好说话，只是随便看看！"船夫答道。

"咦，前面是什么地方？"林渺指了指前方道。

"大叉湾！"船夫道。

"怎么有那么多的停船？"林渺眉头一皱，问道。

"停船？"船夫惑然，讶异问道："那里没有渔火呀，难道公子看到了停船？"

林渺点了点头道："下锚！"旋又向后舱道："小翠，准备灭灯！"

船夫一怔，见林渺煞有其事的样子，自然不好不从，毕竟林渺是他们的财神。

船很快被稳在河中，小翠依言灭了渔火，只有舱中尚有些微弱的火光，但被厚厚的舱帘所掩，在外面看不到那微弱的油灯光亮。

"公子，发生了什么事？"小翠来到甲板，小声地问道。

"前面可能发生了什么事情，待会儿让我过去看看！"林渺道。

"那让我把船靠岸吧？"船夫道。

"不用！"林渺自甲板下取出一把包得很好的大弓和一串连着一支箭的绳子。

林渺将绳子的一端系在甲板之上，借着夜晚天空中朦胧暗淡的光芒，射出连绳的箭矢。

“哚……”一声轻响过后，林渺伸手拉了拉系于船上的绳子，再将绳子扎紧崩直，只看得船夫莫名其妙。

“公子这是干吗？”船夫惑然不解地问道。

“如果不是我回来，而是别人，你就用刀砍断这端的绳子，明白吗？”林渺叮嘱道。

“哦？”船夫点了点头，可是还不明白林渺究竟有何目的。

林渺却已经自甲板之下取出一壶羽箭，插刀于背，负起大弓，而这时船夫才知道林渺搬上船的几大包竟然全都是这些玩意儿，不由又惊又讶。

“如果船上有事，就点亮渔火，我会立刻回来的！”林渺再次叮嘱了一声，随即纵身跃上横空而架的索桥，如踏水的野鸥，滑向河岸之上。

船夫和小翠只看得眼睛发直，几疑置身梦中，林渺居然凌空横渡而过，这对他们来说，确实是极为不可思议的事情，但他们也知道眼前这年轻人绝对不是简单的人物，至于是什么来历，他们也不敢胡乱猜断。不过，他们却相信林渺所说的，前方定是发生了什么事情。

夜极为宁静，唯河水拍岸声与阵阵松涛声，偶尔有枭啼狼嚎，使得夜愈显寂静。

大叉湾的河面极为宽阔，无甚急流险滩，而此刻河道略显拥挤，因为河面之上泊留着数十大小不一的船只，所有的船皆灯火俱灭，不闻半丝动静，像是船上全无生命一般，这不能不让林渺意外。

等待良久，依然没有半点动静，林渺也没有这般好的耐心，偷潜上一只小船，借着夜色的微光，并不影响林渺的视线。

有一股奇怪的味道冲入林渺的鼻子，让他感到有种想吐的感觉。

船舱中卷伏着两个人。

“五毒盟的毒！”林渺低语，舱舱之中的人死了，林渺记起那日自平原去信都的途中所遇到的那几具五毒盟弟子的尸体，正是这股奇怪刺鼻的味道，而且死状与这两人相差无几。

鬼医曾说过，这种味道也含剧毒。

林渺迅速又跃上另外一艘船，骇然发觉这些船上都是身中剧毒而亡的人。

泊于大叉湾的所有船只上的人全都身中剧毒，这一切，绝对与五毒盟脱不开干系，但是五毒盟为什么要杀死这些人呢？这里究竟发生了什么事？

林渺识得，这里有一艘绿林军的战船，但战船之上的绿林军也没有幸免。

“好歹毒的毒！”林渺不觉得有任何必要再留在此地，这些人死去已经有一段时间了，看来这里的布局并不是针对他的，只要不是针对他，他倒并不想去惹太多的麻烦。现在最重要的问题便是先让自己活下去，其他的问题都可以放在一边。在这个乱世之中，想管的事太多，而管不了的事也太多，五毒盟似乎也并不是邪派人物，在江湖之中虽行事有点诡秘，但还算是声誉较好，却为何会发生这般情况？还有上一次在德州外发生的事！？

另外一个疑惑则是，何以这么多船只会聚在这里？难道是他们集体泊船于此？不过，如果任由这些尸体在此的话，那上船检查的人只怕又要遭殃了。这些尸体散发出来的味道也足以毒死人，是以，林渺将这些船拴在一起，经过之后再一把火将这里的一切全部毁去，那就不会有更多的受害者了。

“听说葛丹王子这次来此，是要购买一批上等兵刃。葛丹王子乃是北方鲜卑族人，因为一直受匈奴人的欺压，是以，这次来中原，便是想寻求合作伙伴，这对你逐鹿北方极为有利。”任光拍了拍小刀六的肩膀道。

“好得很，我可不管他是什么鲜卑人还是匈奴人，太守安排我与他见上一面吧，我要他非我打造的兵器不用！”小刀六自信地道。

“这好说，你回去稍作准备，明天他便会自河间国来此，到时我安排你们相见！”

“一切就有劳太守了，这次我打算在信都和枭城各开几家大的铸兵厂，眼下还有许多事要去做，明天我再来见太守。”小刀六客气地道。

小刀六一路跋涉到了信都才知林渺又去了南方，虽然心中有点讶异，但却并不在意，他的任务便是在北方迅速扎下根，然后积累资本，使枭城繁盛起来。

信都确实是个好地方，水陆两路都方便，只是想获其大量的铁矿却需要去常山郡购买。在这座城中，安全保险，行事畅通无阻，是以完全可以放手而为，另外有冀州豪强的各种渠道，只能与他们互惠互利，生意可以说是一本万利，虽不若当日在宛城那样左右逢源，但却是个长远发展的好地方。

至于见什么葛丹王子，则是明天的事，他并不想考虑得太远，所有该准备的事便交由胡世了，他则带着无名氏等几人在街头闲逛，或者可以说是为在信都定基找一个好地盘。

“萧爷，近日信都来了一个神算，其卜算和卦术极为精准，你要不要也去算上一卦?”任府的向导任平突然提议道。

“神算？是天机神算东方咏吗?”小刀六反问道，他曾听林渺还有湖阳世家及天虎寨的人谈起过天机神算东方咏乃是世外第一高人，虽其武功无人知道，但其卜算天下无人不服，被尊为神仙之流。

“好像不是，这个人叫东郭子元，不叫东方咏!”任平摇了摇头道。

“东郭子元？这个名字倒是很有趣，他真的很能算吗?”小刀六似乎也有点兴趣，当初在宛城之时，他也喜欢去找人卜卦，算他流年运程。不过，那都是一些江湖骗子，还有几个与他交情都很不错，是以，他并不太相信这玩意儿，倒是对凑凑热闹很有兴趣。

“小的曾找他算过，他说我三日之内必有皮肉之苦，昨天是第三天，便挨了太守一顿板子，现在屁股还痛呢!”任平苦笑道。

“哦，这倒有趣!”小刀六有点好笑地道：“那你领我去瞧瞧，看那东郭子元究竟是个怎样的人物。”

“将军，有位叫杜吴的商人想见你!”刘秀正在思忖破定陵之策时，属下小校来报道。

“杜吴?”刘秀眉头一皱，淡淡地道：“请他进来!”说话间将桌上的地图之物全都整理好放入案下。

“文叔别来无恙呀!”一个胖胖的锦衣华服的中年人大步随小校入帐，一见刘秀立刻欢笑道。

“想不到杜先生千里迢迢来到这里，相会于此，真让刘秀感到意外!”刘秀也立身还礼笑道。

“这次从长安到宛城做些生意，顺道至此，昔日在长安之情景犹记忆犹新，是以这才顺便来拜访一下故人!”杜吴朗声欢笑道。

“给杜先生看座!”刘秀沉声吩咐道，旋又向杜吴问道：“先生自长安而来，不知长安的情况怎样?”

“长安依然平静如故，只是外松内紧之势，至少战火还没烧到长安，不过王莽似自知时日不多，天天在后宫中饮酒作乐，不理政事，这次又让我为其搜罗一批美女供其享用，如此昏君，长安城中军心民心皆已不稳，想来，已无指望了!”杜吴不无叹息地道。

“哦。”刘秀并不感到意外，杜吴乃是长安城中最有名望的商人之一，长安第一名楼与燕子楼齐名的鸣凤楼主人便是杜吴。此人对天下美女的搜罗极有一手，更是生意场上的厉害角色，刘秀在长安之时，曾是“鸣凤楼”的常客，与杜吴还有些交情，是以对杜吴所说的并无甚怀疑。

“那先生还为这昏君送美女去?”刘秀悠然反问道。

“不怕光武将军见笑，我杜吴不过是一介商人，对于谁是谁非并不太在意，唯一在意的便是有没有钱可赚，昏君既然要女人，我就送给他好了，‘色’乃一柄钢刀，用不了多久，昏君不死于义军手中，也会死在女人肚皮之上，那不也省事省心很多吗?何况我家小产业都在长安，除非我想脑袋搬家，否则还只能放乖点好!”杜吴直言不讳地道。

刘秀也不由得笑了，杜吴倒坦直得可爱，但仍问道：“那先生不怕王莽知道你来见过我吗?”

“哈哈……”杜吴突地笑了起来，道：“如果杜某连这点手段都没有，还能够在生意场上混那么多年吗?”

“先生的手腕，全长安的人都知道，这一点自然毋庸置疑，只不知先生何时返回长安呢?”刘秀笑了笑问道。

"待南阳事情办妥就回长安，听说将军独夺花魁，摘走了燕子楼的台柱莺莺小姐，我尚未及时向将军祝贺呢！只不知将军可有听说过天魔门之事?"杜吴口气一改，正色问道。

"听说过，杜先生何以突然问起此事呢?"刘秀有些惊讶，淡然问道。

"魔门行事极度神秘，更处心积虑地经营了二十余年，我虽然用心暗查了十余年，却依然未能完全弄清，只隐隐知道天魔门的宗主很可能便是当年天下第一巧手秦盟，而在天魔门主之下有四大护法、两大圣女及各大坛主，至于这些人的身份我依然未曾查明，但有一点可能与将军你有些关系，这也是我今次来见将军的目的!"杜吴吸了口气道。

刘秀的神色数变，杜吴说这些话确实让他有些意外，而他知道杜吴并没有说谎，天魔门的宗主很可能是秦盟这一点他也很清楚。

"与我有关系?"刘秀平静地问道。

"不错，据我所查，燕子楼实是天魔门的朱雀坛，在那里潜伏着许多天魔门的重要人物，据我的消息传，天魔门的两大圣女之'阴月圣女'便以特殊的身份寄居于燕子楼。不过，现在的燕子楼已不似昔日的燕子楼了。"杜吴说到这里却故意打住话头。

刘秀脸色数变，冷冷地盯着杜吴，深深地吸了口气，漠然问道："先生此话何意?"

杜吴并不回避地对视着刘秀，肃然道："天下正道都不耻天魔门的行为，天下商人也厌恶天魔门的手段，我想将军应该不会对天魔门有好感吧?"

"我不明白先生在说什么!"刘秀的脸色有些难看，他是聪明人，自然隐约猜到杜吴话语中的所指。

杜吴并不先回答，而是又道："将军可记得武林皇帝刘正大侠?"

"当然记得，他乃是我三叔!"刘秀肯定地道。

"据传武林皇帝依然没有死，而天魔门宗主唯一担心的人便是武林皇帝，因此，他们想方设法地去查探武林皇帝的下落，从而去掉这个眼中钉，而知道武林皇帝下落的人，唯一可能便是春陵刘家。是以，天魔门对春陵刘家早有窥视之心，也一直都在计划着如何深入春陵刘家!"杜吴说到这里吁了口气，目光悠然投向刘秀，淡然接道：“我也是旧汉遗臣，是以，我们依然关注刘家的一切，所以我才会前来提醒将军，阴月圣女有非常大的可能是昔日燕子楼中的两大台柱之一。至于究竟是哪一位，我也不敢妄猜，当然，这个消息猜测的成分也是有的，但绝非空穴来风！”

“你说什么?!”刘秀一拍桌案，怒叱而起。

帐外的护卫哗地一下进来一大堆，刚才他们被刘秀挥退，此刻听到刘秀这一声大喝，也都以为发生了什么大事。

杜吴神色不变，依然安稳如山，像是眼前什么事也没有发生过。

“将军，将军……”那些护卫有些吃惊地呼着。

“你们都退下！”刘秀挥了挥手，将那群错愕的护卫又喝了出去。

“你的消息是自哪里得来的?”刘秀深深地吸了口气，眸子里透出一丝杀意，盯着杜吴冷冷问道。

“自然是多方查探！天魔门可以将自己的力量渗入到各行各业，我自然也有办法知道他们的秘密！”杜吴傲然道。

“你是在嫉妒我，也是在挑拨我夫妻之间的感情！”刘秀杀意逼人地道。

“将军乃聪明人，即使我与将军毫无交情，也没有必要挑拨将军与夫人之间的感情，因为莺莺小姐对我来说并无利益之争，我有闲情大可挑拨将军与刘玄之间的关系，又何必去找一个无辜的女子出气呢?何况，我也不能肯定，只是提醒将军，以将军之智慧自可分辨出真假对错，我也不希望将军因我的话而受到任何损伤！”杜吴恳然道。

刘秀杀机渐敛，他知道杜吴所说没错，他与杜吴的交情虽不太深，但也还算不错，在长安求学之时，杜吴对他极照顾和看好，这是不争的事实。因此，今日听说杜吴求见，他连犹豫都不曾有，还喝退帐内的护卫，可见其对杜吴也极看重。

“先生还有其他的事吗?”刘秀吸了口气，似乎有些疲惫地问道，他很难想象，与自己同床共枕、患难与共的女人会是最危险的敌人。不可否认，他爱曾莺莺，是以，他做出惊人之举，将一个青楼女子娶为妻室，还冒着得罪许多人的危险。但如果杜吴所说是真的，那这一切也太可怕了。

杜吴似乎明白刘秀此刻的心情，知趣地道：“我已经没什么事了，另外有点事情要办，便先行告辞了！”

“对了，先生可有查出天魔门宗主的下落？”刘秀似乎又想起了什么，问道。

杜吴笑了笑道：“天魔门宗主很可能便是秦盟，昔日秦盟有天下第一巧手之称，其易容之术冠绝天下，只怕即使他站在你面前你都不知道，是以，想知道他的下落难如登天，只能看天意了！”

刘秀一愣，杜吴所说确实很对，以秦盟之妙手，几乎可随心所欲地改变面容，谁又能知道他此刻是什么面容呢？这个问题确让人头大。

“对了，如果往后将军有什么事用得着我，可以派人至颖川柳北胡同找一个叫杜笙之人，他可以帮你最快地联系上我！”杜吴淡然道。

“好，多谢先生提醒，有事之时定会请你帮忙的！”刘秀略有感激地道：“我送先生！”

“不必，免得让人起疑！”杜吴笑着拒绝道。

“那先生好走了！”刘秀拱手道。

“后会有期！”

东郭子元本是在街头摆下的摊位，但由于找其算卦之人太多，后不得不专找了一家客栈的偏厢，但找他算卦的人依然排了很长的一队。

小刀六都等得有些不耐烦了，不过最终他还是等到了。

“主人有请这位公子入内！”东郭子元的书童极客气地道。

小刀六憋得心头有点火，但到了这份上，只好相随而入。

“欢迎贵客光临。”室内的东郭子元欣然道。

小刀六一怔，讶异地打量了东郭子元一眼：“先生是指我吗？”

“难道这里还有比公子更贵的人吗？”东郭子元含笑反问道。

“我看不出我贵在何处！”小刀六有些不置可否地大方坐在东郭子元的对面。

“那是因为你身在其中，自无所视。看公子印堂发紫，虽略有晦暗，却无大灾，正处于飞黄腾达之时，晦暗一去则无往不利，其贵天下少有！”东郭子元肃然道。

小刀六不由得哈哈大笑起来，半晌才打量了东郭子元一眼，不屑地道："我以为东郭先生真是神相神卦，原来也不过像一些江湖骗子一般，尽说些拍马之话，这种相师我见得多了！"

东郭子元并不为其所动，只是淡然一笑道："那公子要不要卜上一卦？"

"我倒要看看你有什么能耐，能算出个什么东西来！"小刀六不屑地道。

"我算卦从不析卦理，不讲卦道，但讲事实！"东郭子元又悠然道。

"哦？"小刀六有些惊讶地打量了东郭子元一眼，反问道："那你懂易理卦相吗？知道什么叫飞龙在天，什么叫亢龙有悔和不永所事吗？"

东郭子元不由得也笑了，不以为意地道："飞龙在天乃是六十四卦之首乾坤之九五之数。九龙在天，利见大人，九五刚健居中，得正山居尊位，就像以圣人之德居圣人之位一样。九，阳爻；五，阳位。五在三才之中为天道，天位。易卦每卦六爻，初爻、二爻为地道，三爻、四爻为人道，五爻、上爻为天道。乾卦六爻，只有第二爻和第五爻得中，所以都有'利见大人'之占，公子认为我说可对？"

小刀六不置可否，又问道："还有亢龙有悔和不永所事呢。"

"亢龙有悔，乃乾卦中尚九之数。谓阳刚亢进过于上而不能下，阳极于上，动必有悔。易经认为，九二是君王之德，九五是君王之位，尚九则是贵而无位，高而无民，贤人在位而无辅，所以动则有悔。至于'不永所事'乃是讼卦之初六之数：其卦象为不永所事，卜有言，冬吉。其初六以阴柔之爻居于卦下，象征处讼之际也应以退让为美，退让就可以平息争讼，退让就会给对方留下一条宽广的路，息事宁人，讼莫善焉。我所说可有错？"

"知道这些并没什么了不起，我也知道，一般的江湖骗子都有这一手，好吧，你给我占一卦！"小刀六仍然不以为然地道。

东郭子元不由得笑了笑道："不错，知道这些是没什么，只不过是拾人牙慧而已，所以我占卦从不说这些东西，只是公子既要考问我，我才不得不献丑一回，不知公子想占什么呢？"

"就给我占运数前程吧！"小刀六想了想道。

"好，那我便给公子占一卦，三日之后再付钱，如果卦象灵，你给钱，不灵免费!”东郭子元爽快地道。

“三日之内便可见效吗?”小刀六讶异。

“三日之内会有些迹象相应，只要这些迹象相应也不算我失言，至于运道要慢慢发展，自非三日所能尽现!”东郭子元道。

“好，那便先占吧!”小刀六欣然道。

“三弟似乎有心事，是不是依然没有想到破城之策?”刘寅有些关心地问道。

刘秀笑了笑道：“定陵城虽城坚河宽，但并不难破，因为城中民心思变，卒无战意，这样的城池，只要我们晓以利害，便会不攻自破!”

“哦，那三弟又为何而恼呢?听说杜吴来找过你，此人来自长安，虽乃一介商人，但最好不要影响过大，让人猜疑并不好!”刘寅叮嘱道。

刘秀哂然一笑道：“大哥也在乎这些?这杜吴与很多人都有来往，便是有猜疑也不应先落在我们身上，他们在寅阳做他们的事，我们在外面自然做我们的。事实上他们也并没有把我们当可以信任的人看!”

“胡说!”刘寅神色一变，叱道：“此次委你北征的重任，便是对你的信任!”

“可是大哥没看到他又将王常将军送到昆阳，把护国公召回，现在寅阳只剩下他的亲信，便可以……”

“不许你有这种想法，我知道你心有不忿，但是小不忍则乱大谋，眼下最重要的乃是恢复我刘室江山，诛除王莽逆贼、平山东赤眉贼寇才是最重要的，至于谁当一国之君，只要是我刘家的人都有资格坐上这个位置。但一国之君只有一个，既然他拥有这般号召力，让他坐上此位并非不是一件好事，人家不是刘家子孙都可以维护他，我们刘家的子孙难道还要窝里反不成?”刘寅怒叱道。

刘秀不语，他知道刘寅的性格，虽然孤傲自强，但却绝对忠于刘家的事业，在没有立刘玄之前，他会据理力争，但一旦成了定局，便立刻会以大局为重，这是刘秀最为佩服这位长兄的原因之一。

“大哥，我尚有一事不明!”刘秀深深地吸了口气道。

“有什么事尽管说出来!”刘寅拍了拍刘秀的肩头，平和地道，对于刘秀，他有半父半兄的感情。

“盛传三叔已经出关，而且在江湖中露过面，不知大哥对这个消息可知晓?”刘秀问道。

刘寅神色略显忧郁地点点头道：“三叔出关了，他还来找过我，但是他已是半人半魔之身，现在自锁于赤练峰，他还找到了真正的三弟，拥有火龙纹的人，我说出此人，你一定认识!”

“谁?”刘秀的神色间有一些愧色和惊讶。

“林渺!”刘寅淡淡地道。

“林渺会是三弟?!”刘秀吃惊地问道。

“这是三叔说的，我不敢肯定，但我肯定三叔当时是清醒的，应该不会有错，而且他对林渺的一切似乎很熟悉，相信应该不会出错！我本来不想让你知道真相，因为这是一种负担，宿命的负担，但我想了很久，你有权知道，也应该知道，不管你生下来是什么身份，但现在你是我刘家最货真价实的人，最有资格知道我刘家所有秘密的人。因为，你是我最信任也最看好的弟弟!”刘寅深沉地道。

“大哥!”刘秀眼圈一红，心中的羞愧无以复加，更涌起无可比拟的感动。

“你什么都别说，我都知道，这也不怪你，但我只想告诉你，我并不太相信宿命，王莽没有火龙纹却也可以将我刘室江山取而代之，这不是宿命，而是大势所趋，谁也无法改变！有德者居天下，有能者治天下，我只相信事实，如果真有宿命，那也是我们绝无法改变的，它也是事实的始作俑者。是以，我们若追寻着宿命去对待一切，只会陷入虚渺的世界，生出无谓的烦恼，我们活着，便要真实一些，为现实去努力，而不能受虚渺的宿命左右!”刘寅深情地道，心神仿佛陷入了一种空灵而虚幻的境界之中，如在梦中呓语。

刘秀的神情数变，他知道刘寅的意思，更知刘寅洞悉了他所做的一切，包括去找松鹤，告诉松鹤赤练峰的秘密等事，但刘寅没有责备他，而是以最诚恳真挚的言语引导他，这使刘秀更觉得愧对刘寅。

“我对不起你！”刘秀扑通一声跪下，沉声道。

“我也有错，过去的就让他过去，我相信春陵刘家的子孙个个都是最优秀的，个个都有治理天下的才能，我绝不会偏袒谁，但绝不希望看到兄弟之间成为仇敌！任何事都要深思而后行，切不可急躁和失了平常之心，惟处极怒中尚能静思者才能平心对待百姓，急躁贸然者即使得天下也会失天下的，因为他注定是暴君！”刘寅扶起刘秀，肃然道。

“大哥教训得是，我一定谨记大哥的教诲，绝不做出任何对不起刘家的事！”刘秀坚定地道。

“很好，刘家除了我，你便是最大了，如果林渺真是三弟，你我也应该照顾他一些。我们刘家欠了他很多，也许我们可以补偿一些，当然，任何事没有绝对，当视时局而定。你要谨记！”刘寅悠然道。

刘秀心中一阵感动，他绝不是傻子，刘寅对他的感情完全是不掺水分的，毕竟这二十多年来刘寅如父亲一般照顾和关怀他，这种感情甚至超越了兄弟之情。

“三弟可有想到破城之策？”刘寅转换话题，悠然问道。

刘秀听刘寅问起战局，不由得精神一振，道：“我昨夜想了很久，觉得定陵实不宜强攻，我们的战士虽然经过训练，可对于这座有护城河和高墙相护的城池来说，若想一时破城是不可能的，它的护城河引嗤水而入，水深河宽，但城内却是一片混乱！”

刘秀说着在桌上比画着道：“它四面的守将我已经查得很清楚，有几个颇有些谋略，但是城守却是个浑人，因此，我们只要以离间之计便可破城！”

“离间之计？！”刘寅讶异。

“不错，就是离间之计！”刘秀自信地道。

“可是我们根本就入不了城，如何离间？”刘寅有些不解地问道。

“明日大哥且看我的！”刘秀故作高深莫测地笑了笑道，旋又附在刘寅耳边小声低语了一阵。

刘寅闻言大喜，拍手赞道：“好计，果然妙极，如果真能成功，三弟居头功！”

“这个倒无所谓，只要能破定陵城!”刘秀坦然一笑道。

“此为阳遂阴就之卦，南为阳，北为阴，是以公子是自南而北欲求腾达发展，起步于南方，但却成就于北方。公子此来北方可谓是来对了地方，也是上上吉卦。但这卦面震位偏出，水火迷离，三日之内必有极北之客与公子相谈一桩大生意，但却因水火迷离——水位就天地四象来讲，居北位，火位则居西位，水火迷离，则是指西北不顺。因此若想顺利完成这桩大生意，却要受到西北方之干扰，这水火迷离之象还有动兵戎刀戟之意，解决这之中麻烦可能要有战事兴起，陷百姓于水火!”东郭子元淡淡地道。

“哦?”小刀六心中微感惊讶，这东郭子元说的话虽然有点离谱，却也不像一般的相师那般，想到明日要见的葛丹王子正是来自极北之人，所要谈的也可能是一桩大生意，倒似乎让东郭子元说中了一些，不由得反问道：“那先生可知道所谈是何生意?”

“此卦震位偏出，是为交易所应之象，震巽在五行之中为木，又有水火之象，其交易当与金有关。因木而生火，而生水者为金，唯有金克木，方生水火之灾，所以，公子此次交易应该为金铁之物!”东郭子元不慌不忙地道。

小刀六顿时为之动容，笑了笑道：“就算先生是个骗子，也是个极聪明的骗子，让我都有点相信东郭先生的鬼话了!”

“如果三日之内，我的话没有应验，公子可以来拆我的摊!”东郭子元自信地道。

“何须三日？今日我便给你酬金，依你所讲，极有可能成为事实。不错，我是想做一笔金铁交易，而明天很可能会有一个极北客人到此，我所需要的材料正是位于西北方的常山。因此，即使先生不是真的神卦，也必是一个极会审时度势、知晓大局、消息灵通之人，你这个朋友我萧六交定了!”小刀六自怀中掏出一锭大金放在桌上，爽快地道。

“谢谢公子赏识，东郭子元不胜感激!”东郭子元客气地道。

“先生何用在此算卦挣钱，看先生举止不俗，你不是说我萧六是大贵之人吗？不若便与我萧六共享富贵好了。”小刀六诚恳地道。

“谢谢公子好意……”

“哎，别说什么推辞的话了，我小刀六生于市井，虽现在小有发迹，但仍是一介俗人粗人，与先生一见如故，说实话，要是先生看不起萧六之粗俗愚钝，我绝不多说半句，你走你的阳光道，我过我的独木桥！”小刀六不耐烦地打断东郭子元的话，直爽无讳地道。

“这个，这……”

“这个什么？我萧六有吃的先生就有吃的，若有朝一日我萧六变成穷光蛋了，到时先生再去摆你的卦摊也不迟。萧六虽粗野却也有野心，嘿，所以，才对先生直言不讳，如此乱世，多一个能测天机的伙伴，同甘共苦不是一件美事吗？”小刀六打断东郭子元的话，坦然道。

东郭子元倒被小刀六的坦白给逗得有点哭笑不得，但对小刀六的热情和诚恳却是极为感动，他自然能看出小刀六绝不是这种粗鄙说话不知轻重的人。自小刀六一开始对他的质问及不太信任的对话中可以体会出这个年轻人的精明，还有后来在卦象分析之后的果断及推理，可见萧六的思维和行事作风极有个性。但他并不为萧六所动，淡然问道：“那公子认为我能为你做些什么呢？整日为你占卜以问吉凶吗？”

“哈哈……”小刀六不由得大笑，半晌才道：“如果有先生每天给我占上一卦，自然能避凶趋吉，遇事呈祥，但这样活着有什么意思？每天都在怕这怕那，躲这躲那，岂能让自己快乐？人生，要大起大落方能够体会到真正生命的价值。遇难，迎难而上；遇吉，一笔带过，只有这样得来的东西才会懂得珍惜，懂得享受。命运不在天，而是在己，先生真以为我信命吗？”

东郭子元不由得讶异，望着豪气干云的小刀六，仿佛是儿时对着一件新鲜事一般。

“那公子为何来问卦看相？”东郭子元反问道。

“看相和问卦并不是一件坏事，人在颓丧之时，需要找回一点信心和希望，这才会让自己找回斗志和对生活的热情，同时也是一种精神上的慰藉。但当我拥有希望和斗志后，依然是依照自己的思维去面对现实，卦相和天意也许真的存在，但现实才是它们真实的体现。因此，只要我们尊重了现实，把握了现实便是顺从了天意，甚至是创造了天意！先生以为萧六之谬论可对？”小刀六自信地问道。

东郭子元眸子里闪过一丝讶异之色，更是大为动容。萧六的话确实是他从未听过的论调，但却绝不是谬论，虽然否定了逢相杂学之说，但却中肯实际，无可反驳，更可自其语调中听出其豪情壮志，这很难让他将萧六与市井俗流相提并论。

“公子所言是东郭子元听到的最奇妙的论调，但却绝不是谬论！”东郭子元由衷地道，旋又问道：“公子既不要我为公子问卦算命，那要东郭子元又有何用？”

小刀六悠然一笑道：“先生熟通易经，通晓五行，当是博读群书之人，否则何以能将易理和五行相结合，如此完整流畅地陈述出来？是以，我并不重视问卦这些神秘虚渺的理论，但却赌先生胸中之才！”

东郭子元悠然笑了，道：“公子确非常人，只不知公子今有何所图，眼下又有何打算呢？”

小刀六欣然一笑，已知东郭子元有意相就，这便是在考问他，只是想看看自己是不是可投的对象。

“我作为商人，眼下之事，自当以聚敛天下财富为先。实不相瞒，我请先生并不只是为了我，而是为了我的一位兄长！我们生死与共，誓名扬天下，澄清乱世，是以，我与他分工而作，我负责打理金钱物资的积累，他则负责屯兵立城！至于眼下我们所要做的一切，用他的话说，便是韬光养晦！”小刀六坦然道。

“韬光养晦？难道你说的那个人便是枭城之主林渺？”东郭子元讶异问道。

小刀六并不相瞒，点头道：“我与他同生于宛城，这也是为何移师北上的原因！”旋又讶问道：“难道先生到过枭城？怎知道他说的话？”

东郭子元似乎松了口气，道：“当然到过枭城，这四个字在枭城并不是秘密！”

“那先生认为枭城如何呢？”小刀六又问道。

“枭城百姓乐业，战士斗志高昂，军民融洽，上下一心，纪律法度严明，确实是中原治理得最好的地方，只是枭城太小，四处难民纷纷而至，难以安顿，终不是长驻之地。不过在这两个月之中，城池四周村落迅速增长，倒是一种极好的现象，若能长此下去，会以枭城为中心，形成村落密集的富饶之地。只是，枭城财力尚薄，入寡出多，这是一个问题。”东郭子元坦然道。

“那只是暂时的，先生是没有看到枭城内部措施。这两月之中，枭城已四处派出商旅，更大兴商业，虽然在短时间内尚存在入寡出多的情况，但只要有半年时间，便不会再有这样的情况存在。我们现在的投入可以激活城中的商业，可以引来外面商旅的入住，若再过三四月，必会全面激活商业，形成有效的运作机制，那时枭城只会八面来财！”小刀六自信地道。

“对商业我确实不甚精通，如果真如公子所说，我倒要拭目以待！”东郭子元笑道。

“另外，先生别忘了，我此来北方便是要为枭城敛财的！”小刀六说到这里，不由爽朗地笑了起来。

顿了顿，小刀六又道：“如果先生仍有不甚满意，便找个机会亲自去考问考问我那兄弟就是了！”

东郭子元不由得也笑了。

“我现在想与先生畅饮几杯，不如换个地方吧，这里太小！”小刀六起身爽然道，随即又向外吩咐道：“任平，告诉外面那些人，东郭先生现在不算卦了，要去喝酒！”

“这……”东郭子元愕然。

“别这么不爽快了，走吧，今天不醉不归！”小刀六不耐烦地拉起东郭子元笑道。

定陵城下，更始军大举逼近，城上兵卒紧张得无以复加，因为更始军那无与伦比的强弩硬弓使他们在城头都难以安身。是以，在更始军逼至五百步之内，便全都隐于城垛之后不敢探头而出。

“让刘令出来答话！”刘秀策骑停于城下三百步之外，是城上弩箭无法射及之处，高喊道。

城头之上立刻有人喝道："有屁就放，有话快说，我们郡丞大人是不会见你们的！"

刘秀不怒，高声道："他不来见我也罢，你们便将这封信交给他！"说完刘秀拉开大弓，将一封书信绑在羽箭之上射向城头。

城头的小校赶忙拾起，果见箭尾绑着一封书信，外面写着"郡丞刘令大人亲启"！

小校自不敢怠慢，此涉及到军务大事，迅速有人送到郡丞府上，相报刘令。

刘令闻刘秀来攻城，正欲披挂而出，却闻有人自城下射来书信一封，微感惊讶，想了想，还是拆了开来。

"刘令大人，真是幸会，闻尔乃是生父奸嫂杀兄后遗下孽种，幼不学好，花钱买得官位却又作威作福，还乱伦亲母逼良为娼，甚至连生女也不放过，我等今是替天行道，诛你这天理不容之逆贼！定要以尔尸以教化万民！你准备好棺材受死吧！"属名为"刘秀拜上"。

刘令脸都气绿了，看完书信，手直发抖，半晌才怒吼道："欺人太甚！我定要将你碎尸万段！"说话间一抖手，竟将书信震得粉碎。

一旁的小校也都吓呆了，他们从未见到过刘令发如此大的火，生这么大的气，还当场将书信震成粉碎，于是那些人都暗自猜测信中究竟写了些什么，竟令郡丞大人如此生气。

"大人，你没事吧？"一名亲卫小心翼翼地问道。

刘令怒气一时难平，但却立刻清醒了过来，暗暗后悔刚才竟将那封书信震碎了。他深深地吸了口气道："没什么，立刻给我上城督战！"

那些小校还有点不放心，问道："大人真的没事吗？"

"快点上城，这是命令！难道你们听不明白吗？"刘令叱道，顿时杀气逼人，吓得那些小校再也不敢多嘴。

"报大人，又有一封信！"一名小校快速来报，双手呈上一封书信。

刘令怒火直冒三丈，这次他可不想再看，向那小校道："拆开，你念给我听！"

那小校一怔，有些疑惑地望了刘令一眼，这才拆开信，但看了一眼，却在那里发呆。

“念呀!”刘令叱道。

“小的不敢……不敢念!”那小校一脸死灰色。

“有什么不敢念的，本官叫你念，你就念!”刘令又叱道，心道：“刘秀呀刘秀，你骂得也真够刻薄的，我看你还能骂出什么花样来！我刘令本对你还有三分好感，此刻却誓与你势不两立，让你知道我刘令也不是好欺负的!”

“刘令堂兄，你可以放心，我们答应你的承诺一定可以做到，毕竟，血浓于水，恢复我刘室江山乃是普天下百姓的呼声，你属下那群将校我们也绝不为难，玄帝每每念及你，都赞赏有加，说是我刘家的……”

“别念了!”刘令越听脸色越白，不由得吼道。

那小校本来有点害怕，可是念到后面，以为刘令真的与刘秀联合，还答应不为难他们，对于他们这些害怕与更始军交战的小校来说，像是天大的喜讯，是以越念越顺口，却没想到念到最后却被刘令这一声大喝给打断了，一时之间有点不知所措。

“给我拿过来!”刘令伸手呼道。

一旁的亲兵和小校听得这封信的内容都松了口气，在他们心中，若是不战而降自然是最好不过的事，连严尤和陈牧这样的大将军都败在刘秀和刘寅的手中，一座小小的定陵城又能如何？与其流血而战，倒不如弃城降敌。而更始军对百姓又好，自比跟着朝廷要强。可是看到刘令的脸色不对，众人都不敢吱声，似乎是在静待刘令裁决。

刘令摊开信纸，那小校并没有念错一个字，后面还清楚地署上“族弟，刘秀拜上”。

刘令几乎傻眼了，他与刘秀根本就没有任何关系，虽然同是刘姓，但却与皇族扯不上半点血缘关系，而刘秀居然称他为堂兄，还自称族弟，这还不算怪，怪就怪在前后两封信的言语差别竟这般大，上一封骂得他体无完肤，可这一封又套得这么近，一时之间，他也弄不清刘秀到底想捣什么鬼。

“好你个刘令，竟敢暗通绿林军，枉我一直将你视为心腹将城防全部交给你管，没料到你竟将本官给卖了！”

刘令正苦思之际，一声怒叱却从一边传了过来，声音虽不大，但却有若焦雷般响起在刘令的耳畔。

“县令大人！”刘令吃惊地低呼了一声，神色变得极为难看，顿时他明白了刘秀这两封信的意思了。

“县令大人，这只是误会，是刘秀的诡计！”刘令急忙辩解道。

“误会？诡计？我全都听到了，你手中还有刘秀的亲笔信，难道这也是误会吗？”县令怒笑着问道。

“这真是刘秀的离间之计呀，大人，你要相信我！”刘令急忙分辩道。

“你老实说，刘秀到底给了你什么好处？他连连给你两封信，究竟与你串谋了些什么？”县令眉头一掀，杀气逼人地质问道。

“大人，真的误会了……”

“那好，你把两封信给本官看看！”县令打断刘令的话，冷冷道。

刘令一怔，顿时傻了，他已经将第一封信震碎，如何还能交给县令？此时，他才明白刘秀为何两封信内容走向两个极端，便是已经算准了他在盛怒之下会毁掉那封骂他的信，让他跳到黄河也洗不清。此计确实是不谓不毒，不谓不妙，他心中一阵苦笑，枉他聪明一世，却仍然被人算计了。

“怎么？你不敢拿来给本官看？难道心虚了？”县令冷笑道。

“第一封信我已经毁了！”刘令语气变得平静地道，他知道，此时再分辩也是无济于事，他很明白县令的脾性，疑心重而且嫉妒能人，对他这仅居其下的郡丞一向极为忌讳，此刻他是无论如何也说不清楚了。

“毁尸灭迹，死无对证是吗？我就知道你跟刘家一个鼻孔出气！”县令杀气上涌，沉声吩咐道：“给我将这个奸细拿下！”

“锵……锵……”县令身边的亲卫皆拔刀涌了过来。

“谁敢动我？”刘令怒喝。

“你敢拒捕？说明本官没有冤枉你！来人，还不速速将奸细拿下？杀奸细者赏银百两！”县令呼道。

一时之间，刘令身边的人也傻眼了，不知道该不该上前帮刘令，抑或是把刘令擒住。

“这是你逼我的，既然你逼我反，那我就只好反了！”刘令咬牙怒叱道，说话间一挥手中的刀喝道：“儿郎们，给我一起反出城去，迎更始军入城！”

刘令这一呼，身边的亲卫立刻拔刀迎上县令身边的官兵，两队人大杀成一团，顿时，全城上下都惊动了，也都乱成一团。

葛丹王子入信都，颇为低调，虽然随从颇多，但他似乎是刻意不造出任何声势，这让任光和小刀六不得不对这个鲜卑王子另眼相看。

当然，这也许与漠外之人的清苦习惯有极大的关系。

任光为葛丹设的宴席便在任府，在场的却并无太多的外人，仅耿纯之子耿英及有限的几名冀州豪强。

“葛丹王子远道而来，本官在此特设薄酒以待，还望王子和各位勇士能尽兴！”任光淡淡地道。

“能得太守如此厚待，葛丹已是受宠若惊了，在这里，我还要谢谢诸位，小王备了一份薄礼给诸位，还希望诸位笑纳！”葛丹淡淡地道，粗犷的面容始终带着平稳的笑意，让人感觉其极具亲和力。

葛丹拍了拍手，立刻有随从提来一箱箱诸如人参、貂皮之类的东西。

“这些都是我鲜卑族的特产，不成敬意，其中有长白山数百年的成形野人参。”葛丹淡淡一笑道。

冀州的豪强们见惯了金银，但是这么多人参、鹿茸之类的还是很少见，不过也知道长白山数百年成形人参也是难得的奇珍，比之金银更难寻求。

“这里每箱中有两支千年人参，十支两百年以上的成形人参。在座的每位，我都各备了一箱。那件紫貂皮乃是我特意为太守大人所挑，另外的白貂皮则是为诸位准备的！”葛丹悠然道。

“哇……”人人惊讶，他们没料到每个箱子之中都有两支千年人参，这东西可真是稀世之珍，而葛丹一下子便送出十数支，还有一百多支两百年以上的成形人参，出手之大方，实让人咋舌，那些貂皮还不在其中。

小刀六心中暗叫："我的乖乖，这下子老子可以回去天天吃人参粥，把自己补成只大胖猪好了！这要是在宛城，一支千年人参少说也可卖个万把两银子，两支便是数万两了，还有那些小的，这鲜卑王子还真是阔气，要是让我给这些人送如此大礼，确实舍不得。"

"王子太客气了，如此厚礼，任光确实心中难安！"任光客气地道。

"太守何用说这样的话？这么多年来，我鲜卑族多亏令尊和冀州耿老爷子及诸位的鼎力相助，使我们不至于完全被匈奴吞并，还让我鲜卑能自匈奴的压迫下抬起头来，区区薄礼又算得了什么？"葛丹诚恳地道。

小刀六恍然，心忖："难怪这么大方，原来是受了任家和冀州豪强这么大的恩惠。"

"匈奴是我们共同的敌人，王子何用客气？"任光又道。

葛丹笑了，道："既然如此，我们都是一家人了，那太守又何必拘礼？"

任光与葛丹相对望了一眼，不由得同时发出会心的微笑。

"我给王子介绍一个新朋友认识！"任光说着向小刀六指了指道："这位乃是中原造兵之王萧六萧公子，其手下有数十家制造兵器的大作坊，数千技艺精湛的铁匠为其煅造。眼下，他已经造出了作战之时最为精巧，杀伤力最强的天机神弩！"

"萧六能见到王子，真是荣幸！"小刀六客气地拱手，毫不谦虚地接受了任光给他的头衔，似乎这一切都是理所当然的。

"哦，真是幸会幸会！"葛丹听任光如此一介绍，顿时眼光大亮，在惊讶之中又略有些难以置信，因为小刀六太年轻，如此年轻的人物却能拥有数十家大作坊和数千技艺精湛的铁匠为其煅造，确实让人感到有点夸张。

"萧公子不仅做兵器生意，其他各行各业的生意他都做，可谓是无所不精，王子可别小看他年轻！"郡丞李方也笑道。

"李大人过奖了，萧六只是个见钱眼开的商人，哪行能赚钱便往哪行钻，虽杂却无一能精，只所幸手下诸人争气，能把我的这点薄面撑起来而已！"小刀六谦虚地道。

"真是英雄出少年，中原真是奇人如云，我倒真的很想见识一下萧公子的天机弩究竟有何威力！"葛丹倒不是一个轻易相信别人吹嘘的人，不过，似乎对小刀六的弩机很感兴趣。

“这个好说，萧六不介意献献丑。”说话间向身后的姚勇招了招手。

姚勇立刻让人在大院中摆开五张大木盾，又让人送来天机弩。

小刀六将弩机送到葛丹手中，介绍道：“此弩可以一人之力驱使，但需精壮者，可同发十矢，也可以普通羽箭为矢，分上下两排，每排五道滑槽，当然也可以将十支弩矢分两次发射，运用之时可自行调节，王子若有兴趣，不妨在院子之中练练手！”

葛丹拿着有二十斤重、制作精巧至极的弩机，几乎有点爱不释手，在手中不断地摆弄，好像连小刀六的话都没曾听进去。

“王子！”一旁的随从立刻提醒葛丹。

葛丹这才回过神来，大赞道：“好弩！好弩！我从未见过制作得比之更复杂更精巧的弩机，这弦丝，非铜非筋，韧性之强，足以使任何箭矢射出五百步以上；这龙骨之木以糜火精制，入手不滑，绝不变形，使箭矢更加精准，也使受力大增，难怪能同发十矢。最妙的还是这滑槽，是以什么样的方式才能制作得如此光滑而细致呢……？”

“看来王子乃是这方面的大行家，既然王子如此喜欢，何不到外院一试此弩的威力呢？”任光不由得笑道。

小刀六却在心中暗惊，这个葛丹王子确不是个简单的人物，只拿着弩机这么一看，便说了个八九不离十。他和林渺只不过是照着图样和标准做出来，并不太清楚每一项具体好在哪里。因此，他不能不重新估计这位生意对手。

“好，我正有此意！”葛丹大喜。

第六十一章　杀手之王

定陵城中发生内乱，县令与郡丞两派之人相互厮杀，一些小校见大势不妙，便干脆打开城门放更始军冲入。

这群小校偏将也都是识时务之人，本来城中的力量就不如更始军，城内的两系人又自相残杀，这城必破无疑。他们可不想这样傻傻地卖命，城中官兵也知大势已去，都不抵抗，城内的一些豪强更是出门相迎更始军入城。

刘秀引大军直击刘令和县令，将二人生擒于马上，余者皆不战而降。

刘寅领大军迅速清剿城中官兵残余，占县衙及各城中要点，而另一些人则迅速发放安民告示，让百姓放心。

定陵城破，几乎未死一卒，只是刘秀写了两封书信而已。这几乎是个奇迹，刘秀在军中的声威也大振，这条奇计使得军中将士无不敬服，即使是刘寅也对刘秀夸赞不已。

定陵大捷，便迅速有快报送去寅阳，此战记刘秀之首功。

败将刘令也不得不服，人家计高一筹，又有什么办法，他也不能不佩服刘秀的智谋。此人能够盛名南阳，在长安求学之时，便名动一时，这些绝不是侥幸所致，而是确有真才实学之辈。事实上刘秀之才在绿林军之时便得到了肯定，其制定的法纪条令都深得民心，让军中无人不服。

县令此刻却知道后悔了，悔自己当时为什么就没有发现这是刘秀的诡计呢？以至于城池破得如此之快，他还指望洛阳的援军快来，可惜此刻自己却成了阶下之囚。

刘秀接受了刘令的归降，但却杀了在定陵城中作威作福、昏庸无道的县令，这使城中百姓大为鼓舞。

刘秀开仓济民，分发春播的种子，为巩固所得的定陵城，不得不再一次操心。当然，破城之喜，足以抵消任何疲劳。

天机弩在百步之内竟可穿盾裂木，其威力之强，确实让葛丹和众人咋舌，他对天机弩满意的程度自然不用置疑。

“太好了，有如此神弩，匈奴的如风铁骑又何足道哉?”葛丹兴奋不已地道，他的随从也皆兴奋不已。

“王子有所不知，这神弩乃是当日绿林军大破严家军的神器，在战场之上，几乎是所向无敌，如果是在一望无垠的漠外，那它的杀伤力将更是倍增，匈奴人一向以轻骑神出鬼没，但如果有这种强弩相候，他们又能有何作为?”郡丞李方肃然道。

“如果我们的战士都配上天机神弩，那在大漠之中岂不是无往不利?那谁还敢小视我鲜卑？定让匈奴仓皇而去!”葛丹兴奋地比画着。

“我介绍萧公子给王子认识，便是要你们好好谈谈，好好合作!”任光欣然笑道。

“谢太守为我鲜卑如此着想，若他日我们能摆脱匈奴的奴役，太守当是我鲜卑的大恩人!”葛丹肃然道。

“王子言重了!”任光肃然道。

抵达竟陵倒也顺利，这一路的水路并没有林渺想的那么危险，他所准备的东西似乎都没有用上，抑或是因为水路不容易跟踪，而且他已经易容，整日待在船舱之中，偶尔也享享打渔的乐趣，倒也惬意，而大多数时间则是练功，还有对着河水静思冥想，那幅酷似梁心仪的画让林渺心中想得太多，但却想不出个所以然来。那船夫父女倒也乖巧，不会主动打扰林渺，虽然在吃饭之时偶尔和林渺聊聊，其它时间都能给林渺一个安静的空间。

还有十天便已到了最后的时间，如果在这十天之中林渺无法找到那万载玄冰的话，或许便唯有死路一条。林渺并不想死，那幅画让他心中升起了一丝强烈的希望。

他一直都不曾看见梁心仪的尸体，而只是听到昔日都统府中传出的消息说梁心仪死掉了，难道真的就死了？是以，梁心仪活着的可能性不是没有，只是林渺一直都不敢想而已。

如果梁心仪没死，林渺便是踏遍天涯海角也要去找到她，是以他绝不希望梁心仪就这样死去，哪怕只有最后一点希望也绝不会放弃。

竟陵，似乎并没有多大的改变，林渺并不想让这对父女陪自己去冒险，云梦泽那片死亡之地，便是武林高手前去也是死路一条，何况是这对普通而平凡的父女？是以，他要在竟陵另外再租船顺流而下，他要独下云梦！

当然，他并不想让太多的人知道玄门的秘密。

那父女俩暂时便留在渡口，林渺却要入竟陵再买一些食物及药物等必备品。

“公子还返回淯阳吗?”船夫有些期待地问道。

“不了，我要深入云梦，你们可以先回去!”林渺这几日与这对父女建立起了相互信任的感情，因此，并不隐瞒道。

“深入云梦?”船夫吃了一惊，脸色微变道：“云梦泽中可是凶险处处，公子你去那里面干什么?”

“你不必问这么多，所以，我让你们先回去。”林渺淡然笑道。

船夫望了望林渺，有些怪怪地吸了口气道：“那公子此去还要用船，不如就让我陪公子走一趟吧!”

“是啊，有小翠给公子做饭洗衣，也方便一些呀!”小翠也出言道。

林渺不由得笑了，倒有些感动地道：“那里乃是荒芜死亡之地，你们不行!”

“老夫行船数十载，经验绝对丰富，水上功夫可不是吹的，在淯阳都是有名的!”船夫不无骄傲地道。

林渺又笑了，道：“那里与水性没有太大的关系，因为水性再好，也不能好过成千的水怪，你们不必再说什么了，待会儿我在此租船，你帮我将东西搬上那只船即可!”

“公子要一个人前去?”船夫吃惊地问道。

“是啊，成千的水怪，那公子去不是很危险吗?”小翠关心地道。

“是有点危险，但我不会有事的。好了，你们在这里等我，我去租船!”林渺道。

林渺上得码头，在竟陵的码头泊着各种大小船只，但多为渔船，只有少数商船。当然，战船是在单独的港口和码头，是绝对不可以让普通船只进驻的。

走了小半圈，林渺的目光被一艘窄而修长、造型略有点奇特的船所吸引，船上站着一个中年人，此时正在收网，自河面飘来一缕略腥的气味。

“喂，船家，你这船租不租?”林渺上前问道。

那船家似乎并没有听到林渺的话，只是小心地收着网，仿佛身边的其他一切都已经不再重要。

“船家!”林渺踏上那小渔船叫了声。

船夫扭过头望了林渺一眼，不冷不热地道：“不租!”

“我给你双倍的租金!”林渺一怔，又道。

“有钱很了不起吗?老子不稀罕，再多的钱，我这船也不租!”船夫冷冷地道。

林渺还真愣住了，不免微有些气恼，这船夫确实有些不够客气，不过船是人家的，不租也不能抢，只好悻悻地拂袖上岸。

“如果你喜欢的话，我的船可以送你一程!”一个略带揶揄的声音自河边上传来。

林渺抬头一望，顿时汗毛直竖，河中快速飘来一只小船，而立在船头说话者竟然是那个打得他半死的雷霆威。

雷霆威居然追到了竟陵，听那口气，似乎已经知道了他的身份，这怎不叫他心头发毛?事实上，易容在雷霆威这等高手面前根本就没有用处。

“不用了，你的船我可用不起!”林渺回应了一声，想也不想，迅速向岸上跃去。

“哈哈……”雷霆威大笑道：“要是让你小子逃出了我的手掌心，我也不配称为杀手之王了!”说话间，已如大鸟般向林渺射到。

“你已经老了，现在不过是回光返照，有种你便试试!”林渺并不想口中落到下风，但他的脚下绝没有片刻停留。

“鬼影劫？小子你居然是琅邪老儿的弟子，难怪樊祟会帮你，但你遇上了我算你倒霉!”

雷霆威的身法也是快绝，比林渺似乎尚胜上一筹。问题并不在于雷霆威的身法真的胜过鬼影劫，而是林渺的鬼影劫只是无师自通，纯粹是凭着自己的理解，没有得到琅邪鬼叟的指点，无法达到最高的境界，体会出其中真正的精髓，这才难以发挥至极致。

这样的鬼影劫对付一般的江湖高手还过得去，但是遇上了雷霆威这般人物，却是相形见绌了。当然，雷霆威想逮住林渺也并不是一件容易事，这里到处都是船只，林渺根本就不与他交手，东躲西窜，在船与船之间窜来窜去，使得雷霆威一时也没办法。

“老鬼，别倚老卖老，小爷怕你就得了，要是你逼人太甚，对你也没什么好处!”林渺与雷霆威保持着六七丈的距离，气恨地道。

“哼，我说过要用你的心来祭我兄弟的在天之灵！今天没人可以帮你，上次有樊祟，这次看你怎么办!”雷霆威冷冷地道。

“你们这帮老东西不讲道理，要是他不想杀我，我又怎会杀了他……?”

“哈哈……我第一次听人说杀手还有道理可讲，老夫当年都不曾讲过道理，今日还会跟你讲道理吗?”剑无心也自那船舱中站了出来，旁若无人地大笑道。

码头之上的人都吓得躲到一边，这几人一个个杀气腾腾，所到之处，让路人感到一种窒息的压力和恐惧。因此，船夫和渔民吓得纷纷走避，有的干脆把船划走。

林渺心中叫苦不迭，本以为只雷霆威一人，却没料到剑无心居然也伤愈而来，要是这两个人出手，自己今日虽有地利相护，只怕也要少层皮了，但口中却仍哈哈一笑道：“想不到剑无心你这老鬼还如此经得起打，这么快就好了，我还以为你死了呢！你这不是回光返照吧?”

剑无心不怒反笑道：“正因为没死，所以，我要在你身上还回那一掌!”

“我看你不死也好不到哪里去!”林渺不屑地一笑，抬手，自袖间竟射出一支弩矢，直奔立于小船之上的剑无心。

剑无心吃了一惊，没想到林渺一点征兆也没有便以暗弩射他，这藏于袖中的小弩虽然只能一次发射一支，射程仅百步，但在这十丈之内却也威力惊人。

“叮……”剑无心一剑斩落弩矢，但身子却晃了晃。

“小子，我来送你见阎王吧！”雷霆威见林渺如此狡猾，竟以袖弩试探剑无心，不由得大怒，飞身扑上。

林渺却大笑而退，道：“原来是只纸老虎，我还以为老儿你是铁打的！”

剑无心也大怒，他本想威慑一下林渺，却没有料到林渺这般狡猾，一试就揭穿了他的底细，不过却也无可奈何。

小刀六与葛丹王子定下的兵器生意是一拍即合。

鲜卑愿以马匹和人参貂皮等物交换小刀六的三千张天机弩。

而眼下之务便是去采取材料，然后大量冶造，事实上，他们并不只是肩负鲜卑族这三千张天机弩的任务，更重要的任务则是装备枭城战士和信都军，使之拥有一支攻击力超强的劲旅，这样才有可能雄霸北方。

尽管林渺不在，可小刀六却在心中盘算得很好，只待林渺回来，他便可以大举向四面进攻了，仿佛北方的未来已经被他看得很清楚了。不过，若想获得铁矿尚有点麻烦，因为最近的铁矿在常山，而这是大枪义军所据之地，因信都破了铜马军，夺了枭城，还杀了范沧海，因此大枪极为恼火，对于信都的商旅并不合作，而小刀六便在其中。而若自北平、武安或是千乘运送大量铁石至信都又不方便。当然，这一切尚不是太急，仅信都的存铁及枭城的存铁，便可造出数千张天机弩，但没有大量铁矿支持并不是长久之计，正被东郭子元算中，西北方仍会有点不顺，而这不顺便是来自大枪义军！

“我看我应该去渔阳看看！”小刀六沉思了良久，突然道。

“主公去渔阳也是一个办法，那里有大量的铁矿，又有沈家兄妹和吴汉将军在，相信行事一定会更方便，而且与鲜卑人的交易也更方便！”胡世点头而道。

小刀六点点头道：“不错，这也是一点，但更重要的是，我们又怎能专做弩箭的买卖？这种东西不容易坏，他们买了第一次，第二次就差不多够了，后来只能是零星的购买。这东西只能一开始会挣到大把的钱，但过了一段时间就没有什么赚头了，是以我们不应该扩大规模，而应逐渐减小规模，只有这东西少才能够以最低的成本卖到最高的价钱，而多余的人力，我们便可以做其他的生意！”

“主公可真是思维敏捷，高瞻远瞩！”小刀六身后的谋士之一方利赞道。

“呵，那方先生认为我们应该转向什么生意才好呢？”小刀六浅浅一笑，问道。

“极北苦寒之地，因风沙大，遍地草原，多以吃马奶羊奶肉类为主，粮食这种东西肯定不太适用，但他们最不可能缺少的却是茶叶和盐巴。在有些地方有些时候，这东西可比黄金还贵，我们大可自漠外换回战马、羊皮和他们的特产，然后卖入中原，这样定能获利！”方利想了想道。

小刀六不由得笑了，道：“说得很对，我也是这么想，听说匈奴人若没有茶叶，吃多了马奶后会生病，而极北苦寒之地也缺这些。我们可自南方购得很低价的茶叶，再高价卖到塞北，北方低价的牛马卖去南方，不过，问题却是北方多马贼，这些人物来去如风，我们很难对付，尤其是拖着大批的货物！”

“因此，我们必须要有一支训练极为精良，而且熟悉塞外环境的战士，这才能够保证交易的安全！”胡世点了点头道。

“我想请东郭先生为我占上一卦，看我此行北方的吉凶如何。”小刀六笑着把目光投向东郭子元，淡然道。

“我昨夜已为主公算了一卦，往北方，主公是无往不利，虽有小忧却是逢凶化吉，顺来逆去之兆，是以，主公不必心存顾忌！”东郭子元肃然道。

“哦，原来先生昨天便已经知道了我有去极北的打算，真是先知先觉！”小刀六不由得笑了，对东郭子元的话颇为满意。

“见微知著，昨日主公让刑迁忆去渔阳，我便已经知主公有意北进！”

东郭子元道。

“先生果然细心，我是让刑迁忆去渔阳上谷和右北平诸地招募五百熟知塞外地形和风土人情的壮士，我要用这些人打开塞外的商路！”小刀六悠然一笑道。

“原来主公早就已经胸有成竹！”胡世诸人也皆为之释然，心中对小刀六也多了几分敬服，这个年轻的主公行事似乎是越来越高深莫测，东晃一招，西晃一招，看似零乱，但却皆是伏笔。这些日子来，他们几乎看着小刀六在变化，变得更成熟，更稳重，对大局更是如在掌中，运筹帷幄，丝毫不乱。

小刀六的勤奋好学也是胡世诸人所敬的，他除了计划生意，打理一些账务外，其他的时间基本上都在读书和研究那些大商家的手段及当前的形势。最开始是姜万宝找书给小刀六看，几乎是逼着小刀六看书，后来却是小刀六无书不读，更因身边有许多才学极博、极有见地的人物，因此常与之讨论一些问题，这使得小刀六的思想和见识一日千里，与最初那个大通酒楼掌柜的小刀六有着天差地别。

“但是这些所招来之人会不会可靠呢?”方利有些担心地道。

“我会让人查清他们的背景及其在当地人之中的印象，这个不用担心，但这五百人必须是惯于生活在草原耐寒的勇士，他们的斗志是最重要的，至于其他的可以再强化训练！”小刀六吁了口气道。

“主公决定何时去渔阳?”东郭子元淡淡问道。

“明天，这里的事便由胡先生着手打理，好好与欧阳先生和任太守配合！”小刀六叮嘱道。

“主公请放心！”胡世肃然道。

林渺知道了剑无心伤势未愈，心中轻松了许多，雷霆威虽然厉害，但是在水中却不一定能胜过自己。只要自己跃入水中，河面船只这么多，就像当日幽冥蝠王在淯水狙击自己一样，根本就不可能拿他怎样。

雷霆威与林渺的追逐似乎因为这些大小渔船的存在而变得难舍难分，但却没有人会停下来。林渺根本就不会与雷霆威正面交手，他知道自己有多少斤两，在这个老怪物面前，自己几乎是不堪一击！但他逃跑的本领却不差，浩然帝炁在体内飞速运行，使其功力始终保持在最好的状态，这使雷霆威为之气结。

雷霆威虽然武功超凡脱俗，但是身法却不是其所长。当年十三邪各有所长，鬼影子的身法最为奇诡和快捷，他的身法相对来说却有些逊色了，虽然此刻比林渺要快上一点，但林渺却溜滑至极，更有着五花八门的步法，借这些船泊的错位，极巧妙地运用地形地势，使雷霆威那一点优势全都失去了。

“老鬼，我们还是打个商量吧，你追不上我，这样下去也不是办法，对你对我可是都没好处的！”林渺喊道。

剑无心在一边也似乎帮不上什么忙，他的速度比之这两人都要逊色许多，因为他身上的伤势未愈，樊祟那一掌极为沉重，他能够在这么短的时间内恢复一些已经是很不易了，若是再与高手交手，那后果不言可知。

“小子，你错了，还有我！”江中又飘来一个冷冷的声音。

林渺举目却发现竟是山西恶鬼费祥诸人乘一艘大船正向码头驶来，船上之人都是邯郸王家的家将，人人手执强弩硬弓，似乎只要林渺一现身空中便立刻将之射成刺猬。

林渺不由得大恨，心也有点发冷，忖道：“妈的，王郎真是够狠，派了这几个老不死的怪物来对付老子还不算，竟又让山西恶鬼这一干人也来起哄，这下可就惨了！”在这些弓箭手的环视之下，还有那该死的山西恶鬼，只要他被缠住了，哪怕只有一瞬间，那他便必定死无葬身之地。

“你们以多为胜，老子不陪你们玩了！”林渺低呼，翻身直跃入河水之中，溅起一层涟漪，当雷霆威赶到之时，早已不见了林渺的踪影。

山西恶鬼吃了一惊，他知道林渺的水性极好，连鬼影子都被其在水下干掉了，此刻又见林渺入水，他也有些束手无策。

“想从水里溜走吗？我看你是枉费心机，老夫早有准备！”雷霆威冷笑着向剑无心一挥手道：“放蛊雕！”

剑无心顿时让人自船舱之中搬出一只笼子，在笼子之中装着一只奇异的兽。

“哇……”那异兽见光便发出一阵凄长有如婴儿啼哭一般的声音，其貌像是大雕，头上却长着角。

“我看你还要不要待在水中！”剑无心也冷笑一声，打开铁笼子的锁，将笼子连那异兽一起放入水中。

“哗……”铁笼子的门立刻被冲开，那异兽一声鸣叫便沉入水中。

岸上的渔民和船家大多不识这蛊雕是什么东西，但却也有人认识，立刻议论开了。当这些人知道这几人在水中放了一只吃人的猛兽时，顿时意识到这片他们生活了数千年的水域从此不再安全，不由得皆大为愤慨。

“你们怎么可以把这种凶物放下水呢？”

“你们还要我们活吗……？”

立刻有几个老渔民上前质问，本来他们对剑无心这些人还有点害怕，因不明白是什么人，因此抱着多一事不如少一事的态度旁观，但是现在却关系到他们的切身利益，他们对自己这片生活了数十年的水域爱惜有如生命，此刻被人破坏，怎不叫他们愤怒？

剑无心瞟了那几名渔夫一眼，不屑地道：“你们不想死的话就闭上臭嘴！”

“你们这些外来人，在这里还这么凶，我们去见官，你们要是不把那水怪赶走，我们就不客气了！”

“对，你们若不把那吃人的水怪赶走，我们以后还敢下水吗？”

“对呀，我们应该把他们送官！”送林渺来竟陵的老船夫也在人群之中举手高呼，故意将岸上群众的愤怒激发出来。他似乎知道这些人是林渺都不敢惹的角色，若他去帮林渺忙，只是送死，倒不如借这些竟陵本地的船家来为难这几个人，或许还可以帮上林渺一些忙。

“你们这是找死！”

“你还敢这么凶！”几名渔夫提起竹篙和船桨就向剑无心船上挤去，他们也知道剑无心可能很难惹，是以，众人一起上。当然，这也是因为剑无心说话实在是太冲了，不仅不认错，还威胁他们，这自然让他们有些受不了。这些渔民都是饱受风霜磨砺的，也有许多极为硬朗的汉子。

雷霆威倒没想到，本来躲在一旁不敢出声的渔民们居然会因为一只水兽而对他们群起而攻之，尽管对付这群普通的渔民根本不在话下，但是若被这些人给纠缠住却不是一件好事。毕竟，他也不能对这群人痛下杀手，对付这群无辜的人，在当年或许不在乎，可是这近二十年的闭世生活使他的杀念也减少了很多，并不愿意太滥杀无辜。

山西恶鬼见众人都围上剑无心的船，也暗叫不妙，迅速将船只移了过来。

“扑通……”推搡中，有几名渔夫立足不稳翻落水中，这只小船并不大，剑无心见众怒难犯，也不能痛下杀手，是以信手挥出，却没想到把几人挤下了水。

渔夫们更是大怒。

“啊……救命……”蓦地一名渔夫尖声惨叫，拼命地向船上爬来。

众人扭头看去，只见那渔夫身下的水面迅速冒出一层血水，水面如沸水般搅开，冒起层层血泡。

渔夫犹如陷入了一片海藻林，整个身子似被无数的海藻缠住，不住地挣扎，更在水面之上如一根浮木般晃动。

“快，是水怪，把他拉上来！”一名船夫顿时明白了过来，另几名落水之人骇然之下纷纷被人拉起，但当人伸手去拉那惨号不止的渔夫之时，那渔夫的身子突地一下子全部沉入水中，像是有一股巨大的吸力将之吞入一个黑洞。

“陈老四！”有人惊呼那落水未起之人的名字，但是却不敢下水。

“网……网……”有人大呼。

“呼……”那陈老四的头和上半身一下子又冒出了水面，气息微弱地呼了声“救我……”便又“噗噗”沉入水中。

“哗……”正当众人吃惊之时，一张大网当天撒下，正好在刚才陈老四沉入水中之处，却是那名刚才拒绝租船给林渺的渔夫。

鱼网迅速沉入水中，每个人的心都变得无比紧张，刚才那血淋淋的场面足以使他们惊悸，这片他们熟悉的水域此刻已经不再熟悉，每个人都感到背脊凉飕飕的。

“网住了！网住了！快收网！”有人忍不住惊喜地呼了几声，因为他们看到了网身振起一层层奇怪的水纹，仿佛是有巨物在下面挣扎。

那渔夫也额角渗出冷汗，他只是想救人，抓住那水怪，但在这异物没出水面之时，他心中的紧张自是难以言喻。

剑无心并没有阻止那人收网，刚才看着那落水渔夫在水中挣扎的样子，他心中也升起了一丝莫名的寒意，如果换成了是他会是怎样一种结果呢？那怪物确实极为凶残。

“哗……”网内的水面振出一层水花，带着腥红的血水，发出两下强烈的震荡，如有两重物撞击了几下。

陈老四的身子又一次冒了出来，然而水下却陷入了一片平静。

陈老四似乎没有挣扎，脸色苍白得没有半点血色，但眼圈之外和耳孔边却仍有血水外渗，眼睛空洞得让人心寒。

网拉上来了，但陈老四的身体自腰身以下全部不见，只剩下上半身和头颅，似乎是有人用锯子将之自腰部生生锯断。

网破了一个大洞，那怪物不见了踪影，唯河面之上泛着如赤潮一般的血红。

有人在吐，有人在哭，更多的人则是沉默，抑或是他们被眼前的一切给惊呆了，吓傻了，如同陷入了一个可怕的噩梦之中无法醒转。

没有人动那收上来的网，血水自船上流入河中，那收网的中年渔夫手有些发抖，没有人知道他心里想着什么。所有人都在沉沉地哀悼，陈老四曾是他们中的一员，在一刻前还在谈笑风生，可是此时竟死得如此之惨。

“打死他，打死他，为陈老四报仇！”小翠的父亲此刻不仅只是想帮林渺，更是对剑无心恨极，他也是渔民，天下渔民皆一家，陈老四的死足以使他做一辈子的噩梦，这片水域又有谁敢下去？

有人这么一呼，顿时都想起了放这只凶兽入水的罪魁祸首剑无心，所有的悲愤和惊悚都化成了疯狂的仇恨，皆高呼：“让他赔陈老四的命，让他去喂那怪物……”

剑无心也骇然，他一生杀人无数，见过的尸体何止千万？但却被眼前这具只剩下半截的身子给深深地怔住了。

山西恶鬼那只大船之上，许多人竟开始呕吐，每个人的面色苍白，显然他们已经在想象，假如刚才下水者不是陈老四，而是自己时，那会是怎样的后果？是以，这些人皆面如土色，身不由己地退到甲板中间，好像害怕一不小心掉入河水之中成为那异物下一个攻击的目标，便连山西恶鬼费祥也不忍目睹那具尸体。

“呼……”剑无心船上的船夫似乎意识到了什么，迅速出手，那艘小船很快离岸。

小船上的几名渔夫骇然迅速跳上邻船或是岸上。

“想走？围住他！”那张网捞起陈老四尸体的中年渔夫怒喝一声，拿起长竹篙轻点岸边，那造型奇特的小船迅速弹出。

其它的渔民也纷纷各上自家的船，操桨、操篙，呈夹角之势攻向剑无心所在的那只小船。

雷霆威也大为惊怒，正要冲上来大开杀戒之时，蓦地河中水面哗地破开。

林渺尖叫着破水而出，像是蹿出水面的鸥鸟，拖起一串晶莹的水珠，在阳光之下泛起五彩的光泽。

“哗……”林渺的身后也随即有一物破水而起，正是那只几有牛犊般大的异兽蛊雕。

蛊雕张大尖利有如巨鳄般的血盆大口，欲咬住林渺的脚，在阳光之下，那有两寸长锋如利刃的尖牙发出森冷的寒芒，还似乎残留着血肉的渣末，其凶残之相毕露无遗。

林渺破出水面近两丈许，蛊雕力绝又重重地坠入河水之中，却也纵离水面五尺之高。

“嗖……”林渺在身子下沉之时，袖弩猛地向蛊雕沉入处射出一箭，却不知有没有射中那异物，但他的身子已落至水面。

“小子，今日便是你的死期！”雷霆威见林渺终被蛊雕追上，不由得厉笑起来，似乎已经看到了林渺那如陈老四一般惨烈的尸体。

林渺双足一触水面，竟又一次弹起，同时拔刀，而那蛊雕又一次蹿出水面，直袭林渺，它似乎已经算准了林渺落足之处，只是没有算到林渺并不沉入水中，而是又踏水而起。

雷霆威不由得脸色微变，林渺居然也已经有登萍渡水的能力，竟可踏浪而起，轻功已达如此境界，看来只凭那蛊雕想对付林渺并不是一件容易的事。

"去死吧，畜牲!"林渺身子不升反降，与刀锋共化一缕幽芒直迎跃出水面的蛊雕。

兽毕竟是兽，再聪明也不知道人脑子里在想些什么。在林渺那削铁如泥的龙腾刀下，顿时爆出一片血光，整个脑袋几乎削去半个，然后轰然落水。

林渺也哗地坠入水中，此刻他憋的那口真气已经用尽。

岸上的渔民将这一切都看得极为真切，那惊心动魄的一幕使每个人都捏了把汗，但当看到林渺挥刀重创那怪物之时，不由得全都暴出一阵强烈至极的欢呼，像是在感激英雄的归来，每个人也稍稍地松了口气。

雷霆威和山西恶鬼等人却呆住了，他们没有想到林渺居然如此轻易便重创了蛊雕，雷霆威心中最清楚，那蛊雕浑身鳞甲几乎是刀枪不入，但却被林渺一刀重创。

当然，雷霆威意识到林渺所用之刀绝非凡品，而林渺的功力更不是蛊雕所能承受的，但他并不知道，林渺在死亡沼泽之中与群鳄大战比这一刻更惊险万倍。虽然在水中林渺被蛊雕追得狼狈不堪，但此刻他的武功比当日下云梦之时已不可同日而语了，这只蛊雕并不能对他如何，要是有数只，那便是另外一回事了。

林渺落水之处，并没有立刻平息，而是又再次掀起一股巨浪，血红色的浪头让人触目惊心，水下，如有两头蛟龙在盘旋，搅得河水潮起涛涌，但却没有人知道水底之下究竟发生了什么事，又是怎样一种情况。于是除希望林渺死的几个人之外，余者皆为林渺捏了把汗，为之深深地担心。

"我们去帮他!"有几个年轻力壮的渔民划着小船迅速向河中心驶去，他们不想林渺死，因为林渺可能是杀死那恶兽的唯一希望，如果不除蛊雕，从此他们便绝没宁日。

渔民们将对剑无心的注意力全都转向了河中的林渺，有人带头行动，立刻有大批渔船跟上，皆想去助林渺除此恶兽。

雷霆威却冷冷地看着这些人的行动，在水中，他并不能对付林渺，他的水性绝不敢与林渺相比，这也是为什么他要带这只异兽来此的原因。他只想让蛊雕将林渺逼上岸来，再下手，却没有料到此刻林渺与受伤的蛊雕在水中斗得难解难分，并不像他预料中的那样。

林渺似乎看出了雷霆威的意图，是以将蛊雕引至河心，距雷霆威十余丈处，这才破水而出。在这种范围之内，即使是林渺被逼出水面，雷霆威也不能立即出手，更不可能与蛊雕来个水陆配合，这便等于打破了雷霆威的计划。

当然，这样也是极为冒险的，被蛊雕在水中追逐了这么远，若是一不小心，就会真的成为蛊雕的点心。尽管林渺武功好，但在水中想与这凶兽相比，那又是另一回事，只是林渺成功地做到先重创了蛊雕。

生存本就是一种博彩，不敢赌的人便注定会输。

河水中的浪头更高，血水已使江面染红了一大片，林渺与蛊雕都没有探出头来，似乎纠缠得更紧，更激烈，这些血究竟是谁的，自不用猜，但林渺是不是也受了伤呢？河水是不是也混合着林渺的鲜血呢？

没有人能回答，河水本来是极为清澈的，但现在是半点迹象也看不到，渔民们也都着急，可他们并不敢下水，唯有在岸上为林渺祈福。

“让开！让开！”那最初拒绝租船的中年渔民呼了一声，停下自己的船，脱个赤膊，嘴里叼着一柄尖刀，大步自几艘小船上跳过。

“季步，你要干什么？水下危险，你还是不要下去！”几名老年渔夫劝道。

“忠叔，若此物不死，那咱们以后还不知要死多少人！”中年渔民沉声道。

“季步哥说的是，小心，身上先系根绳子，有事好有个照应。”一名年轻人提醒道。

季步摇头一笑，纵身跃入血水之中，惊起一大串涟漪。

不远处的剑无心和雷霆威望着这一切，竟没有阻止这些人对付他们的爱兽，抑或是刚才陈老四的死给他们的震撼太大了，此刻群情激愤，在这些人毫不畏怯的正义面前，竟有些退缩。尽管他们拥有超卓不凡的武功，但在精神之上却输给了这些渔民和船夫，是以唯有眼睁睁地看着这些渔民与林渺联手斗蛊雕。

当然，雷霆威此来的目的只在于林渺，只要击杀林渺为鬼影子报了仇，其他的人并没有必要狠下杀手。有这阵子与蛊雕的水下交战，他相信林渺的体力应大打折扣，而他以逸待劳，绝不怕林渺跑了。

山西恶鬼似乎也明白雷霆威的意思，令人守住岸边四处，他则上前向雷霆威请安。他自然知道此人的身份，因此，绝不敢怠慢。

雷霆威并不太理会山西恶鬼，但却因为是邯郸王家的人，所以也并不排斥。

山西恶鬼讨了个没趣，却不敢稍有发作，知道以雷霆威这杀手之王的名头，杀死他只是易如翻掌，一个不好，被人斩去脑袋，那可是白死了。

“老五，我有一件事要你去做!”刘秀拍了拍刘嘉的肩膀，深深地吸了口气道。

“三哥有何吩咐直管说!”刘嘉肃然道。

“你立刻回春陵，我要你将三嫂与外面的联系全给我查清楚，但绝不可惊动任何人!”刘秀深深地吸了口气道。

“三哥!”刘嘉大吃一惊，低呼了一声。

“魔门可能已经有人混入了我们春陵刘家，我得到消息，燕子楼可能是魔门的力量，是以，我希望这件事不要惊动任何人!”刘秀冷峻而又严肃地道。

刘嘉的脸色数变，他明白了刘秀的意思，但是他却不敢相信这是事实。当然，他绝不会怀疑刘秀的任何话，包括眼下所说的一切。

“我明白该怎么做!”刘嘉吸了口气道，他知道刘秀对他的信任是绝对的。

“琦琪没有惹出什么乱子吧?”刘秀又问道。

“还好，这丫头!”提到刘琦琪，刘嘉也似乎有点头痛。

“她是不是又添了什么麻烦?”刘秀见刘嘉这个样子，不由得问道。

“所幸遇上了林渺，否则倒是真会出乱子。”刘嘉摇了摇头道。

“林渺?”刘秀眸子里闪过一丝欣然的光彩，旋又问道：“他还好吗?”

“我遇见他时，他还好，比之昔日似乎已经成了两个人，此人确实是个人才，不过，欲置他于死地的人也很多，便连当年杀手盟的苍穹十三邪之一的鬼影子也重现江湖!”刘嘉不无称赞和忧虑地道。

“连鬼影子也要对付他?”刘秀吃了一惊，问道。

“不错，听琦琪说，若不是无忧林的弟子出现救了林兄弟，只怕还真遭了这可怕杀手的毒手!”刘嘉道。

“无忧林的弟子?”刘秀神色间略显一丝迷茫地低念道：“怡雪，会是她救了林渺?”

“三哥认识无忧林的弟子?”刘嘉微感惊讶。

“有过一面之交，你们去了北方?”刘秀突地想起了什么问道。

“没有，我们是在鲁国遇上了他，他也是南下同路，而琦琪又太顽皮，我只好让她跟林兄弟一起到彭城，这才将琦琪带回。看来，都是我们把这小丫头给宠坏了!”刘嘉解释道。

“如果林渺有任何困难，记得倾力相助，这个人是值得我们相交的朋友，也算是我的好兄弟吧，若春陵刘家能为其做些什么，便不必在乎我和长兄的看法!”刘秀肃然道。

刘嘉有些讶然地望了刘秀一眼，倒是有点疑惑，虽然林渺与刘秀颇有交情，但其交情难道到了这种地步?不过林渺也救过他的命，对于林渺他倒没有半点恶感，是以也并不问为什么。

“大哥让你把琦琪带回春陵看紧点，这些日子外面不太安全，当小心行事!”刘秀叮嘱道。

“三哥放心，我知道该怎么做!”刘嘉自信地道。

刘秀对刘嘉的能力极为相信，此人之才智并不比自己逊色多少。此刻他和长兄刘寅都在外领兵，春陵刘家之事大多都由刘嘉打理，而当初游说并最终使平林和新市两股力量合兵便是刘嘉的功劳，可见此人确实极富才智。因此，刘秀敢托重任给刘嘉。

河水渐渐平静，所有人的目光不由得都投向水面，可是水面之上似乎没有半点动静，便如同没有任何事发生过一般，只是漂在水面之上的血依然很浓、很腥。

河水极冷，此季虽已是初春，但是却无法让河水暖和一点，三月的江风尚略带一丝冷意。

船上每个人的心都有些发寒，难道季步和林渺都死了？那只恶兽呢？是否还活着？

“季步……季步……”船上的渔民皆大呼。

“哗……”水面破开，露出一个背脊。

“水怪，快杀死它！”众人立刻认出了那背脊是什么，但旋即有人阻止道：“停手！”

水怪的身子很快浮出水面，还有血水不断地渗出，一道道鲜明的刀痕几乎将这凶兽的背脊给捅得不成样子。

“哦……”船上众渔民顿时大喜，差点呼了起来，那凶兽的头也露了出来，但却有一道尺许长的刀痕。

“它死了，它死了，快把它捞上来！”众渔民顿时明白，于是绳子勾索一起上，有些人伸手抓住那只怪角将之向船上拖。

“哗……”季步的脑袋破出水面，狂喷出一口冰凉的河水，然后长长地吸了口气。

“季步，他没死，太好了！太好了……！”渔民皆大喜，忙伸手将季步扯上船来。

季步的身上有数道爪痕，尚在流血，但精神看上去却似乎极为抖擞，而下水之时的那柄刀却不见了。

“那位公子呢？他怎么样了？”一些渔民不见林渺上来，不由关心地问道。

季步目光扫了不远处虎视眈眈的雷霆威一眼，淡漠地道：“水下太模糊，我没看见他，可能已经死了！”

“啊，真是可惜……”一些渔民不由得又开始惋惜起林渺来。

“就是这凶兽害死了他，也害死了陈老四，我们一起去找他们讨个公道！这凶兽就是他们放下水的！”季步怒视着剑无心，愤然道。

“为陈老四讨个公道，抓他们去见官……”小翠的父亲听说林渺可能死了，顿时只感痛心疾首，但却知道自己根本就不可能将这些人怎样，因此，惟恐天下不乱地高呼。

“对，对，抓他们去见官……！”

真是一呼百应，众渔船纷纷向剑无心方向掠去，似乎不抓住这个罪魁祸首誓不甘休。

剑无心也吃了一惊，雷霆威亦暗惊，他本希望林渺被逼出水，可是林渺却没出来，但他并不相信林渺真的死了。

山西恶鬼也怀疑林渺没死，他知道林渺向来诡计百出，绝不是这么容易对付的人，否则也不用从邯郸纠缠到这里来，还要劳请当年让江湖谈之色变的杀手盟，而且折损了当年从未失手过的鬼影子，连剑无心也受了伤，可见这个林渺确实是极为可怕，至少比他的武功要可怕得多。

大小船只全都围向剑无心的船只，他们似乎并不惧怕这些人是多么可怕的人物，愤怒使他们忘记了许多本该记起的危险。

雷霆威心中大恼，掠身回到剑无心的船上，信手将几名抢上船的渔民抛入河中，跺脚踏上一旁的小渔船。

在群情激愤之中，那只小渔船竟炸裂成碎片爆飞而散。

渔民们顿时吓了一跳，也被雷霆威的这一手给震住了。

“如果你们再胡搅蛮缠，老夫便要大开杀戒了！不想死的话就给我滚！”雷霆威声如焦雷般在河面上激荡，河水竟无端掀起三尺浪头，那群渔民只觉得耳鸣眼花，那声音如钢针一般刺入他们的神经，有人竟当即晕倒过去。

“发生了什么事？怎么这么乱……？”远处巡查的军卒也似乎发现了这边的异常，都赶了过来，大声质问道。

“大人，你来得正好，这几个人在水中放入了一只吃人凶兽，这凶兽咬死了陈老四，我们是要他还一个公道的！”一名老渔夫悲愤地指了一下陈老四那半截身体道。

“啊……”那群官兵一个个脸色也极难看，也有想吐的冲动，事实上每一个见过这具尸体的人都会如此。

“老头，你放的是什么凶物？居然在这里放这东西，给我把他抓起来带回衙门！”

山西恶鬼手一挥，他船上的王家家将迅速横在众官兵面前，强弓硬弩相对。

“好哇，原来是一干反贼，居然敢拿弓箭对着我们！”那一队官兵也吃了一惊，但却还真不敢乱动，虽然他们平日横行霸道，却也知道自己的命很重要。

“识相的，这里的事少管，否则你们便见不到明天的太阳！”山西恶鬼冷冷地道。

雷霆威大为恼怒，林渺没被抓到，倒惹出这样一身麻烦，倒也确实有些头痛，而现在场面这么乱，根本就无法知道林渺会如何溜掉。

“轰……轰……轰……”一串剧烈的劲爆，江水突然之间如一道巨瀑冲天而起。

山西恶鬼所乘的大船若摧枯拉朽一般炸开，自船舱之中窜出一股疯狂的火焰，带着无与伦比的冲击力挟着河水如巨大风暴般席卷而过。

大船之上的水手惊声惊叫着，有的跃入水中，有的则如碎木一般冲上半空。

大船不远处的小船如海涛之中的树叶，哗地全都被巨浪掀翻，那些立于船上的渔民也皆被掀入河水之中。

剑无心的小船距那大船最近，首当其冲被巨浪抛起，虚空之中火雨并下，夹着碎木之物，使大船方圆十数丈内如修罗地狱。

剑无心也被抛入水中，小船迅速倾覆，雷霆威惊骇之中腾身掠走。

所有人都被这一阵巨爆给惊呆了，待他们稍回过神来之时，目光所及处，那艘大船已只剩下几部分残躯正缓缓地沉入水中，河面上到处飘着碎木，还有几具大船之上水手的尸体。空气中飘满了火油及硝石的味道，之中还夹杂着淡淡的酒香。

剑无心在水中被浪头抛得撞上一只沉船，这才辛苦地爬上岸，但却是伤上加伤，冰冷的河水使他的样子极为狼狈。

雷霆威也看傻眼了，不明白这究竟是怎么回事，那艘大船为什么会突然爆炸开来？其爆炸的威力之惊人确实让他惊骇不已。

那群渔民也傻眼了，小船被掀翻了十数只，不过却并没有伤到渔民，这里又靠河边，因此这些渔民很快就爬上了岸，望着河水中的碎木和死鱼及尸体呆呆发愣。

山西恶鬼面如土色，要是刚才他在船上的话，那么后果又会是怎样呢？他确实不敢想象，突然他意识到了什么，脱口呼道："林渺，一定是他干的！"

山西恶鬼的呼叫提醒了雷霆威，他也意识到这一阵巨爆有些蹊跷，但一时并没有想到那在水中一直都不曾露面的林渺。可他举目四望，哪里还有什么林渺的影子？

再找刚才入水与林渺一同杀死蛊雕的中年渔民季步，却也不见了人影，顿时更为恼怒，知道又被林渺算计了一次。但是他始终不明白为什么林渺能够让那大船发生如此强烈的爆炸，而这一切也只有林渺能够回答了。

"那小子一定是逃了，看！那几只小船走了！"剑无心突然发现已有七八只小船向不同的方向而去，而且距离都拉得很开，已经到了河心。

"他一定在那些船上，我绝不会让他逃走的！"雷霆威顿时也似乎明白，狠声道，说话之间已经驱动一只小舟破浪而去。

雷霆威立于舟头，真气自足下贯出，不用桨划，小舟便分浪自行，快如溜水之鱼，但是那有八只小船，他根本就不知道林渺可能会在哪一只船上，只好自上游的小船追起。

山西恶鬼也立刻跃上一叶轻舟，迅速向河中小船追去。

"杀！"那一队官兵见这群王家家将因大船被炸而分神，又因山西恶鬼等人一去，心神松懈之时，立刻挥刀扑上，让这群人的弩箭都无法射出。

岸上顿时大乱，岸边的小渔船似乎都有默契地趁乱而动，都将自己的小船划向河心，似乎还嫌雷霆威与山西恶鬼不够心乱。

这下，河中数十只小船纷纷而动，而且船只都是差不多的样子，一时之间使得雷霆威也眼花缭乱，不知林渺可能会在哪一只船上，这也将他们给气坏了，倒是众渔民起哄，他们人力有限，根本就难以制止。

那些渔民一边行船，一边高喝起粗犷而豪迈的渔歌，相互呼应，使河面之上闹腾一片，歌声更是响彻沔水两岸。而这歌声更唤来河对岸的渔民，他们似乎都早有约定，也都应着歌声驾船而出，一时之间，江面之上近百艘大小渔船来回横穿，也有的向上下游行去。

雷霆威和山西恶鬼的两叶小舟如无头苍蝇一般在水面之上游来游去，那些渔民在水上根本就不怕他们，驾船如梭，虽然不敢招惹雷霆威，但却把山西恶鬼逼得团团转。

虽然山西恶鬼也是一个高手，但在水面上似乎并不能发挥出什么威力，而且对手又是一群熟识水性、在水上生活了一辈子的强悍渔民，冷不丁地便有一竹篙捅来，甚至是在水下要掀翻他的小船，这让山西恶鬼惊骇不已，若真是落水，那他确实只能栽在这些渔民的手中了。

渔民似乎对山西恶鬼极恨，至少这人助纣为虐，与剑无心和雷霆威是一伙的，他们自然恨。他们知道无法对付雷霆威，但要在水中对付山西恶鬼还是不会有问题，这也是他们下河的原因之一。

竟陵沔水两岸的船夫和渔民本就结为一体，极为团结，也可以算是竟陵水上的一大势力，连官府都不敢轻惹。因为他们结集一起甚至可以封锁沔水，这些人如果闹起事来会影响整个水道的通运，是以这群渔民独成一格，他们不惹官也不怕官，但若有人真惹了他们，便等于得罪了沔水两岸所有的船夫渔民。在这个年代，他们也很清楚，只有团结才会发挥出最大的威力。所有义军的经验告诉了这些渔民，他们当中也有声望极高的人主事，当然，这些自不是外人所能明白的。

河面之上变得热闹了起来，岸上也好不到哪里去，官兵与王家一干家将战成了一团。尽管若单对单官兵并不是王家家将的对手，但他们却人多势众，倒也打得不亦乐乎。

剑无心的伤势未好，并不想强行出手，只是静坐于码头一角疗伤，对于那些胆敢送上门来的官兵，也还能应付。

不过，倒没什么官兵来骚扰他。

刚自水中爬起时，还的确很冷，衣服都湿透了，虽然他拥有超卓的武功，但这种时候却是身负重伤，根本就无法使出几成功力驱寒。

“老人家，你很冷吗？我这里有酒，要不要喝几口暖暖身子？”

剑无心正在运功调息，一个娇脆的声音倏地在他身边响起，他不由得张眼看了一下，却见一个小姑娘抱着一只封有泥封的大酒坛怯怯地走了过来。

剑无心有些惊讶，打量了小姑娘一眼，看不出其是会武功的样子，对那一坛酒倒有点心动，不由得问道：“你叫什么名字？”

“我叫小翠，这坛酒是封了二十年的陈酿谷酒，我看先生定是很冷，衣服都湿了，就喝一碗吧？”小姑娘回答道。

“哦？”剑无心见那几个刚从水中爬起来的渔民也在喝酒暖身，却不知此女是何身份，道：“那就多谢了。”说话间接过酒坛。

“老先生要碗吗？”小翠又问道。

“不用！”剑无心拍开泥封，酒香顿时飘满虚空，不禁赞道：“好酒！”再深深吸了一下鼻子，他知道这姑娘说得没错，这酒至少有二十年不曾开封，是以才会有如此浓郁的酒香，更不会有毒。

剑无心当年乃超一流的杀手，杀人的人自然知道如何不被人杀，是以，对毒性极为敏感，只要轻轻一嗅便知是否有毒，何况这是埋入地下二十载的陈年老酒，谁又会在二十年前下毒呢？

“小翠，你怎可把这酒给这坏蛋喝？”一个威严的声音传了过来，一个老渔夫怒气冲冲地大步赶将过来，大声叱道。

剑无心又微惊，抬头一看，却见一个拿着大木桨的老渔夫已急步赶到他的面前。

“爹！”小翠怯怯地叫了一声。

剑无心本欲给老渔夫一剑，但见他是小姑娘的父亲，又收了手，他对这小姑娘倒是颇有好感，人极善良，不计他是敌人还送他这一坛二十年陈酿谷酒，使他冰冷的杀心多了一点温暖。

老渔夫伸手抓向酒坛，喝道：“还我酒来！”

剑无心坐在地上一带手，“呵呵”一笑，他怎还会将酒还给老渔夫？这老渔夫根本就没放在他眼里，是以一带手，举坛向嘴里狂倒一口热酒。

酒入喉即化为一口热气散于全身，剑无心不由赞道：“好酒！”依然仰头举坛，但正在喝第二口之时，酒坛突地哗然而裂，酒水顿时自头顶淋下，却是老渔夫一桨打破了酒坛。

“打得好！打得好！”几个在一旁观望的渔民大声喝彩道。这些人可是识得剑无心便是放那异兽者，是以，对其恨之入骨。

剑无心大怒，一怔神之际，身后的剑悠然标出，他确实已经动了杀机，这样一个老渔夫居然也敢欺到他的头上来，这怎叫他不怒？

“噗……”剑无心的剑却被老渔夫的木桨挡住了。

桨被刺穿，但老渔夫身子侧至一旁，手中竟突然之间多了一点火星。

“裂……”木桨变成两截之际，剑无心大惊，因为老渔夫手中的火星竟弹到了他的身上。

“呼……”地一下，剑无心身上的烈酒见火即着，一下子全身都燃了起来，这怎不叫他大惊？再看那老渔夫，脸上闪出一丝古怪至极的笑容。

“你是林渺！”剑无心顿时大悟，心中发寒。

老渔夫笑了，伸手一抹脸，那张苍老的面容奇迹般地变成了一张满是诡笑、充满自信的脸，正是河面之上雷霆威遍寻不着的林渺。

“想对付我？便必须付出代价！今天就是你剑无心的死期！”林渺嘴角边泛出一丝得意的笑容，悠然而冷漠地道。

剑无心如沉深渊，他怎也没料到林渺不仅没有随那些小船而去，反而会潜至岸上，在引走雷霆威和山西恶鬼后来对付他这个受伤的人。

当然，即使他受了伤，林渺想要杀他也绝不容易。在武功上，他本就胜林渺较多，受伤之后的他绝对可以撑上一阵子，那时雷霆威便可返回，但林渺却不是出手与他对决，而以烈酒相诱，再施以火攻，此刻他身上四处着火，想要再出手对付林渺的攻击几乎是不可能。

“看是你先死，还是我先死！”剑无心怒极出剑，顿时身上的火影拉长，剑身也似燃起了烈火，整个身子膨胀成一团巨大的火球，直撞向林渺。

“强弩之末，也敢逞威？”林渺错身，手中大木桨爆裂而开，一抹刀光乍亮，在火光和阳光的映衬下，如在虚空中燃起了一轮红日。

裂天破地的刀气以无坚不摧之势挤入火球之中。

“当……”刀剑相击，林渺的身子倒翻而出，剑无心却喷出一口鲜血，身子向河边跌去。

剑无心的伤势毕竟尚很沉重，又如何能受林渺这全力一击？是以，相形之下，他仍吃亏了许多，但这却是他所想要的。他身上的火已使皮肉如针炙，呼吸难继，他必须先灭自己身上的火，而灭火唯一的方式便只有下河！

“林渺，我要将你碎尸万段——”远在百丈之外河中的雷霆威也被林渺的刀光和气机所牵引，顿时明白自己中了林渺的调虎离山之计，更知道剑无心有难了，这使他惊怒交加，拼命往回赶。

林渺朗声长笑，身子再一次扑向剑无心。

剑无心哪还敢再接招，弹身便跃入河水之中，但他似乎忘了林渺的水性是他绝无法相比的，连鬼影子和水怪蛊雕都在水下死于林渺的手中，他能例外吗？

“剑无心，你中计了，今天你难逃一死！”林渺见剑无心跃入水中，顿时大笑，这一切正是他所希望的。他之所以用火烧剑无心，便是要逼其下水，只有在水中，他才不怕雷霆威援助剑无心。